ゾンビたち

좀비들

キム・ジュンヒョク
小西 直子 訳

論創社

First published in Korea by Changbi Publishers, Inc.
This Japanese language edition is published by arrangement with
KL management, Seoul, Korea

This book is published under the support of Literature Translation Institute of
Korea (LTI Korea).

目次

この世のすべてのゾンビたちへ

＊zombi(e)　[zámbi, zómbi]　n.(pl. ～ s)

1　死んだ人間を生き返らせる超自然的な力（西インド諸島の原住民の迷信）；魔法によって生き返った死体
2　（意志を持たず、行動が機械的な）無気力な人、のろま、馬鹿
3　（口語）奇人、変人
4　ゾンビ（ラム酒に柑橘類のジュースなどを加えたカクテル）
5　西アフリカ原住民のあがめる蛇神

ゾンビたち

0

ゾンビに初めて遭遇したのは、電波チェックの仕事をしていたときのことだった。僕は、電波の受信感度が表示される液晶画面と顔を突き合わせながら全国を駆け回っていた。都市の名前や有名な建築物、人々の生活などは、僕にとって何の意味も持たなかった。関心事は電波の受信感度だけ。僕の目と心を動かせるものは、ほかに何もなかった。その春、僕の人生は、深さでいったら地下五階ぐらいの完璧などん底を這っていた。業界の専門用語でいうところの「無電波のブラックホール」をライトも持たずに進んでいるところだったとでも言おうか。周囲は闇に閉ざされ、意味のあるものなど何一つとしてなかった。

僕は、自動車のフロントガラスに取り付けられた液晶画面にぼんやり目をやりながら、一日に十二時間、車を走らせた。アクセルを踏み、ブレーキを踏み、受信感度ウィンドウをチェック。再びアクセルを踏み、ブレーキを踏み……。こうしているうちに一日が終わる。仕事を終えて車から降りる頃には膝はがちがちに強張って、梃子でも持ち出して無理やり伸ばさない限りまっすぐにならないんじゃないかと思えるほどだった。そのうち脚が折れてしまうんじゃ……などと不安になったりもしたが、幸いにしてそれはなかった。膝の骨が砕けて、膝から下がすとんと落ちてしまうとか……。それでも、砕けた瞬間のその音だけは、スカッとするような音なんじゃないか。時速百五十キロぐらいの直球を正確にミート、レフト側の塀を軽々と越えて場外までぐんぐん伸びてゆく大ホームラン。かっきーん。そのジャストミートの音とそっくりなんじゃないだろうか。そんなことを思ったりもした。

仕事は簡単なものだった。車であちこち走り回り、携帯電話の受信感度をチェックするだけだった。受信感度はゼロから十まで。ゼロは電波がまったく届いていない状態、十は最高レベルだ。感度が四以下に下がると地図に印を付ける。問題解決は僕の仕事ではなかった。僕はただ、液晶に目を凝らし、その数値を記録すればよかった。受信感度ウィンドウに浮かぶ数字だけが、僕の友だちだった。四、二、三、九、一、四、二、四、五、七、八、六……。こんな連中と一日じゅう顔を突き合わせていると、そこに何やらたいそうな意味があるような気がしてくる。世の中のことはすべて一と十の間にあるような。車の状態は七で体力は四、僕の生活は一、自信のほどといえばゼロ。気分は一から四の間を行ったり来たりしていた。身のまわりのことを何でも数字に換算して考える癖がつくと、僕はますます無気力になっていった。数字というのは自分で変えられるものではなく与えられるものだという気がして、一が二になるのを馬鹿みたいに手をこまねいて、ただただ待っていた。でも、数字はなかなか変わらなかった。生活は一からピクリとも動かず、体力は四から三に落ち、気分はたいてい二以下だった。これ以上落ち込みようのない完璧などん底だと思っていた。時としてマイナスになることも、ゼロが必ずしもどん底とは限らないということも、そのときの僕はまだ知らなかったのだ。

その頃の僕を苦しめていたのは、なんといっても兄の死だった。人の一生とは、十からスタートして八、六、三と進み、だんだんゼロに近づいていくものだと僕は思っていた。けれど人間の死というものは、そんなに情け深いものではなかった。ミサイル発射のカウントダウンよろしく、十秒前……ファイブ、フォー、スリー、ツー、ワン、そして消滅……と順番どおりに進むものじゃなかった。人生のちょうど七あたりにいた兄は、そこから一気にゼロへとダイビングしてしまった。四、三、二、一をすっ飛ばして、いきなりゼロになってしまったのだ。兄の身に起きた、そんな「省略」を受け入れるのは辛いことだった。僕の人生だって、あるとき突然省略されてしまうかも、と考え付いたとたん、すべてが虚しく感じられた。

兄の遺品といえるものは、ほとんどなかった。四十二歳のその歳までいったい何をしていたのかと言いたくなるほど、何一つ遺っていなかった。妻子もなく、家もなく、車もない。コンピューターのフォルダの中にもこれといったものはなかった。音楽ファイルと写真がいくつか。それが全部だった。フォルダを見ている限り、兄は自分の死を予感していたのでは、と思えて仕方がなかった。兄が遺した品は、結局一万二千枚のLPだけだった。兄が数十年かけて集めたものだ。兄が幾度となく手に取ったはずのレコードたち。僕はそれを持っていたかったが、置き場所がなかった。一万二千枚どころか、千二百枚でもとても無理だった。僕は、LPをぜんぶ音楽博物館に寄贈することにした。

「レコードコレクターにとって、最高に不名誉な瞬間がある。いつだと思う？　それはな、二度買いしちまったときさ。もう持ってるのに、すっかり忘れてもう一度買ったりする奴。コレクター失格だな」

兄はいつか、そんなことを言っていた。僕はうなずくことができなかった。一万二千枚ものレコードを集める間、一度もミスを犯さないなんて、そんなの不可能だ。頭の中に所有レコードのリストがそっくり入ってでもいない限り、二度買いしてしまうのも無理はない。そもそも一万二千という数字じたいが僕にとってあまりに桁外れで、実感も湧かなかったが。

兄が死んだ後、博物館に寄贈するためLPを整理していたときのこと。僕は兄の秘密を見つけてしまった。LPが五十枚、レコードラックの片隅にきっちりと並べられていた。二度買いしてしまったものだった。兄は、自分の不名誉な瞬間を一か所に集めておいたのだ。兄はそれを見ながら何を思ったのだろう。自分の記憶力の無さに、不甲斐ない思いを噛みしめていたのだろうか。もう二度とこんな失敗はするまいと心に誓ったろうか。その五十枚は、僕が持っていることにした。兄の不名誉な瞬間まで音楽博物館に寄贈することはないだろうと思ったからだった。

その頃僕は、日々の生活の百パーセントを車の中で送っていた。会社から貸し出された業務用バンの後部座席とラゲッジスペースに持ち物のいっさい合財を積み込んで、そこで暮らしていた。持ち物といったところで、洋服の入ったダンボールが二つとガラクタを詰め込んだボックスが三つあるだけだった。五十枚のLPを車に積み込むと、にわかに物持ちになったみたいな気がした。後部座席はますます狭くなり、箱を一つ助手席に置かなければならなかった。聴けもしないLPを車に積んで走るなんてバカバカしい気もした。でも、ほかにこれといった手立てもなかった。LP五十枚分のスペース。せめてこれぐらいは、兄との思い出のために取っておきたかった。

車のトランク用のレコードプレーヤー……。食事に立ち寄った定食屋のテレビでコマーシャルを見たとき、にわかには信じられなかった。「愛車の中でビンテージライフをデザイン!」というコピーもどことなく胡散臭かったし、レコード針が飛ぶことはないと言い切るショッピングナビゲーターの言葉もどうにも嘘くさかった。でも僕は翌日、代理店に駆けつけた。一時間のテスト走行の結果、そのコマーシャルが決して誇大広告ではないということがわかった。でこぼこの砂利道の上でも針は飛ばなかった。

「衝撃緩和の新たな時代の幕を開けた製品。そう言わせていただきたいですね。大げさに言ってるんじゃありませんよ、事実です。衝撃が加わった瞬間、トランクの中の全システムが衝撃を完璧に吸収してしまうんです。変な言い方かもしれませんが、衝撃を全身で包み込むんですよ。衝撃っていうのはですね、受ける側の気の持ち方次第でどうとでもなるものなんですよね。ほんのわずかな衝撃が大爆発を引き起こすこともあり得ますが、途轍もない衝撃が羽根みたいに軽くなる可能性もあるんです。私たちは新しい商品を作り出したのではなく、衝撃を受け入れる姿勢を開発したというわけなんです」

目と目の間が異様に狭いためか、眼鏡がやけに大きく見える販売スタッフがトランクをごんごんと叩きながら言った。

「この程度の衝撃なんか、空気とぶつかるみたいなもんですよ」とでも言いたげだった。あまり販売員らしからぬ話し方だった。相手に信頼を与えるタイプの顔立ちではなかったが、その話し方のせいで、かえって好感が持てた。衝撃を全身で包み込むのだという説明が、僕の心をつかんだ。「ハグショック（Hug Shock）」という製品名も気に入った。僕はバンのラゲッジスペースにハグショックを取り付け、トランク用のスピーカーと五十枚のＬＰが収納できるレコードラックも購入した。月給の三分の一が飛んでしまったが、兄が遺したレコードを聴きながら仕事ができるんだと思えば、惜しくはなかった。

ハグショックは僕の生活を一変させた。ラゲッジスペースで回るプレーヤーから流れ出る音楽を聴きながら仕事をしているうちに、気分がいくらか上向きになってきた。二以下に落ち込んでいたのが、五までアップしたこともあった。兄が好きだった音楽を聴いていると、心が安らいだ。最大の変化は、三十分ごとに嫌でも休まなければならないということだった。アルバムの続きを聴きたければ、車の後ろに回ってレコードを裏返さないといけなかったからだ。初めは少し面倒くさかったが、慣れてくると意外とメリットが多かった。音楽が止んだら車を止める。そして五分間ストレッチをしてから、ラゲッジを開けてLPを裏返すか、他のLPを選ぶ。そしてまた車のエンジンをかける。車を止めたまま、周りの景色を眺めたりすることもあった。ハグショックに出会う前は考え付きもしなかったことだ。

レコードを聴き続けるうちに、兄の好みがなんとなくわかったような気がしてきた。同じLPを（本人が気づいていようがいまいが）二度買いしたということは、それだけそのアルバムが好きだったか、聴きたくて仕方なかったということだろう。つまり僕は、兄にとっての「ベスト50」を選んだというわけだ。レコードはみな六〇年代のものだった。一九六〇年代といったら、僕がまだ生まれてもいなかった頃だ。なのに、レコードを聴けば聴くほど、昔なじみの音楽のように感じられた。時間は前へ前へと進んでいるのに僕の心と体は後ずさりを続け、しまいには僕がまだ生まれてもいない時代にまで戻ってしまったかのような気がした。それでも心は安らかだった。

ハグショックは、僕の人生も変えた。兄がいなかったらLPはなかったはずだ。LPがなかったらハグショックはいらなかったはずだし、ハグショックがなかったらホン・ヘジョンに出会えなかっただろう。ホン・ヘジョンがいなかったら、彼女に会うこともなかった。僕の身に起こったことは全部、一つにつながっていた。人はどうかわからないが、僕にとって、人生というものは一本の線だ。一つの出来事は、それ以前の出来事の結果であると同時に次の出来事のきっかけになった。ドミノが次のドミノを倒していくように、すべてはつながっていた。初めのドミノが何だったのかはわからないし、一番初めが必ずしも重要だとは限らない。要は、僕が今ここに立っているということであり、今のこの出来事が、また別の出来事の原因になるだろうということだ。僕は今、数百人のゾンビの群れの中に立っている。血生臭いにおいと叫喚に満ちたこの場所に、立っている。僕の人生の次のドミノ。それはいったいどんなものなんだろう。

1

電波チェックの仕事をしていて、液晶画面にゼロという数字が浮かび上がるのを見たのは三回だけだ。ゼロが出ると、事は少々複雑になる。まず車から降りる。そして電波がまったくつかまらないエリアがどこからどこまでなのか正確に把握する。ポータブル受信機を手に、あちこち歩き回って電波をチェックするのだ。

この仕事に就いて一年経ったとき、初めてのゼロが出た。こんな所まで電波を送る必要があるのか？　と思ってしまうぐらい辺鄙な山あいだった。辺りには木々が押し合いへし合いするように立ち並んでいた。僕は空き地に車を停めた。

僕は車を降り、ラゲッジスペースで回っていたプレーヤーを止めた。そしてＬＰを注意深くケースに戻した。僕は決して神経が細やかなほうではない。けれど兄のＬＰを手にするときばかりは、ほとんど厳かなくらいに注意深くなる。兄のレコードをできるだけきれいにとっておきたかった。死ぬまで聴き続けられたらと思っていた。

どこからか、葉っぱのカサコソいう音が聞こえた。初めは風かと思ったが、音はだんだん大きくなってきた。誰かが近づいてくる足音だった。

「手を挙げろ、動いたら撃つ」

僕はトランクを閉めて、ホールドアップの姿勢をとった。二十歳になるならずの軍人が、僕に銃を向けていた。長さ三十センチにも満たない新型の小銃だった。僕は彼に笑顔を向けた。

「ここで何をしているんですか」

銃を構えているくせに、彼の声は震えていた。明らかにこんな状況は初めてのようだった。

「僕ですか？　仕事中なんですが」

「ここで何の仕事をしているんですか」

「エボル（EVOL）の電波チェックの仕事ですが。ご存知でしょう？　通信会社エボル……。この辺りの受信感度のチェックをしてたんです」

「何か身元が確認できるものをこちらに投げてください」

新米軍人で決まりだった。階級章はよく見えなかったが、身分証を投げろという言葉だけで充分だった。ふところに手を入れる時間を相手に与えるのは自殺行為なのだ。僕が銃を持っていて、彼を殺すつもりだったなら、彼の命はなかったろう。僕は、ズボンの尻ポケットに入っていた財布を彼の足元に放った。彼は腰をかがめ、左手で財布を拾った。右手で銃を構え、左手で財布の中を探る姿は滑稽だった。財布がなかなか開かないようで、軍人はすっかりそちらに気を取られ、銃のほうはお留守になってしまっていた。僕に向けられていた銃口はだんだん下がってゆき、今や彼の足の甲を狙っている。

「財布、こっちに投げてください。身分証出して、投げ返しますから」

彼と僕は、五メートルほど離れて立っていた。彼は僕の言うことには耳を貸さず、左手だけで財布を探り続けた。さんざん時間をかけてようやく身分証を確認した彼は、下を向いてしまっていた銃口を再び僕に向けた。

「受信感度のチェックなんて話は聞いていませんよ。ここは、民間人は立ち入り禁止なんです。知らなかったんですか?」

「電波を追っかけて動いてますから、表示板なんかよく見てないんですよ。知りませんでした。こっちのほうに電波が全然きてなかったんで、調べに来たんです」

「携帯はよくつながってますよ」

「僕がチェックしてるのは、普通の携帯電話の感度じゃないんです。ＥＬＴＥって言って、次世代通信規格なんですが、聞いたことあります?」

「いいえ」

「ともかく、そういうのがあるんです。次はちゃんと立ち入り許可もらって来ますよ。銃、下ろしてもらえませんか?」

　銃という言葉を聞いたとたん、彼はびくっとした。自分が銃を持っているということを失念していたかのように。彼は、再び僕に銃口を向けた。

「早くここから出てください」

「一つだけいいですか?　この近くにどこか、人の住んでるとこありませんか?　ちょっと腹が減って」

「この道を下ると、左手に案内板が出ているはずです。そこで左折すると、コリオといって、小さい村があります。五分もあれば行けるでしょう」

　コリオという名前は、僕が適当に考えたものだ。本当の名前を記したいが、それはできない。僕がその村の実名を明かすことは、失礼極まりない行為のように思えるからだ。その村については新聞にも載ったことがあるから、実名を知っている人もたくさんいるだろう。でも僕はその村のことを、コリオという名でのみ心にとどめておきたい。

僕は車に乗り込み、カーナビゲーションに付いているカメラで写真を何枚か撮った。会社に報告するのに必要だったのだ。カーナビには、この地域に関する情報はいっさい登録されていなかった。軍人が言っていたコリオという村を検索してみたが、これも見つからなかった。僕は車をUターンさせて道を下りはじめた。サイドミラーに軍人の姿が映った。彼は、こちらに向かって銃を構える姿勢を崩していなかった。軍人の姿はどことなく妙だった。部隊のマークもなかったし、階級章も付けていなかった。それに怯えきっていた。人間というものを見るのは生まれてこのかた初めてだとでもいうように。

軍人の言った通り、コリオは車で五分のところにあった。小さな村だったが、中心部には大きな店もあり、車も多かった。これぐらいの大きさの村がカーナビに登録されていないというのもおかしなことだ。僕は車をゆっくりと走らせ、何か食べられる所を探した。古色蒼然としたファーストフード店が目に付いた。本当に「ファースト」フードが出てくるのか疑わしくなるような佇まいだ。あんまり空腹だったせいか、僕はコリオに足を踏み入れてから電波のチェックを一度もしていなかった。

ハンバーガーとコーラで腹ごしらえをし、再び車に乗り込んだときになって、その村の受信感度がゼロだということにようやく気づいた。考えられないことだ。人口百人以上のエリアについては、すでに作業は完了している。感度がゼロということなどあり得ないのだ。僕の仕事は人があまりいない辺鄙なエリアの感度をチェックすることで、人の多い村は実は担当外だったが、時間をかけて村の中をあちこち回ってみた。どこもゼロだった。電波がまったく感知できない。村から出て国道に入ると、とたんに電波がつかまり始めた。僕は、その地点の緯度と経度をチェックし、会社に戻った。

「そこは除外エリアだよ。知らなかったの？」

コリオ村の話をすると、作業チーム長は詰るような口調で言った。僕は何も聞いていなかった。

「いいえ、初耳ですけど……」

「イ・ギョンム君には会ったの？」

「この間、ちらっと会うことは会ったんですけど、引き継ぎはまた今度するからってことでした」

「あいつはまったく、最後まで……」

僕の前任者はイ・ギョンムという名の四十五になる男だったが、引き継ぎの最中に急用ができたと言って姿を消したまま、何の音沙汰もなかった。彼は不安そうで、何かに追われているかのようだった。イ・ギョンムに初めて会った瞬間、僕の頭に子どもの頃の同級生の姿が浮かんだ。そいつはクラスで一番勉強ができたが、おそろしく表情の変化に乏しい奴だった。死ぬまでに五種類くらいの表情しか浮かべないんじゃないだろうか、と思えるほどだった。名前は思い出せないが、顔だけは今もありありと思い浮かぶ。唇が薄くて顎は尖っており、額が狭かった。奴とは特にこれといったいきさつがあったわけではないが、教室や廊下ですれ違うたび、何か悪さをしでかして見つかったときのように胸がどきんとしたものだった。唇の一方の端をきゅっと吊り上げた表情、時折浮かべるその表情一つで相手に屈辱感を味わわせる、そんな傲岸不遜な顔付きだった。年齢からいってもイ・ギョンムがそいつであるわけはないが、彼の顔を見るたびにそのかつての同級生が思い出され、なんとなく嫌な気分になった。

「じゃ、無通信エリアのことも聞いてないのかな?」

「ええ、それも初耳ですが……」

「チェ君、前の作業区域ってどこだっけ?」

「F三十二区域です」

「ああ、そうだっけね。こっちのほうは山岳エリアだから、事情がかなり変わってくるんだ。ここ、赤い印が付いてるとこあるだろ?」

チーム長は、ノートパソコンの画面に僕の受け持ち区域の地図を呼び出した。そこには三つの赤マルが付いていた。一つはかなり大きめで、あとの二つは小さい。位置からいって、大きなマルがコリオ村のようだ。

チーム長は二十分以上かけて、時折愚痴を交えながら無通信エリアについて説明してくれた。僕はじっと座って話を聞いていた。整理すると、だいたいこんな話だった。

まず、コリオ村は無通信エリアのうちの一つだ。次に、無通信エリアとは、外部の通信システムを利用せずに独自開発のシステムを使っている地域で、そのため電波チェックはできない。つまり、無通信エリアはすべて除外エリアだ。チーム長はその決して長いとは言えない話をする間に、イ・ギョンムの望ましからぬ勤務態度に十回ほど言及し、政府の通信関連政策はいったいどうなっているのか、という話と地方自治制度が通信技術の発達を阻んでいるという話を何度も繰り返した。

僕は、無通信エリアという言葉を初めて耳にしたときの感じを今も覚えている。僕の頭に浮かんだ無通信エリアとは、完全な真っ暗闇だった。電波はいっさい届かず、通信手段も皆無。誰かと話をしたければ、長い道のりをてくてく歩いて相手の元へ行き、じかに話をするしかない、そんな暗黒の空間が思い浮かんだ。すると、奇妙なことに心が安らいだ。もしもそんな場所があるのなら、そこに隠れていたかった。外界から完全に切り離された空間にずっととどまりたかった。受信感度ゼロのエリアで、兄のＬＰを聴きながら静かに老いていきたいと思った。コリオ村はそんな場所ではなかったけれど。

　無通信エリアの説明を聞いてから一週間たった頃、イ・ギョンムから電話がかかってきた。引き継ぎをしようということだった。必要なことはだいたいチーム長から聞いていたので、今さら引き継ぎは必要なさそうに思われたが、僕らはコリオ村のはずれのほうにある松林公園で会うことにした。僕が松林公園に着いたとき、イ・ギョンムはもう来ていた。駐車場に会社のバンがとめられている。バンから降りてきたイ・ギョンムは、腕時計を見た。

「遅刻ですね」

「時間ぴったりですけど」

「僕の時計が進んでるのかな。三分過ぎだ」

「そうですね、三分遅刻ですね」

「引き継ぎ、ちゃんとできなくてすみませんでしたね。ちょっと事情がありまして」

「そうみたいですね」

「嫌みですか？」

「とんでもない。三分遅れただけなのに待ちくたびれてらしたみたいなんで、そういうこともあるかな、と」

「ほら、嫌みじゃないですか」

「そんなつもりで言ったんじゃないんですけど。そう聞こえたんならお詫びします」

「もういいです」

「会社、まだ辞められたわけじゃないみたいですね」

「え、何ですって?」

「あ、いえ、会社のバンに乗ってらっしゃるから」

「あれはもう返すんです。返しますよ。また言いがかりですか?」

「そんなんじゃないですよ」

「さあ、さっさと済ませちまいましょう。はい、これはファイル、あと、検索関連の重要事項をまとめてCD—ROMに焼いておきましたから、ご参考に。ほかに何か聞いておきたいことは?」

「これも失礼になるかもしれませんけど、会社はまたどうして辞めるんですか?」

「なんだってそんなこと訊くんです?」

「後釜としては、前任者の退職理由を知っておくべきかな、と。言いたくなかったらかまいませんけど」

「電波チェックの仕事、始めてどれくらいになります?」

「一年です」

「まだ駆け出しですね。この仕事、十年ぐらいやってるとね、そりゃもういろんなものをチェックすることになるんですよ。電波はもちろんのこと、人も選別できるようになる。その頃になれば、僕がなぜ辞めるのか、君にもその理由がわかるでしょうよ」

イ・ギョンムは僕と目を合わそうとはせず、バンの中ばかり見ていた。もはや話すことはなかった。

会話が途切れ、沈黙が落ちた。

「なかなかいい車ですね。新型のバンですか？」

「ええ」

「カーナビのバージョンは？」

「三・五ですけど」

「ちょっと見ても？」

「もちろん」

イ・ギョンムはいそいそとバンに乗り込んだ。カーナビの電源を入れ、メニューをあれこれチェックする。ひどく手馴れていた。同じ機械を長いこと操作してきた者の手つきだ。

「このスピーカーは？」

イ・ギョンムがカーナビの横に付いているスピーカーを指差した。

「ああ、それはハグショックっていって、車の中でＬＰを聴くためのものなんです。ラゲッジスペースに取り付けてあるんですけど、ご覧になります？」

「いえ、結構です。音楽には別に興味ありませんから」

話をしているうちに、いつしか僕らの位置はあべこべになり、イ・ギョンムが運転席に、僕が助手席に座っていた。イ・ギョンムはしきりとハンドルをいじったり、シートの位置を変えてみたりした。新しいおもちゃを買ってもらった友だちをうらやましがる子どものような顔つきだった。新型バンに乗って野や山を駆け巡り、電波をチェックする僕を心から羨んでいるかのようにも見えた。

「これ、この電波表示、どんな気がしますか、これ見て？」

イ・ギョンムがカーナビの電波表示を指して尋ねた。

「そうですねえ、自分がどこかとつながってる感じ？　電波がつかまらないと、なんか不安になるじゃないですか」

「チェ・ジフン君でしたよね。電波チェックしてる連中の職業病、知ってます？　何かっていうとすぐ解析したがる。人は一生の間に数えきれないほどの電波をとらえますが、特に気に留めることなく受け流します。ほとんど気づきもせずにね。解析なんていっさいしない。単なる現象として電波をとらえてるんです。でも電波チェック要員はダメです」

「いいことなんじゃないですか？」

「どうでしょうね。まあ、せいぜい頑張ってください」

イ・ギョンムはハンドルを握ったまま、口をつぐんで正面を見据えた。そこは、コリオ村に続く道のとば口だった。僕は隣のシートからイ・ギョンムを見つめた。イ・ギョンムの目が一瞬きらりと光る。僕はその光の中に、バンを疾走させてコリオ村に突っ込んでゆくイ・ギョンムの姿を見た。一線を越えかねない暴力の兆し……。荒唐無稽な想像ではあるが、彼の目の中には、そう呼べるものが確かに宿っていた。

イ・ギョンムは慌ただしく去っていった。運転席から飛び降りたかと思ったら、僕にはろくすっぽ挨拶もせずに、そのまま自分のバンに乗り込んで去っていった。僕は、つい今しがたまでイ・ギョンムが座っていた運転席に移り、コリオ村へと向かう道に目をやった。のどかだった。平穏無事を絵に描いたようだ。そのとき、その道から軍用トラックとジープが出てくるのが見えた。

それからしばらくの間、コリオ村のことは忘れていた。何の変哲もない日常が繰り返された。ＬＰ

を聴き、電波のチェックをした。エボル社に入る前に勤めていた会社に退職金のことで何度か足を運んだのを除いては、人と顔を合わせることもまったくなかった。日が昇れば電波チェックをし、日が沈めば車の中で眠った。朝まだ暗いうちに目覚めることや、目を開けたときに自分がどこにいるのかわからないといったことがしばしばあった。肩がしくしく痛み、朝起きると手首や肘が疼いた。友人たちとも連絡を取らなかった。彼らに会うと、昔の話をすることになる。いいことであれ悪いことであれ、昔の話はしたくなかった。昨日を消してしまわなければ、昨日以前に起こったすべてのことを深い土の中に埋めてしまわなければ、今日を生きられないような気がしていた。今日以外の日はすべて霧の中に沈んでおり、その中に何が潜んでいるのか、見極めたいとも思わなかった。霧の中をヘッドライトで照らしたくはなかった。何が起こったのか、これから何が起こるのか、知りたくなかった。

ときどきイ・ギョンムの言葉が思い出された。解析せず、電波をただ現象として受け止める。そんなことが果たして可能なのだろうか……。何も考えず、ただ一日一日を生きてゆきたい。それが僕の望みだった。

コリオ村とは、思いがけない形で再会することになった。兄が遺した五十枚のLPのうち、僕がいちばん好きなアルバムは「ストーンフラワー」という六〇年代に活動していたブリティッシュロックバンドのデビューアルバムだった。そこに収録されている十曲は、あまり何度も聴いたもので、全部そらで歌えそうだった。ストーンフラワーについてもう少し詳しく知りたくて、インターネットで検索してみたが、いくつかの基本的な情報以外、何もわからなかった。四人グループだということ、二枚のアルバムを発表して解散したということ、グループのリーダーだったイアン・デイビスが自叙伝を出していることぐらいしか出ていない。検索していて、だいぶ前に絶版になっているイアン・デイビスの自叙伝の翻訳版が図書館にあるという情報を得た。読書家でもなく、新しい情報にも興味のない僕だったが、ストーンフラワーに関してだけはなぜかこだわりが生まれた。その本の中に、僕のための新しい道が待っているような気がして仕方がなかった。僕は車で二時間かけてメトロの歴史図書館へ出向いた。

メトロの歴史図書館に一歩足を踏み入れたとたん、僕はその場に漂う一種異様な空気を感じ取った。図書館に入ったことはあまりないが、図書館という所には、何ともいえない独特のにおいがある。紙のにおいのようでもあり、カビの臭いのようでもあり、正体不明の微生物の臭いのようでもある、そんなにおいがどこか見えないところで蠢動しているのがわかる。事によると、図書館で働く人たちが発散するにおいなのかもしれない。図書館の椅子に座って本を読んでいると、空気中を漂っていた微生物がそうっと頭の中に入り込んできて卵を産み付け、子を育てて、大きな固まりのようなものになっていく……。気色の悪い想像だ。でも、メトロの歴史図書館にはその特有のにおいがなかった。どこもかしこもさっぱりと清められ、クリアな印象だった。完璧な消毒が施された空間、といった感じだった。メトロの歴史図書館といえば、四方がガラス張りになった清潔な空間が今も思い浮かぶ。実際の図書館の壁は、かっちり冷たいコンクリートだったのに。そこで知り合ったデブデブ130も、図書館とよく似たイメージだった。デブデブ130というあだ名は僕がつけたものではない。彼がそう名乗ったのだ。

「こいついったい何キロあるのかなって、みんな思うんですよ。なのに訊けない。失礼だと思うから。そう思いながらも訊いてくる人もいますけどね、たまに。どっちがマシかって？　訊いてくるほうですよ。僕も知りたいことは我慢できない質《たち》なんで。どうってことないですよ。世の中にはこんな人間もいるってこと。お気になさらず、デブデブ１３０って呼んでください。デブデブ取って、１３０でもかまいませんよ。これ、不思議なんですけど、ある時期を境にね、僕、不動の百三十キロなんです。太りも痩せもしないんですよ」

　デブデブ１３０が言った通り、彼を初めて目にした瞬間、僕の頭に浮かんだのも、何キロあるんだろう、という好奇心に満ちた疑問だった。彼はいつも黒のスラックスに白いシャツを身につけていたのだが―彼の体に合う服がそうそうないからだ―その服装が、彼をいっそう異様に見せていた。歩いてゆく彼の姿を遠くから見ると、まるで巨大な「色の対照表」みたいだった。

　黒と白のうち、大きく見えるのはどっちでしょう？　はい、答えはもちろん白ですよ。白は膨張して見えるし、黒は収縮して見えるんです……。

　背中にそんな説明書きを貼り付けて歩いているかのようだった。

「僕って、歩く巨大な二つの碁石、って感じだと思いません？」

　そんな冗談を言うぐらいにデブデブ１３０は明るい性格だった。そうでなかったら、僕のような人間と親しくなることもなかっただろう。

　デブデブ１３０のものすごいところは体重だけではなかった。彼には驚くべき才能があったのだ。驚異的な記憶力。歴史図書館がなぜ彼を採用したのか納得できた。僕がイアン・デイビスの自叙伝について尋ねると、彼は即座に本の場所を教えてくれた。彼に教えられた棚を探してみると、ぴったりその位置に本があった。

「それにしても、どうしてそんな正確に知ってるんです？」

「体の脂肪に情報を蓄えてるんですよ。ウソだと思うでしょ？　ホントなんです。太った人間にはね、みんなそれなりの理由があるんですよ。人によって、食べ物を蓄えたり、愛を蓄えたり、罪の意識を蓄えたりしますけどね、僕は本の置き場所みたいな情報を蓄えてるんですよ」

「それじゃ太っちゃいますよね、だんだん。情報は増え続けるから」

「そんなことないですよ。ある時点であきらめますよ。ひたすらため込んでたら、破裂しちゃうじゃないですか。いらないものは捨てて、必要なのだけとっとくんですよ。新しい情報が入ってくれば、古い情報は消えます。だからって、昔の情報が全部消えちゃうわけじゃないですよ、役に立たないゴミだけね。不思議な体でしょ。うらやましいでしょ？」

デブデブ１３０と話していると、気持ちが弾んだ。初めて会ったその日、彼は僕の心を一瞬にして武装解除させてしまったのだった。

「ここは初めてですよね。貸し出しカード、お作りしますね。ここはね、図書館としては小さめですけど、いい本がホントにたくさんあるんですよ。歴史について詳しく知りたければ、僕が作ったデブデブ年表をお薦めします」

彼のデブデブ年表を見たのは図書館に二回目に立ち寄ったときだったが、その膨大さに鳥肌が立った。テレビを見たり本を読んだりしていて、何か具体的な日付が記された出来事が出てくると、彼は片っ端からファイルするのだ。一九八三年一月二十三日の項目には四百五十件、一九八五年二月十二日のところには六百件もの出来事が書き込まれていた。年表に目を通した後で、僕は彼に聞いてみた。

「なんで一九八三年からなんですか？　その前にも大事件はたくさんあったでしょうに」

「えへへ、実は僕が生まれた年なんです。その前のことには興味なし。僕がこの世にいなかったのに、知ったこっちゃないですよ。何年生まれですか？」

「一九七八年ですが」

「じゃ、一九七八年から一九八二年までってことで、お願いしますよ」

「何をです？」

「歴史をですよ、その間の」

「歴史にはあんまり興味ないんだけど……」

「あはは、冗談ですよ。僕みたいな自閉症患者じゃない限り、こんなもの作れませんよ。デブデブ年表は一九八三年からですけど、それ以前の歴史もよく知ってますから、何でも訊いてください」

　デブデブ130によって僕の心が完全に解きほぐされたのは、彼の明朗快活な性格に負うところが大きかったが、同時に彼が僕と同類のような気がしたせいもあった。彼は明るく、僕は暗い性格だったけれど、初めて会ったときからなんとなく似たもの同士だと感じていた。僕がもしも電波チェックの仕事にやりがいを感じ、つらさを乗り越えられていたならば、デブデブ130みたいな人間になれたかもしれない。彼と僕は、まるで黒のスラックスと白シャツだった。彼は多少膨張気味の白シャツ、僕はきゅっと縮こまった黒のスラックス。でもどちらも同じ、体を覆っている服……。僕は歴史図書館に行く日が待ち遠しく、彼とのおしゃべりが楽しかった。歴史図書館に行くと、いつも僕は饒舌になった。人づきあいをいっさいせず、ただただLPを聴きながら仕事をしていた時期、デブデブ130は僕の唯一の友だった。

　コリオ村の話が出たのは、デブデブ130とかなり親しくなった頃だった。イアン・デイビスの自叙伝『当代の黙殺』を読み終えた僕は、デブデブ130に薦められた本を何冊か読んでみた。同世代のミュージシャンの自叙伝や音楽関連のエッセイだ。読めば読むほどストーンフラワーというバンドに引きつけられた。彼らは徹底的に軽んじられていた。でもそんなことなんかには鼻も引っ掛けていなかった。彼らは二枚のオリジナルアルバムと一枚の非公式ライブアルバムを出した後で突如解散しているが、その理由がまたふるっていた。

俺は、俺の音楽を完成させた。もはや生み出すものはない。この先アルバムを出そうと思ったら、俺たちの音楽をパクるほかはない。俺たちが作り上げた二枚のアルバムの収録曲は、まさに完全無欠の音楽だ。余計なところも足りないところもいっさいない。俺たちの音楽に欠点があると思う奴は、連絡してくれ。ぜひとも話を聞いてみたい。それが正しければ、俺はそいつを「音楽の神」と呼ぼう。もし間違っていたら、その頭を吹っ飛ばしてやる。俺は、俺を信じている。そして、俺の音楽を信じている。謙虚な俺なんぞクソ食らえだ。

イアン・デイビスの自叙伝の一部だ。彼らの音楽が完全無欠の音楽だとは思わないが、その過剰なまでの自信がうらやましかった。

デブデブ１３０にストーンフラワーの曲を録音してやったら、彼もストーンフラワーにはまってしまった。デブデブ１３０はストーンフラワーの二枚めのアルバムを探し始めた。一度与えられた任務は何があっても完遂するのがデブデブ１３０だったが、ストーンフラワーのセカンドアルバムはなかなか見つからなかった。名もないバンドの昔のレア盤が、そう簡単に見つかるわけはない。そんなある日、僕は歴史図書館に立ち寄った。僕が玄関に一歩足を踏み入れたとたん、デブデブ１３０が駆け寄ってきた。

「見つけましたよ！」

「セカンドアルバムか？」

「ううん、そうじゃなくて、イアン・デイビスの自叙伝の翻訳者が、ストーンフラワーの大ファンなんだって」

「だから翻訳したんだろうよ。なんだよ、それだけか？」

「だからあ、翻訳した人が住んでるとこがわかったんですよ。その人なら持ってるんじゃないかな、セカンドアルバム」

「そうか。なんで今まで思いつかなかったんだろう」

翻訳者のホン・ヘジョンの住まいはコリオ村にあった。デブデブ130にメモを見せられた瞬間、コリオ村の風景が目の前に甦った。人けのない道、丈の低い粗末な建物、旧式の車などが思い浮かんだ。でも、そこに人影はなかった。食事のできる所を探して歩き回っていたときも、道で人を見かけた記憶がない。ハンバーガーとコーラを頼んだ店に、その注文を聞いた店員がいたはずなのに、それが男だったのか女だったのかも思い出せない。僕にとって、コリオ村のイメージはゴーストシティだった。本物のコリオ村も、実はそれとさして変わりはなかったのだが、そのときの僕はまだ、それを知らなかった。

2

ホン・ヘジョンから返事が来たのは、手紙を出してから二週間ほど過ぎた頃だった。デブデブ130は、今すぐにでもコリオ村に行こうと意気込んだが、それはさすがに不躾なんじゃないかということで、手紙を書くことにしたのだった。手紙には、僕らのストーンフラワーへの思いの丈を延々と綴った。ストーンフラワーの歌がどれほど美しいか、その歌を聴くとどんなに心が癒されるか……。僕らは図書館の椅子に座って一日じゅう文章を練った。歴史図書館は、週末の昼間は人が多いが、そのほかの時間は静かなので、手紙を書くのにはもってこいだった。ホン・ヘジョンからの返事は簡潔なものだった。

昔のことですね。ストーンフラワーという名を本当に久しぶりに聞きました。私はちょっと、長い手紙を書ける状態ではなくて……ごめんなさい。お時間があるときに、一度コリオ村にお立ち寄りください。お茶でもご一緒しましょう。私はいつも家にいますから、いついらしてくださっても結構です。では、近いうちにお会いできることを楽しみに……。

返事をもらった翌日、僕らはコリオ村に向かった。メトロからコリオ村までは車で四十分だ。デブデブ130は二年ぶりに休暇をとった。彼はうきうきしていた。コリオ村に向かう車の中で、彼はずっとストーンフラワーの歌を口ずさんでいた。誰かが隣で鼻歌を歌っているというのが妙な感じだったけれど、百三十キロの巨体がリズムを取るせいで車がヨロヨロと走る羽目になったけれど、僕も同じように気分がよかった。車の助手席に誰かを乗せるなんてここ数年なかったことだし、こんなに晴れやかな気分も久しぶりだった。

ホン・ヘジョンの家に向かう道すがら、僕はコリオ村を注意深く観察した。記憶の中のゴーストシティ、コリオの実体を見極めたかったのだ。でも僕の記憶とは裏腹に、街にはたくさんの人たちが歩いていた。春とはいえコートを着ないで外を歩くには寒い陽気だからか、人々は背中を丸めてゆっくりと歩を進めていた。

「ここの人たちって、なんか幽霊っぽくないですか？　歩き方がヘンですよ。街の様子も陰気だし……。う、村の奥に入ってけばいくほど寒さが増すみたい」

デブデブ130は、一瞬にしてコリオ村を把握した。僕がコリオに初めて来たとき、人と出会ったのに思い出せなかった理由がそれだった。コリオ村の人々は、自分の存在が人の目に触れないよう最大限心を砕いているかのようなのだ。どうすれば人の目につかないか、研究でもしているみたいだった。

「幽霊があんな風に帽子かぶって歩くもんか」

「帽子取ると骸骨が出てきそうじゃないですか？　ピッカピカ、ツルッツルのヤツ。あんまり光ってるんで他の人が眩しいから、ああして帽子かぶってるのかもしれないでしょ。ちょっとスピード落としましょうよ。見てよ、あそこ。あのおじさんてば、歩き方、ホンモノの幽霊みたい」

「お前、行って帽子脱がしてみたらどうだ？」

「本気で言ってるんですか？」

「お前が望むんなら、車停めてやるよ」

「怖いなあ。やめてくださいよ。早く行きましょう」

デブデブ130は怖がりだった。豪快な笑い方や尋常でない体格からはとうてい想像がつかないが、彼はこの世の誰よりも怖がりだった。ひっきりなしに驚き、何かというと声をあげ、しょっちゅう僕に抱き付いてきた。ゾンビに初めて遭遇したときも、そのぷよぷよした太い腕で僕にひしと抱き付いた。ヤツの向こう脛を蹴り上げなかったら、危うく窒息死するところだった。驚くことがだんだん減ってきている僕としては、彼の反応は不思議だったし面白かった。贅肉をたぷたぷさせて、ひえーっと引っ繰り返る姿など、いっそ美しいとさえ思えた。彼はあらゆる状況を完璧に吸収し、どんなことにも新鮮な反応を見せた。僕にはとてもできないことだ。一番近しい人の死という、ある意味驚くべき体験を経た今となっては、些細なことに対して驚きという感情を抱くことじたい、贅沢に思える。驚くまいと努めているのではなく、僕の人生に割り振られた驚きをすでに百パーセント使い切ってしまったため、もはや驚くことができないのだ。

コリオ村のはずれにあるホン・ヘジョンの家に到着したとき、僕らは圧倒されてしまった。見かけは平凡な家だった。平凡な屋根、平凡な窓、平凡な庭、平凡な壁。でも家の中は大違いだった。家じたいが一つの巨大なシステムなのだ。ボタン一つでソファがリクライニングされ、別のボタンを押すと、壁の中に潜んでいたベッドがサッと広げられた。どこかに秘密のボタンが隠れていて、それを押せば家が空に舞い上がるんじゃないか、そんな想像をしてしまうほど、すべてがオートメーション化されていた。ホン・ヘジョンの姿をよく見た後で、僕らはようやく、この家が何故そうなっているのかわかった。彼女は七十歳近い高齢で、電動車椅子に乗っており、右手がなかった。右手があるべき場所には赤いミトンのようなものがはめられていたが、それは手がないのを隠すというより、むしろ自慢しているかのような印象を与えた。赤いミトンをぼんやり眺めていた僕は、ホン・ヘジョンと目が合ってしまった。

「きれいな色でしょう？　このミトンを見てるとね、片手がないってことを忘れちゃうときもあるんですよ」

彼女は右手を目の前にかざすと、手首をぐるぐる回した。赤いミトンが虚空で踊る。

「遠くから見ると、マッチ棒みたいですよ」

デブデブ130の言葉にホン・ヘジョンが吹き出した。右手を掲げてみては、また大笑いする。

「そうね。ほんとマッチ棒そのものね。一人で長いこと暮らしてると、感覚が鈍るのよね。自分が今、どんなふうに見えてるのか、自分の姿を見て人がどう思うのか……。ありがとう、気づかせてくれて」

「ヘンだって言ってるんじゃないですよ。赤い色があったかそうで、いい感じです」

デブデブ130が笑って言った。

「ならよかったわ。このマッチ棒で火をつけて、お茶を沸かすつもりなの。さあ、ご注文をどうぞ」

僕は紅茶を、デブデブ130はホットチョコを頼んだ。カフェでもあるまいし、お年寄り一人で暮らしている家でホットチョコなんか頼むのはどうかと思ったが、彼女は戸惑うそぶりも見せなかった。ホン・ヘジョンは、右手のマッチ棒を使う代わりに左手で車椅子に付いているボタンの一つを押した。

食卓の上にメニューの画面が現れた。彼女は紅茶を二度押し、ホットチョコを押した。一分ほどして大理石のテーブル面に取り付けられた小さな扉が開いたと思ったら、下から何かが上がってきた。湯気の立つお茶だった。

「うわ、すごい！　僕もこんな食卓一つ欲しいなあ。飲み物じゃなくて、食べるものは出てこないんですか？」

ソファに座っていたデブデブ130が食卓に飛びついた。

「簡単なものならできますよ。クッキーだとかケーキなんか。何にします？」

「ベーグルもできます？」

「まあ、グッド・チョイス。この食卓はね、またの名をベーグル・メーカーっていうんですよ。乞うご期待」

二分ほどすると、再び小さな扉が開いて皿に乗ったベーグルが出てきた。見るからにおいしそうだった。デブデブ130は、ベーグルを食べながら食卓をあちこち仔細に観察した。

「おいしいです。これまでに僕が食べたベーグルの中で最高です。こんな食卓、いったいどこで手に入れられたんですか？　まさか、この中にシェフを閉じ込めてるわけじゃないですよね？」

「なら、私としても良かったんですけどね、話し相手にもなるし。中に何が入ってるのかは、私も知らないんですよ」

食卓は、コリオ独自の発明品だった。コリオ村の家には皆同じ食卓があるのだという。でも食卓は、コリオの発明品のうちの、ほんの一部に過ぎなかった。コリオ村の発明品は、家の中にあふれていた。オーディオラックにしまってあるＣＤに触れるだけで音楽が流れ出たし、本棚の本に手を当てるとテレビの画面に本の内容が浮かび上がった。家の中の発明品を見せてくれていた彼女が、あ、うっかりしてた、という口調で言った。

「ねえ、今日ってストーンフラワーのファンミーティングだったんじゃないの？」

その日、僕らは二時間以上、ストーンフラワーの音楽について語り合った。僕とデブデブ130の予想に違わず、彼女はストーンフラワーのアルバムをすべて所蔵していた。ストーンフラワーのセカンドアルバムも、やはり美しい曲であふれていた。ストーンフラワーを聴きながら、ホン・ヘジョンはそのすべての曲について解説してくれた。歌詞の内容、その曲を作ったときのイアン・デイビスの心情……。彼女の説明を聞いてからは、音楽がひときわ美しく聞こえた。デブデブ130と僕はストーンフラワーのアルバムを二回ずつ聴いた後、ようやく腰を上げた。ホン・ヘジョンはデブデブ130にベーグルを五つも持たせてくれて、ストーンフラワーのセカンドアルバムをCDに焼いてくれた。

「またいつでもいらしてね。次は、ストーンフラワーの影響を受けたバンドの曲を聴いてみるのはどうかしら」

「ご迷惑だったんじゃないでしょうか。なんか申し訳ないような……」

「私みたいな年寄りを一人寂しく放っておくほうがよっぽど申し訳ないことですよ。久々に気の合うお友だちに会えたと思ったのに、逃げようって言うんじゃないでしょうね？」

デブデブ130は、僕の顔色を窺った。

「ジフンさん早く言ってよ、また来ますって」

彼の目がそう言っていた。ベーグルが相当おいしかったようだ。

「いえ、まさかそんな。こんなに楽しかったのに。じゃ、お言葉に甘えてまたお邪魔させていただきます」

「まあ嬉しいわ。なら、いっそ集まりを作っちゃいましょうか？　名称は、定期音楽鑑賞会ウィズ・ホン・ヘジョン」

　ホン・ヘジョンが言い終わりもしないうちに、ベーグルの入った袋をしっかりと握ったデブデブ130がしゃしゃり出た。

「僕は、ホン・ヘジョンの定期音楽鑑賞会ウィズ・ベーグルのほうがいいな」

「まあ、ホホホ。それもいいわね。じゃ、来週の土曜日の夕方はいかが？」

　断る理由はなかった。「ホン・ヘジョンの定期音楽鑑賞会ウィズ・ベーグル」は、そうしてスタートした。僕らは毎週土曜の夕方に集まって、ベーグルを食べながら音楽を聴いた。音楽を聴きながら笑い、騒ぎ、ワインを飲み、時には六〇年代の音楽ドキュメンタリーを見たりもした。三十歳ほどの年の差にもかかわらず、ホン・ヘジョンは同年代の友だちみたいに僕らに接したし、デブデブ130と僕もまた、彼女のことを友だちだと思っていた。

　ホン・ヘジョンは、六〇年代の音楽の熱烈なファンだった。所蔵しているCDもLPもほとんどが六〇年代のもので、オーディオの後ろの壁に貼られているのもやはり、六〇年代に活躍したバンドのコンサートのポスターだった。ローリングストーンズ、ザ・キンクス、ザ・フー、ビートルズ。タイムマシンに乗って六〇年代にやって来たみたいだった。すでに兄のレコードを通じてその時代の雰囲気を知っていた僕にとっては、なじみの薄い世界ではなかった。むしろ、故郷に帰ってきたかのように心が安らいだ。

　ホン・ヘジョンが六〇年代の音楽に魅了されるきっかけになったのは、イアン・デイビスだった。

イアン・デイビスの自叙伝を翻訳するためにレコードや資料を集めているうちに彼の音楽の虜になり、そのときから六〇年代の音楽への探訪の旅がスタートしたのだ。ホン・ヘジョンは、ほとんど資料収集ジャンキーだった。彼女の資料の集め方は、パズルを組み立てるのと似ていた。まず一つのピースを発見する。それをあれこれと弄り回しているうちに、それとぴったり合う新しいピースが見つかる。二つのピースを組み合わせると、三つめのピースの輪郭が現れる。そうしてピースをつなげていくうちに、いつの間にか巨大な絵が完成している……。

「パズルが完成したってことは、どうしてわかるんです？」

僕は訊いてみたことがある。

「完成したパズルなんてないの。それらしく見えるパズルがあるだけ。長いこと資料集めをしてきてね、わかったことが一つだけあるの。いつやめるべきなのか、どのあたりで満足すべきなのか。おかげで資料集めから手を引くタイミングにかけてはまず間違えない自信があるわ」

ホン・ヘジョンは、手を引くタイミングを正確に見極められると言ったが、その基準が僕とは違った。イアン・デイビスの自叙伝を見て、僕がとにかく驚いたのは、本の後ろのほうに載っていた参考資料のリストだった。翻訳者ホン・ヘジョンによる参考文献リストは三百冊を超えていた。翻訳ではなく自分で本を書く場合でも、それほどの文献に目を通すことはまずないだろう。僕が百メートルで満足するスタイルだとしたら、ホン・ヘジョンはフルマラソンを完走した上で、さらにもう百メートル走ってようやく止まるスタイルだとでも言えようか。そういった点で、ホン・ヘジョンとデブデブ130は絶妙なコンビだった。どちらも何かを集めるのが好きで、過ぎたことに思いを寄せることを好んだ。そして、他人《ひと》の収集品の価値を認めることのできるスタイルだった。デブデブ130が、まさに彼の力作といえるデブデブ年表の一部をホン・ヘジョンに見せたときのことを思い出す。ホン・ヘジョンは、ひと目見るなりすっかり魅了されてしまった。

「すごいわ。お世辞抜きですごい作品ですよ。いったいどうやったらこんなこと思いつけるの？　世界でたった一つの歴史書じゃないですか。本にして出版してもいいぐらいよ」

「やめてくださいよう、そんな……。単に整理しといただけですよ。整理するのに才能なんていらないでしょ」

「何言ってるの。才能がなきゃできないわよ。何かすごいことを成し遂げて初めて才能があるって言われがちだけれど、ほんとうの才能っていうのはね、何かを地道に続けられる能力なんですよ。一般に言われている才能なんか、サプライズショーみたいなものよ。そんなのはね、あっという間に終わっちゃうの。ふいっとね、消え失せてしまうのよ」

「でも、才能のある人見てると、やっぱうらやましいですよ。天才として生きるって、どんな気分なんでしょうね」

「そんなこと私に訊かないでくださいよ。私だって知りたいわ」

「僕、それでも記憶力はかなりいいほうなんですよ。正確な日付まではムリだけど、年表に載ってることはだいたい覚えてます」

「これをみんな覚えてるですって？　ウソでしょう？」

「じゃ、一つ問題出してみてくださいよ。僕のなけなしの才能、お見せしますから」

「わかったわ。じゃ、クイズショー、スタート。一番、宇宙船ジオットがハレー彗星に向けて打ち上げられたのはいつ？」

「一九八五年七月。当たりでしょ？　五日ぐらいだったかな？」

「二日よ、すごいわ」

「楽勝ですよ、それくらい」

「そう？　じゃ、難易度を上げるわよ。『バイバイ・ベイビー』という作品を書いたリチャード・ブライソンが死んだのは？」

「二〇〇一年三月九日です」

「驚いた、日付けまでピッタリよ。初めて聞く名前だけど、有名な作家なの？」

「いえいえ。実はその日って、彼女と別れた日でして。でもって、うちに帰って新聞を見たときにその記事が目に入ったってわけ。リチャード・ブライソンなんてまったく知りませんよ。でも、バイバイ・ベイビー。まさにどんぴしゃりでしょ、それで覚えてるんです」

それ以来、ホン・ヘジョンとデブデブ130は、しばらくクイズショーの虜になった。ホン・ヘジョンがデブデブ年表の中からランダムに問題を出し、デブデブ130はぴたりと答えを当てた。音楽を聴いているときだろうと、ベーグルを食べているときだろうと、クイズショーの幕は絶えず切って落とされた。問題のほとんどは、僕らとは関係のない出来事だった。誰がいつ死んだのか、誰がいつ新しい発明品を生み出したのか、誰がいつどんな歌で音楽チャートの一位になったのか、僕らの知ったことではない。でもそうやって問答を繰り返しているうちに、問題として提示されるその些細な出来事が、人類の歴史を変えてきたような気がしてきた。でも、年表クイズショーはじきに飽きられてしまった。デブデブ130の正答率が高すぎるのがネックとなった。ヤツはほとんどコンピューターだった。モニターに正解が浮かび、それをただ読みあげているみたいだった。そんな状況ではスリルもへったくれもあったものではない。

　ある土曜日。ホン・ヘジョンとデブデブ130が年表クイズショーをしていたときのことだった。一人で台所をうろついていた僕は、冷蔵庫に何かの表が貼り付けてあるのを偶然見つけた。表には人の名前がびっしりと書き込まれていた。一行に一人ずつ。

　ホン・ヘジョンは始めのうち、それが何なのか教えてくれようとしなかった。

「別にたいしたものじゃないのよ」

　そう言いながら、表を元通り冷蔵庫に貼り付けた。でも、好奇心旺盛なデブデブ130がそうあっさりと引き下がるわけがなかった。年表クイズショーにもそろそろ飽きてきた頃だったということもある。

「ゲームよ。ダイトっていうの」

　デブデブ130にさんざんねだられた末に、ついにホン・ヘジョンは口を割った。

「そんなゲームがあるんですか？　名前からしておもしろそうな予感。どんなゲームなんです？　教えてくださいよう」

　デブデブ130は、ホン・ヘジョンの鼻先にダイト用紙を突き付けて催促した。

「ダイトゲームはね、コリオの住人じゃないとできないのよ」

「ええっ？　そんなのひどいや。ならルールだけでも教えてくださいよ」

「がっかりすると思うけど。面白いゲームじゃないから」

「まさかあ、そんなはずないでしょう。面白くもないゲームだったら、なんだって冷蔵庫なんかに貼っとくんです？　そんな目につきやすいところに」

「わかったわ。じゃ、当ててご覧なさい。ダイトがどんなゲームなのか」

デブデブ130と僕は、結局当てることができなかった。何分も悩み、穴があくほど表を見つめてもみたが、結局わからなかった。デブデブ130がいくつかの答えを絞り出したが、ぜんぶ外れた。僕のも同じだった。ダイトがあんな残忍なゲームだなんて、想像もつかなかったのだ。残忍、というのはむろんデブデブ130と僕の基準に過ぎない。ホン・ヘジョンを始め、コリオ村の誰一人としてダイトを残忍だなんて思っていなかった。ホン・ヘジョンは、ついにダイトゲームのルールを教えてくれなかった。僕らとしても、それ以上は訊きづらかった。いつかその目で見ることになるだろうとホン・ヘジョンに言われ、僕らはそれ以上問いただすのを諦めた。

3

ホン・ヘジョンのおかげで僕はコリオ村に住むことになった。正確に言うと、コリオ村から一番近い家に。僕が車中生活をしていることを知ったホン・ヘジョンが、コリオ村から一キロほど離れた所に空き家があると教えてくれたのだ。コリオ村がオートメーション化し、行政区域が変わったときに住む者のいなくなった家だそうだが、二年間誰も住んでいなかったというだけで、家じたいにはこれといった不具合はないということだった。僕は一瞬迷ったけれど、すぐにその提案を受け入れることに決めた。車の中で日々の生活を送るというのは、口で言うほどたやすいことではない。シーツを広げて狭いベッドを作ることも、窓のわずかな隙間から入ってきて、一晩のうちに僕の全身を蜂の巣と見まがうばかりにしてしまう蚊の大群も、朝、目を開けたとき、ぼうっとした頭で俺は今どこにいるのだろうと考える、そのなんとも言えずひどい気分も耐え難かった。一年間の車中生活のおかげで貯金はかなり増えたけれど、体調のほうは甚だしく悪化していた。ホン・ヘジョンの提案がなかったとしても、これ以上車中生活を続けるのは難しかったろう。話を聞いたデブデブ130は、僕よりもっと喜んだ。そのほうが三人で集まりやすくなると思ったようだ。

ホン・ヘジョンの言葉通り、家の状態はそこそこ悪くなかった。木造の二階家。家の周りに生い茂る草。屋根の上には名も知らぬ鳥の巣。三つある窓のうち一つはガラスが割れ、表門の青いペンキは半分がた剝がれていた。もとは庭だったと思われる所には、木材が無造作に放り出されている。辺りをいくら見渡しても人が住んでいそうな気配はなかった。一キロ離れたコリオ村の入口も見えなかった。

「わ、いい感じじゃないですか、なかなか。だけど夜はちょっと怖そう。ハハ」

僕の隣で家を眺めていたデブデブ130が笑った。

「家の修理、手伝ってくれるよな?」

「当たり前でしょ、任せてくださいよ。いっそいっぺん完全に押し潰しちゃって、建て直すってのはどう? 僕のこの重量級の体をお貸ししますよ」

「ありがたい申し出だけど、遠慮しとくわ。ほんのちょっと手を入れるだけでよさそうだし。お前は遊びに来るだけでいいよ」

「僕がしょっちゅう遊びに来るんだから、頑丈な家にしてくださいよ。壊れないようにね」

僕らは家を見に行った翌日からさっそく修理に取りかかった。僕の仕事は時間が決まっていないので昼間も作業ができたが、デブデブ130は図書館の仕事が終わらないと手伝いに来られなかった。家の電気が止められていなかったのは幸いだった。おかげで夜遅くまで作業ができた。一人でできることは昼間やっておき、デブデブ130の手を借りなければできないことは、夜まで待って二人でやった。

まず手始めに、家の周りに生い茂る、身の丈ほどの草を刈り取った。高さが一メートル五〇センチにもなる草を僕は初めて見た。そのときは、中から何かが飛び出してきそうな気がして、そこから目をそらすことができなかった。蛇が隠れているか、虎が隠れているか、はたまたほかのどんなものが隠れているやらわかったものではないという気がした。鋭い刃をもつ鎌を手に、生い茂る草と午後じゅう格闘した甲斐あって、日が傾く頃には周囲は見違えるようになった。芝生が青々と広がる爽やかな風景とまではいかなくとも、見ていると気持ちが安らいだ。家の周囲五〇メートル四方の草をきれいさっぱり刈り取ってみると、二階家はまるで孤高の要塞のように見えた。

夜は、家の中に手を入れた。割れた窓ガラスを新しいものに替え、壊れた扉に釘を打った。落ちてきそうな台所の天井を固定し、二階へ続く階段をしっかりと補強した。いちばん手がかかったのがリビングの床だった。床板があちこち割れていた。まさか前の居住者がデブデブ130みたいな体格だったわけではなかろうが……。板からして忽然と消えている部分さえかなりあった。僕はできるだけ似たような木を手に入れようと、床板を一枚はがして木材を扱う店に持っていった。ところが、店の主人にはこんな木は初めて見ると言われた。店主は時間をかけて木を調べてくれた。人の手によって切られ、削られて作られた板で、工場で作られたものではない、というのが彼の結論だった。僕はできるだけ似たものを買い求めて家に戻った。電気鋸やら何やら、工具も一緒に買い込んだ。デブデブ130と僕は、板を切断して滑らかに削り、床板が抜けている部分にはめ込んだ。完成したのを見ると、なかなか悪くなかった。もともとの床板と新しくはめた板の色が少し違ったけれど、そのせいでむしろ味わいが出て、一風変わったデザインの床になった。

家に初めて足を踏み入れたとき、いちばん気に入ったのがリビングだったのだが、床を直した後のリビングは、ますますいい感じになった。広々としたリビングに座って窓の外に目をやると、コリオ村の裏手に位置するマオ山が遠くに見えた。もともと窓のある空間はあまり好きではなかったのだけれど、マオ山の美しさに魅せられ、しばし掃除の手を休めて窓から外を眺めることもあった。一階にはリビングと台所が、二階には部屋が三つあった。うち一つは空っぽだったが、ほかの二つにはベッドが置かれていた。一方は硬いベッド、もう一方はふかふかしたタイプだ。僕は硬いほうが好みだけれど、硬いベッドが置かれた部屋は眺めが良くない。とはいえ、どのみち二階を使うことはほとんどなさそうだった。一人暮らしの分際で、この広い家の二階まで使うのは空間とエネルギーのムダ使いだ。僕は適当に埃をはらっただけで、二階の掃除を済ませた。

僕は古物市で手に入れた六人掛けのソファをリビングに置いて、その上で眠り、食事をした。僕にはそれ以上の空間は必要なかった。車中生活をしていた頃を思えば、これだって王宮で暮らしているようなものだ。思いきり足を伸ばせるし、自由に寝返りを打てる。もう何も言うことはない。ソファはいちばん眺めの良い場所に置いた。ソファに寝そべると、窓から遠くマオ山が見えた。僕にとってこのリビングの窓は、二十四時間休むことなく自然ドキュメンタリーを放映しているテレビだった。

デブデブ130の仕事が休みの日、二人で外壁にペンキを塗った。グリーンにするか空色にするかさんざん悩んだ末に、グリーンに決めた。グリーンなら保護色になるんじゃないかというデブデブ130の意見を採用したのだ。ペンキを塗り終える頃、電動車椅子に乗ったホン・ヘジョンが現れた。

「あら、ちょうどいいタイミングだったみたいね」

「あっ、どうもいらっしゃい」

「僕が招待したんだよ。ペンキ塗り終わったら、この家のお披露目会しようと思ってさ」

「おい、お披露目ってのはな、家の主《あるじ》の役目だぞ。客がすることじゃないだろう」

「もうっ、いいでしょ、そんなのどうでも。ジフンさんに住む家ができたんだもん、僕たちがお祝いしてあげなきゃ。ね、ホン先生」

「そうよ。おいしいベーグルたくさん持ってきましたよ。それからワインも」

ホン・ヘジョンは引越しのお祝いも用意していた。ミニコンポとＣＤだった。音楽鑑賞会のときに聴いたアルバムのうち、僕が特に惚れ込んでいた曲をＣＤに焼いてくれたのだった。彼らのことが、まるで家族のように感じられた。喜ばれそうなものをプレゼントし合い、労わりあい、必要なときにそばにいてくれる家族。

ＣＤのプレゼントは、僕に兄のことを思い出させた。兄とは生活に必要な最低限のことを除いてほとんど話をしたことがなかった。僕が十四歳、兄が二十歳のときに母が突然世を去り、以来、僕らはお互い腫れ物に触るように接してきた。僕らは互いにとって最後に残った家族だったけれど、頼り合うことはできなかった。心の奥底まで踏み込んだ話をするのが怖かったし、相手の重荷になることをどちらも怖れていた。兄は僕の保護者であろうとしていたけれど、僕としては、兄のそんな思いが重荷だった。人生とはどのみち一人で生きてゆかねばならないものなのだ。弱冠十四歳でそんなことを悟るのは、決して悦ばしい経験とは言えなかったけれど。

各自、なんとしてでも生き延びねばと思った。とにかく生きて、お互いもう少し屈託なく接することができるようになったとき、これまでできなかった話をたくさんしたいと思っていた。兄の仕事が音楽ソフトの企画だということは知っていたが、詳しく知ろうとしたことは一度もなかった。兄がどんな音楽が好きなのかも知らなかった。兄の死を知らされたとき、僕は裏切られたような気持ちになった。とにかく生き延びて、これまでできなかった話をしなければならないのに、その機会が永遠に失われてしまったのだ。兄が死んでから、僕は未来というものを信じなくなった。まだ起こっていないことは、永遠に起こらない確率が高い。でも、過去に起こったことはもう一度起こる確率が高い。

現在を予測するのに必要なのは過去だけ。未来なんて贅沢だ。

デブデブ130は、大きなリングノート十冊と万年筆をくれた。万年筆には僕のイニシャルが刻まれていた。

「ここにジフンさんの歴史を記したらどうかな、って思ってさ」

「書くのはあんまり得意じゃないんだけどなあ」

「なにも得意じゃなきゃ書けないってわけじゃないでしょ。あったことをそのまんま書けばいいんだから。正確さじゃ誰にも引けを取らないじゃない」

「素敵なプレゼントね。じゃ、今度はチェ・ジフン年表が誕生するのかしら？」

「歴史と伝統のデブデブ年表と張り合おうったって、そう簡単にはいきませんよ。ワッハハ」

その夜、ホン・ヘジョンとデブデブ130が帰ってしまうと、僕の心には寂しさが押し寄せてきた。台所にはワインの空きビンが二本、鮮やかな血の色を底に残したワイングラスが三つ、食べ残しのピザが数片、ベーグルの屑、ピスタチオが少し、ドレッシングにまみれて萎れている野菜サラダが残っていた。寂しさに、僕の気分は久々に一を記録した。でも今回の一は、前の一とは違った。前の一が、一に一を百ぺんぐらい掛け合わせたものだったとすれば、その夜の一は、三から二を引いた一だった。ホン・ヘジョンとデブデブ130に会いたかった。僕は灯りを消して窓の外を眺めてみたが、何も見えなかった。窓の外も暗く、リビングも暗かった。僕はもう一度灯りを点け、ホン・ヘジョンが焼いてくれたCDをミニコンポにセットした。そしてノートと万年筆を取り出した。あったことをありのままに書いてみたい。そう思った。

4

その年の冬までは平穏な日々が続いた。昼間は電波チェックの仕事、夜になると家に帰り、夕食を作って食べる。食事が済むと、音楽を聴きながら後片づけ。片づけが終わると、リビングのソファに座って図書館で借りてきた本を読んだ。一週間に一回―たいてい水曜日頃―デブデブ130が訪ねてきて、週末には「ホン・ヘジョンの定期音楽鑑賞会ウィズ・ベーグル」が催された。帰る場所ができた。たったそれだけのことなのに、僕の毎日は変わった。退屈なほど平穏な日々が続いた。夜の十時になると、僕は万年筆とノートを取り出す。ノートには自分の考えを綴ることもあったし、その日にあったことを記したり、電波チェックの仕事で初めて行ったエリアについて描写することもあった。一週間でノートが一冊、文字で埋まった。僕がそんなにたくさん何か書くことができるなんて、想像もつかなかった。「僕は」と書き始めさえすれば、後はするすると筆が進んだ。これまで誰にもできなかった話をノートに書いた。兄としたかった話も全部書いた。僕が書くと、どこからか兄の返事が聞こえてくるような気がした。それを聞いて僕は、それに対する答えを書いた。一度などは、夜の十二時から朝の六時まで、まったく手を休めず書き続けたこともあった。書き尽くしたかと思うと別の話を思いつき、手を休めて水を飲んでいれば、また新しい言葉が浮かんでくるといった具合だった。ふと顔をあげると夜が明けていた。そんな調子でひと月が過ぎ、三冊のノートが文字で埋まった。

日曜日には、主にその一週間の間に書いたものを読み返した。自分で書いたものだというのに面白い。ノートに向かっているときの僕は、ふだんの僕とは違った。ノートの中の僕は、荒っぽくて強引、そのうえ無礼で口も悪く、周りのことなどいっさい気にも留めないヤツだった。そんな自分もなかなか悪くないと、僕は思った。遅い午後、その日の最後の陽を浴びて、リビングで一人、一週間分のノートを読み返していると、デブデブ130がなぜ自分だけの年表を作るのか、その気持ちがわかるような気がした。

秋の終わり頃、ケゲルとゼロが僕を訪ねてきた。引っ越してきてふた月が経っていた。彼らが玄関のドアをノックしたとき、僕は一週間分のノートを読み返しているところだった。窓から差し込む陽の光がリビングの中央を長く横切る日曜の午後だった。ドアにはめ込まれた魚眼レンズに目を当てて二人の顔を見たとき、僕には彼らの年齢の見当がつかなかった。老人のようでもあり、若者のようでもあり、子どものようでもあった。レンズ越しで顔が歪んで見えたせいもあったが、何と言っても二人の奇天烈《きてれつ》な姿のせいだ。ケゲルは精力的な三十代の男といった印象だった。茶色のハンチング帽をかぶって、赤い地に大きな花柄が散ったプリントシャツを着ていた。たった今海辺から戻ってきたところ、といった姿だった。コリオ村にはどうにも似つかわしくない服装だ。近くに海なんてあったろうか。ゼロはというと、ケゲルとは正反対だった。表情も、服装も。ゼロは灰色のつなぎを身につけていた。背丈はケゲルのほうが少し高く、体格はゼロのほうが大きく見える。二人とも六十代半ばぐらいかと思われたが、ゼロのほうがはるかに老けてみえた。表情のせいだ。ゼロの顔には、すべての時間を吸い込むブラックホールみたいな底知れなさがあった。妙に対照的なコンビだった。

「何かご用でしょうか」

「強盗なんかじゃないから、もっと思いっきりよく開けてくれんかな」

「どなたにご用ですか」

「誰の家かもわからんままドアを叩くような、そんな老いぼれに見えるか、俺らが？　お宅に会いに来たに決まっとるだろ」

「え、僕にですか？」

「そうさ。引っ越してきて何か月も経つのに挨拶もしてなかったろ。ここはコリオ村から離れとると思っとるか知らんが、ほんの目と鼻の先さ、目と鼻の先。近所付き合いもせんで暮らすわけにはいかんだろ。ホン訳《やく》からいろいろ話は聞いとるよ」

「ホン訳？」

「ホン・ヘジョン女史さ。あの翻訳家の。俺らは手っ取り早くホン訳って言っとるがな。エボルで電波チェックやっとるんだろ？　こいつと話が合うかもしれんな。こいつはゼロ。コリオの発明家の先生さ。上手くすれば何か作ってもらえるかもわからんぞ。完全な無から新しいものを作り出すことにかけては天才なんだ。それで名前もゼロなのさ。おっ、そうそう、俺の紹介がまだだったな。俺はケゲルだ」

「ケゲル？」

「ケゲル体操なんかとは関係ないぞ、あんなくだらんもの。このニックネームを名乗るとな、十人に九人はそう考えやがるのさ」

「考えませんよ、そんなこと。だいたいケゲル体操って何ですか？」

「物を知らん奴だな、ケゲル体操も知らんとは。ならケゲルゲームも知らなかろうな。ボーリングみたいなもんだが」

「初めて聞きますね」

「最高のスポーツ、ケゲルを知らんとは話にならんな。後でインターネットか何かでいっぺん調べてみろ。面白そうだなと思うぞ、きっと。興味が湧いたら俺のところに来い。コリオセンターにケゲルのコートがあるから、一手ご伝授つかわそう。俺は十年連続ケゲルの世界チャンピオンだったんだ。十年間、負け知らず。それでケゲルと呼ばれとるんだ」

「わかりました。ネットで調べてみますよ」

「近頃の若いもんは、インターネットにこの世の真理がそっくり詰まってると信じとる。インターネットで見るだけじゃ何もわからんというのにな」

「インターネットで調べてみろっておっしゃったじゃないですか」

「ああ、知らんものはしょうがないさ。ネットで調べろ」

僕らは玄関口で立ったまま話をしていた。知らない人が訪ねてくるのは初めてだったので、応対の仕方がわからなかった。自分の空間に誰かを入れるのは嫌だ。かといって、気分を害さずに帰ってもらうにはどうしたらいいのかよくわからなかった。ケゲルはしゃべり続け、ゼロはひと言も口をきかなかった。

「老い先短い年寄りを、こうやってずうっと外に立たせとく気か?」

「うちの中がちょっと……散らかってて……」

「散らかすのにかけちゃ、ゼロに勝てる奴はおらんだろうよ、はは。そうだろ、ゼロ?」

ケゲルはドアを押し開けるようにして家の中に入ってきた。自分の空間に誰かが入ってくるのは嫌なのに、その一方で、誰かが僕に関心を寄せてくれているという感じは必ずしも不愉快ではなかった。ケゲルの後に続いて、ゼロも躊躇いながら入ってきた。ケゲルは中に入ってくるなりハンチング帽を脱ぎ、ソファの上に置いた。

「ほう、きちんと手を入れると、この家もなかなか悪くないな。夜は二階で寝るのか？　まあ、一人住まいなのにわざわざ二階まで使うこともないわな。このソファで寝てるみたいだな。俺が若い頃、やりたくてたまらなかったことがある。何だと思う？　一人暮らしさ。まあ、面倒くさいことも多々あるだろうが、それでもこういう経験をしとけば生きてく上で役に立つだろうよ。それに今を逃したら、一人ぼっちの孤独な暮らしをいつまたエンジョイできるかわからんぞ、ははは」

ケゲルがしゃべり続けている間、ゼロは家の中を観察していた。彼の手は、つなぎの腹のあたりによったしわをしきりとまさぐっており、目はというと、家の隅々まで舐めるように見まわしていた。まるで、服のしわの部分に家の設計図でも書き込んでいるかのようだ。彼の目はひんやりとして鋭かった。彫刻刀で入れた切れ目のような薄い唇にその鋭い目が相まって、彼をひどく神経質そうに見せていた。ケゲルは気がかりそうな目をゼロに向けた。

「どうだ？　特に問題なかろ？」

ケゲルが尋ねたが、ゼロは答えなかった。

「問題ですって？　どんな？」

僕が訊いた。

「それは俺にもわからん。万が一のことを考えて、覗いてみたのさ。ゼロがうなずいとるところをみると、特に問題はないようだ。俺は今、コリオ村の代表を務めとる。もしも何かあったら俺に連絡すればいい」

「ですから、どんな問題が起きたら連絡しろって言うんです？」

「何でもかまわんさ。はた迷惑な奴が現れたとか、じゃなきゃ何か見つけたとか、面妖なものに出くわしたとか、どんなことでもかまわん。朝早くだろうが夜だろうが、いつでもここ、この番号に電話しろよ」

二人が帰ると家の中の空気が変わった。彼らが来るまでは、家に何か問題があるかもしれないなんて考えもしなかった。絵に描いたような平和な日々だった。ところが、何か問題が起きるかも、と思うようになると、とたんにそのことが気にかかり、身が竦むような気がした。どんなことであれ、起こる可能性は充分あるのだ。日曜日なのに、僕はノートと万年筆を出した。家で起こり得る問題をノートに一つ一つ書き出してみる。猛獣の襲撃。台風の急襲。雨水による浸水。泥棒。強盗。何者かによる放火。暴徒の乱入。蛇がドアの隙間から入り込んでくる。虫に体を貪り食われる。蜂に全身を刺されて窒息する。雷が落ちて天井に巨大な穴があく。雹が降って屋根が穴だらけになる……といった具合に書き出した問題は百を超えた。そのうちのどれが現実になるものやら見当がつかない。何の問題も起きないかもしれないし、すべてが群れをなして襲来するかもしれない。どんな問題が襲ってこようが。僕は思った。あらかじめ備えをしておいたところで防げるような事態はほとんどないし、もし防ぐ方法があったとしても、そんなものは時間の無駄だ。どんな問題にも答えがあるものだ。問題にぶち当たったら、その問題を念入りに探ってみればいい。その中に答えがあるのだから。三十年余り生きてきて、僕が身に着けた知恵といったらそれぐらいのものだった。人は一生の間に大小様々な問題に直面する。その数によってその人の幸運指数が決まるんだとすれば、問題が多いほど不幸なんだとすれば、僕が最高に不幸な集団に属するということはまず間違いない。つまり僕の人生にとって、そんじょそこらに転がっている問題なんぞ、大したものではないのだ。

　十二月の終わり頃、ホン・ヘジョンがデブデブ130と僕をパーティーに招待してくれた。それが何というパーティーなのか聞くが早いか、僕らは招きに応じた。

「ダイトパーティーですって？　行く行く、行くに決まってるでしょ。わあ、ダイトゲームがついに見られるんだあ」

　デブデブ130は小躍りした。

「ええ。そろそろ頃合いかなと思って。改めて言っておくけど、決して面白いゲームじゃないわよ。がっかりしますよ、きっと」

「じゃんけんぽんより面白ければ充分ですよ」

「まあ、よかったこと。それよりは面白いと思いますよ。じゃ、土曜の午後六時、コリオセンターにいらっしゃいね。私の名前を言えば入場できるように、ちゃんと話を通しておきますから」

「何か決まりごとみたいなものはないんですか？　ドレスコードだとか、あ、それか、プレゼント用意してかなきゃいけないとか？」

「用意するものはないわ。それからできるだけ普通の服でいらっしゃい。ただでさえ出席者のうちでいちばん若いのに、服装まで目立ったら落ち着かないでしょ？」

　デブデブ130は、土曜日の昼間に僕の家にやって来た。いつも通りの白シャツに黒のスラックス、その上に紺色のパーカを羽織っていた。しごく普通の服装だった。体格のせいでそうは見えなかったけれど。デブデブ130はうきうきしていた。パーカのせいで、普段よりひときわ大きく見えた。

「僕ね、パーティーって生まれて初めてなんですよ。ジフンさん、行ったことある？」

「ああ、何度かな」

「何するの、ふつう？」

「食べて、飲んで、踊って……って感じかな」

「来てる人たちとおしゃべりもする？」

「話の合う相手がいればね」

「ああ、楽しみだなあ……」

　デブデブ130はソファに座ってパーティーの時間を待った。僕は庭で車を洗った。車内の埃を吸い取り、いらないものを捨てる。カーシャンプーを泡立ててボディを洗い、水で流す。泡がフロントガラスを伝って流れ落ちた。水がガラスの上で自分だけの縄張りを作っては、たちまち消えていく。フロントガラスが凍らないよう、乾いた布で念入りに拭った。ラゲッジスペースの埃もきれいに拭き取った。生活の場を家に移して以来、ハグショックの使用頻度は激減していた。家でいつも音楽を聴いているので、車の中にいるときは静かなほうが落ち着いた。ひとの体には、一日に必要な音楽の量というものがあるようだ。ある瞬間からは、LPを裏返すのも面倒くさくなった。何か聴きたいときはラジオをつけた。ラゲッジのLPを整理しながら、久しぶりに兄のことを考えた。

「ジフンさん、もう出たほうがいいんじゃない？」

　家の中からデブデブ130の声がした。パーティーの時間までまだ一時間もあるというのに、デブデブ130の心はすでにパーティー会場へ飛んでいた。コリオセンターまでは歩いて十分もかからない。僕は家に入って、カラスのイラストの入ったグレーのTシャツとジーンズに着替えた。いちばん無難な服だった。その上にコーデュロイのジャケットを羽織る。

コリオセンターの入り口には「二〇一二ダイトパーティー」と書かれた大きな横断幕が掛かっていた。その下には「くじ購入者のみ入場可」と書いてある。コリオセンターの巨大な門をくぐって中に入ると、小さなロビーがあった。イベント会場の入口には二人の老人が座り、チケットをチェックしている。とはいえチェックとは名ばかりで、チケットをろくろく見もしなかった。みんな知り合いで、チェックする必要などないのだ。でも僕らは違う。

「何の用だね?」

「ご招待いただいたんですが」

「招待だって? 誰に?」

「ホン・ヘジョンさん……」

「名前は?」

「チェ・ジフンです」

「ふうん、名前は一応あるな、ここに」

二人の老人の目が、僕らの体を眺めまわした。頭のてっぺんからつま先まで、そこからまた頭のてっぺんまで。そして僕らが危険な輩ではないと判断したのか、顎をしゃくり、目顔で入場するよう促した。

会場内には、ざっと見て百人ほどの人が集まっていた。屋内体育館として使われていた場所なのか、これといった施設物はなく、ぽっかりと空いたようなスペースだった。騒々しい話し声が、高い天井の下の空間を我が物顔にかき乱していた。コリオセンターは、大規模なゲームセンターだった。真ん中へんでは、人々がビンゴ、ブラックジャック、チェスといったゲームに熱中し、大声で笑って騒いで盛り上がっていた。いつだったかテレビで見たことのある外国のカジノとよく似た光景だ。違うところといえば、コリオセンターでゲームを楽しんでいる人たちは皆、老人だということだった。四十代から五十代ぐらいかと思える人が何人かいることはいるが、還暦をはるかに過ぎた人たちがほとんどのようだ。平均年齢は、低く見積もっても六十から七十ぐらいになりそうだった。僕らはどうしたらいいのかわからなかった。まるで大人の領分にうっかり入り込んでしまった悪戯坊主のような気分だ。デブデブ130と僕はどのグループに交じることもできず、隅っこにしつらえられたドリンクバーの前でビールを飲んでいた。

中央でゲームをしている人たち以外は皆、壁ぎわの長いベンチに腰かけて、ゲームの様子を見守っていた。ゲームをするには高齢だったり、ゲームに疲れてひと休みしている人たちだ。行儀よく手を膝の上でそろえて座り、まっすぐに前を見つめている老人たちの姿は、どことなく妙な雰囲気を醸し出していた。彼らは体を動かさず、目だけを動かして、周りで起こっていることを眺めていた。その姿はまるで冷凍人間か何かのようだった。目にカメラを仕込まれた肖像画が壁に掛かっているようにも見える。何人かは不思議そうに僕らのほうに目を向けてきたが、立ち上がって近づいてこようとはせず、離れたところからこちらを眺めているばかりだった。彼らの目を覗き込んだわけではないけれども、そのピントが僕らに合わせられているのが感じられた。一杯のビールがほとんど空になる頃、ホン・ヘジョンがようやく僕らを見つけて車椅子を操ってやって来た。

「まあ、もう来てたのね」

「あんまりつまらないんで、帰ろうとしてたとこですよ」

デブデブ130はおかんむりだった。手にしていたビールの瓶をカウンターに置いて、帰るジェスチャーをした。

「ごめんなさいね、気を使ってあげられなくて。あんまり人が多いんで、見つけられなかったのよ」

「ここで僕を見つけられなかった、ですって？　十秒も探せば充分でしょうに。みんなは口角が上がってるけど、僕だけ下がってるじゃないですか。遠くから見ても一発ですよ」

「あらあら、ごめんなさい。すっかりおヘソが曲がっちゃったわね。あなたのその、すっかり下がった口角が遠目に見えたんで、大急ぎで駆けつけてきたのよ」

「気にしないでください。スネてみせてるだけなんですから。それより僕らが来ちゃってご迷惑だったんじゃありませんか？　こんなお子様の来る場所じゃないですよね」

「平均年齢よりずっと下なのは確かだけど、お子様じゃないでしょ。それより、あなたたちのこと、みんなに紹介しなきゃ。さ、行きましょ」

その日、僕らが引き合わされた相手は五十人を超えていた。目礼、握手、笑顔、そして次の人。握手して、名前を名乗り、笑う。次の人。笑って、名前を聞いて、ビールをひと口。ハハハ。次の人、次の人、次の人、次の人。僕は挨拶するそばからその人の名を忘れてしまった。たくさんの名前が左の耳から入ってうずまき管を通り、右の耳から抜けていった。

永遠とも思えた挨拶の時間が終わってひと息ついていると、ケゲルが壇上に立った。初対面のときとはイメージが違う。背広を着込み、どことなく威厳が感じられた。メインイベントの幕開けだった。

「さ、それじゃ、始めるとしましょうか」

ゲームを見ていた人々の目が、壇上を見つめた。ざわざわ、かちゃかちゃといった音が、潮が引くように静まってゆき、ついには巨大なコリオセンターが静寂に包まれた。押し殺した咳払いだけが時折聞こえてきた。デブデブ130と僕は隅っこのほうで息を殺していた。彼らの邪魔をしてしまいそうで、つばを飲み込むことすらできない。ケゲルがテーブルの上のボタンを押すと、演劇の舞台の幕が上がるときのように、赤い緞帳が天井に向かって巻き上げられていった。LEDの電光掲示板に大きな表が表示されていた。ホン・ヘジョンの家の冷蔵庫に貼ってあった表の巨大バージョンとでも言うべきもので、一列に一人ずつ、全部で四十人の名が記されている。ホン・ヘジョンの家のものとよく似ていたが、違っているところがあった。電光板の巨大な表には「現在の状況」という項目が加わっている。

「まったく時の経つのは速いものです。瞬く間に一年が過ぎてしまいましたね。たくさんの人が逝き、私たちは生き残りました。では、結果を発表させていただきます」

ケゲルがボタンをもう一度押すと、表がシャッフルされた。スロットマシンが回転するみたいに四十人の名前がぐるぐる回る。最上列の名前がまず止まった。そして二列めが止まり、三列めが止まった。名前の後に日付が記されており、続いて死因が表示されていた。これは、人が死亡した順番なのだ。ラストは十五番目だった。十六番目からは、現在の状況が「生存」になっていた。

会場の一角から歓声が上がった。人々がそちらのほうへ目を向けた。

「おめでとうございます。パク・キヒョンさんですよね？　ところがですね、パクさんには申し訳ない限りなんですが、今年は番狂わせがありましてね。博士、前のほうへお願いします」

ステージの裏から男が現れた。コリオ総合病院の院長だということだった。

「精密検査の結果、四月に死亡したイ・ソンウさんは自殺だったことがわかりました。従いまして、最終結果は……」

病院長がボタンを押すと、イ・ソンウという名前に赤線が引かれ、名前の順番が変わった。今度は別の方角から歓声があがった。くつくつと笑う声も聞こえてきた。ケゲルが再びマイクを握った。

「おめでとうございます、前のほうへどうぞ。あ、それからパク・キヒョンさんも前へ。せめて残念賞でも……。ああまったくイ・ソンウさん、なんて人騒がせな。時が来れば嫌でも死ぬものを、自殺なんかして、パクさんをぬか喜びさせるなんて」

ケゲルの言葉に人々が声をあげて笑った。デブデブ130と僕はどんな顔をしていいのかわからなかった。これはいったい、笑うべきなのか泣くべきなのか。人々の笑い声が不気味だった。人の死を茶化しているようでもあり、楽しんでいるふうでもある。彼らがなぜ笑うのか、理解しがたかった。檀上の人々は小躍りして喜び、そのほかの人たちは彼らの幸運を祝っている。授賞式が終わったとみるや、人々は再びゲームにのめり込んでいった。デブデブ130が僕の耳元で囁いた。

「ねえ、この人たち……気は確かなのかなあ?」

「俺も何がなんだかよくわからん」

「人が死んだってのに、笑うわ、はしゃぐわ……。なに、このバカ騒ぎ」

その日の晩、ホン・ヘジョンはダイトについて説明してくれた。ダイトはコリオの人たちが死ぬ順番を当てるゲームだった。ゲームは毎年一月一日、コリオセンターでスタートする。まず、年齢の高いほうから四十人を候補として発表する。候補の名前と一緒に彼らの健康状態が公開される。血圧や病歴、現在何らかの病気を患っているかなど、候補者の状態が余すところなく公けにされる。くじを買った人は四十人の死亡順序を予想して、その場でくじに書き込む。結果は十二月末に発表される。

死ぬ人もいれば、死なない人もいる。その年に死んだ人の死亡順序を一番正確に当てた人が一等賞となる……。

話を聞いている間、デブデブ130は首を捻りっぱなしだった。とうてい理解できないと言うように。

「賞金は高額なんですか?」

「もらったことがないから私もわからないわ。金額は知らされないのよ」

「もらった人に訊いてみたら?」

「それが訊けないんですよ。当たった人はみんなコリオから出て行くから」

「コリオから出て行きたくなるぐらいの額なんだな」

賞金額よりも、なぜこんなゲームをするのか、僕はそっちのほうが気になった。常識的なゲームではない。人の死をネタに金を賭けるなんて、そうそう思いつくものか。それが見知らぬ他人ならまだしも、親しい隣人の死となれば尚更だ。ホン・ヘジョンは僕の目からそんな思いを読み取った。

「私も最初はね、何なのこれ、って思った。自分が勝つためには誰かが死ななきゃならないっていうのがね。でもね、コリオに住んでれば、そのうち理解できるようになるわ。コリオのことをよく知らないから、何だこれは、って思うのよ。ここの人たちはね、死っていうものに対して無感覚なの。自分が死ぬのだって、なんとも思ってないでしょうよ。だから、人の死を茶化したりもできるわけ。競馬場で馬を選ぶみたいに、人を選んで順番を書き込んでるだけなのよ」

「そんな、残酷ですよ」

僕は言い返した。競馬場で馬を選ぶみたいに人を選ぶなんていうことを、さらりと言ってのけるホン・ヘジョンに異議申し立てをしたかった。

「そうかもしれないわね。でも、ただのゲームだと思ってもらえないかしら」

「ただのゲームなら何をしても許されるんですか？　ほんとにそう思ってらっしゃるんですか？」

「ジフンさんがそう思うのももっともよ。でもね、死についていささか鈍感な人もこの世にはいるんですよ」

「だからって、人の死をゲームのネタにするなんて、正気の沙汰とは思えません」

「この村の伝統みたいなものなのよ」

「でも、それに同調してらっしゃるじゃないですか。僕だったらそんなゲームには加わりませんよ」

「私はジフンさんじゃないでしょ？」

「そうですね、僕じゃない。僕が思い違いをしてたみたいです」

「ジフンさん、そんなふうに言わないで。ただそういうものなんだって、思ってもらえないかしら」

「すみません。僕、ヘジョンさんのこと、全然わかってませんでした。こんな方だったんですね」

「コリオ村の人たちともっと深く知り合えば、きっとわかるようになるわ」

「ここで千年、万年暮らしても、たとえ数百万年付き合ったとしても、理解できそうにないですね」

「なら、仕方ないわね」

僕はホン・ヘジョンの泰然とした表情に腹が立った。ホン・ヘジョンの家を辞して歩いて帰る道々、デブデブ１３０と僕はひと言も口をきかなかった。デブデブ１３０と別れ、灯りが消えたままの部屋に座って、なぜあんなに腹が立ったのか、よくよく考えてみた。ホン・ヘジョンの声が耳元で木霊《こだま》していた。

「コリオに住んでればね、そのうち理解できるようになるわ。コリオのことをよく知らないから、何だこれは、って思うのよ」

コリオ村で百年、二百年暮らしたとしても、僕はまったく理解できないだろう。理解したくない。僕がいったい何を知るべきだというのか。死は生とさほど変わるところがないってことを？　生と死はコインの裏表のようなものだということを？　死とは生の延長戦に過ぎないということを？　そういったことを知るべきだと言うのか。だったら僕だって、よく知っている。頭では、そんなことはみんなわかっている。理解した。骨身にしみて。なのに、いざ死について考え始めると、胸が締め付けられるようだった。兄が死んだという事実に思いが至ると息が止まりそうになった。頭で理解するのと実際に経験するのとでは、天と地ほどの違いがある。僕は、しばらくの間ホン・ヘジョンには会わないことにした。彼女への怒りの感情はなかったけれど、顔を見たくなかったのだ。コリオ村にも足を向けるまい。僕は心に決めた。新年を迎えて半月ほど過ぎるまで、僕はコリオ村に近寄りもしなかったし、ホン・ヘジョンにも連絡しなかった。デブデブ１３０にはときどき会ったが、ホン・ヘジョンの家には行かなかった。あの日、目撃したダイトゲームが時折話題に上った。デブデブ１３０は、コリオセンターにいた人たちのことを、おかしな宗教団体の信者みたいだったと評した。僕らは大人たちの秘密をこっそり盗み見てしまった子どものように、衝撃から解き放たれる術を知らずにいた。ホン・ヘジョンのほうからも連絡はなかった。彼女やコリオ村に対して僕らが相容れないものを感じているのを察して、連絡して来ないのだろうと僕らは思っていた。新年でもあるし、ヘジョンさんに一度電話でもしてみたらどうかな。デブデブ１３０が提案したが、僕は沈黙を貫いた。

「ジフンさん、うちに引っ越してきません？」

「なんだって？」

「弟が留学することになって、部屋が一つ空くんですよ。母にジフンさんの話をしたら、いつでも大歓迎だって」

「ここはどうするんだよ」

「確かにねえ。せっかく直したばっかりですもんね」

「おまえんちって、歴史博物館の近くだったよな」

「うん、あそこから五分。ここでの一人暮らし、しんどくありません？」

「そんなことないさ」

「でも、一緒に住んだら楽しいでしょ。うちの母、すんごくお料理上手なんですよ。僕が太ってるのには理由があるんだよね、フフ。気になるんなら、家賃入れてくれてもいいし」

「ここはタダだっつうの」

「ああ、ジフンさんてばもう。うちもタダにしてあげますよ」

「ここはどうしたらいいんだろうな……」

ここはどうするんだと繰り返しつつも、答えは僕の中にすでにあった。どうするも何も。こんなおかしな村の近くになんて、もうただの一日だって住むもんか。元通り雑草だらけになろうが知ったこっちゃないさ。みんなぶっ壊して、さっさと出てっちまえばいいんだ……。

「ジフンさん、うちに来る気あるでしょ？」

「ああ、考えてみるよ」

一月二十二日の木曜日、午後二時。ケゲルがドアをノックした。ケゲルの顔には、死を連想させる何かが影を落としていた。ケゲルはゆっくりと話を始めた。死を告げる言葉がその口から流れ出た。ケゲルはホン・ヘジョンの死を、いや、厳密に言えば、彼女の葬儀が近く行われるということを伝えた。親しい友人として、僕らは慚愧の念に耐えなかった。何と言っても、僕らは彼女の最期を看取ってあげられなかった。その上、彼女が死と向き合っていたその瞬間も、彼女のもとから去ることを考えていたのだから。

5

デブデブ130と僕が葬儀場に着いたとたん、葬儀が始まった。葬儀場には五十人あまりの人々が集まっていた。僕らは悲しんでいるヒマもなく、眠るホン・ヘジョンの顔を見ることもできなかった。なぜもっと早く知らせてくれなかったのか、ホン・ヘジョンが病と闘っているときになぜ僕らを呼んでくれなかったのか、僕らはケゲルに抗議した。

「まったく感謝ってものを知らん奴らだな。親切に呼んでやったってのに……。コリオの住人でなけりゃ、普通は連絡もしないんだぞ。葬儀にだって参列できんのだ。ぐだぐだ言っとらんと、あっちの隅っこのほうに行って大人しく見とれ。おいデブ公、何をメソメソしとる？　いつまでも泣いてるんじゃないぞ、鬱陶しい」

葬儀は村の中央に位置するコリオ公園の共同墓地で執り行われた。ホン・ヘジョンの墓の周りをテーブルがぐるりと取り巻いていた。どこか結婚式のような趣きだった。人々は、三、四人ずつテーブルにつき、サンドイッチや飲み物を手に、思い思いに談笑を交わしていた。小さなスピーカーからは、それこそ結婚式に似合いそうなワルツが流れていた。今にもホン・ヘジョンが現れ、手を差し伸べて踊りに誘ってきそうだった。デブデブ130は、そんな雰囲気にもめげずに泣き続けた。腕の中に顔をうずめ、激しく肩を震わせていた。隅っこに座っていたのが幸いだった。

葬儀は十分で終わった。誰かが前に出てお祈りをしーダイトパーティーで挨拶した覚えがあったが名前が思い出せなかったーホン・ヘジョンの名が三、四回呼ばれ、クレーンがホン・ヘジョンの棺を地中に埋め、誰かが再びお祈りをし、みんなが拍手をした。葬儀の次第がすべて終了すると、ケゲルが前に進み出た。

「ホン・ヘジョンさんは今日、土の下に居を移されました。ヘジョンさんは、いえ、私はいつも通りホン訳と呼ばせていただきます。いつもそう呼んでいましたから。ホン訳は地面の下で、私たちと同じようにこれからも生き続けることでしょう。ホン訳のために私たちができることは、彼女のことをできる限り心に留めておくことです。死んだ人を思うことのどこがいけないんでしょうか。安っぽい感傷に陥りさえしなければ、それに勝る楽しみはありませんよ。私たちみたいな老いぼれは、なるべく頭を使って楽しむようにしなけりゃいかん。体が不自由な方々は多いですが、頭、ほら、ここについてる頑丈な頭は皆さんまだしっかりしてるでしょう？　そのしっかりした頭でホン訳のことを大いに思い出してあげてください」

ケゲルの話が終わると、小さなスピーカーから流れ出る音楽のボリュームが上がった。人々は、本格的に笑ったり騒いだりし始めた。どのテーブルにも酒の空きビンがたまっていった。調子っぱずれの歌を大声でがなりたてる人もいた。

僕は、デブデブ１３０を促して席を離れ、公園墓地を散歩した。デブデブ１３０はどうにか泣き止んではいたが、その顔といったらひどいものだった。目はぷっくりと腫れ上がって腹よりも突き出して見えたし、顔全体が汗と涙でまだらになっていた。散歩でもすれば少しは気分がマシになるかもしれない。コリオの人たちの馬鹿騒ぎも、ポップな音楽も、何もかもが耐えがたかった。

起こっていることすべてに実感が湧かなかった。日曜の午後、親しい友人の死を突然知らされ、彼女が死んだというのに人々は陽気にどんちゃん騒ぎをしていて、残された僕らはこうしてのんびり共同墓地を散歩している。とうてい現実とは思えなかった。僕らは地面に目を落とし、共同墓地をゆっくりと歩いた。

コリオの共同墓地には高く盛り土をした墓や大きな墓碑はなかった。小さな石に死者の名前、生まれた日と死んだ日、短い言葉が刻まれていた。地面を見ながら歩いていたこともあり、死んだ人の名前がやたらと目に入ってきた。その人たちの名前を声に出さずに読み上げながら、僕は共同墓地を歩いた。どれも死んだ人の名前のようには思えなかった。生きていようと死んでいようと、人の名前には変わりがないから。

名前を読んだ後は、死んだ年から生まれた年を引いてみた。この人は早くに亡くなったんだな、この人はけっこう長生きしたんだ、そんなことを考えながら歩いた。歩いているうちに悲しみが和らいできた。

「ねえ、このお墓、すっごくキレイ」

デブデブ130が指差した先には、墓と呼ぶには美しすぎる空間が創り上げられていた。LPレコードのような形をした石の上に「イ・チャンジュ」という名がグラフィティ風に書かれており、友人たちの落書きがそれに寄り添っていた。そして何輪かのバラの花、キャンドル、ナプキンに走り書きされた友だちからの手紙、きれいな形の石、木の枝と紐で作られた十字架、フォトフレームには笑っている男の写真。

「グラフィティアーティストだったのかな。写真の男の人がイ・チャンジュさんですよね」

「だろうな」

「うわ、これ見てくださいよ。一九八八年に生まれて二〇〇八年に死んじゃってる」

「たった二十年しか生きられなかったんだな—」

「死因は何だったんでしょうね」

「さあ……墓碑には書いてないからな」

「書いとけばいいのに」

「お前なあ、家族の気持ちになってみろよ。ここに来るたんびに大切な人の死の瞬間を思い出すことになるんだぞ」

「そうか……。ここは元々冷やかし客のための場所じゃないですもんね」

僕らは歩きまわりながら墓を観察した。そこには様々ないきさつで世を去ったであろうたくさんの人々の名が記されており、彼らを想う人々を偲ばせる品もあちこちに置かれていた。墓地は、生きている者と死んだ者が相まみえる場所なのだ。僕らは墓碑ウォッチングに夢中になり、ろくろく話もせずに公園を歩き回った。墓碑銘を読むのもまた一興だった。その人がどんな人だったのかわかるからだ。文字ではなく絵が描かれていたり、詩が書かれていることもあった。そこには数えきれないストーリーがあった。ホン・ヘジョンだったらどんな墓碑を望むだろうか……。

「ジフンさん、僕らにできること、ありそうだね」

「ああ、俺もそう思う」

ホン・ヘジョンの墓を美しく飾ること。それこそが僕らの友情を示すための唯一の道、罪滅ぼしの方法だと僕らは思った。僕らにできることといえば、それぐらいしかない。

僕らは、ホン・ヘジョンの墓に装飾を施したいと申し入れ、すんなりと許可された。僕らに満足げな眼差しを向けながら、ケゲルは言った。

「ホン訳は、死んで初めて真の友を持てたんだな。まったく、こと人間関係に関しちゃ死ぬほど運がなかったってのにな、生きてるときにゃ」

デブデブ130と僕は、毎日墓地を訪れた。歴史図書館の業務が終わる時間に合わせて僕が図書館に寄って、ヤツを拾う。墓地に着くのはいつもだいたい午後六時頃だった。僕らはホン・ヘジョンの墓に毎日新しい花を供えた。ホン・ヘジョンは花を贈られるのが一番好きだったからだ。前日の花が萎れてゆく頃には新しい花がその隣に置かれた。ホン・ヘジョンのところへ顔を出した後は、墓の調査に没頭した。僕らはそれを「墓地紀行」と呼んでいた。ほかの墓はどんなふうに飾られているのか、墓碑にはどんなストーリーが記されているのかリサーチするのだ。とはいえ、ホン・ヘジョンの墓を飾るという名目にかこつけて、実のところ僕らは楽しんでいた。コリオの公園墓地には三千あまりの墓があったが、その墓を全部見てみたかった。僕らが一番好きだったのは、疲れた足をしばし休め、墓地の中央に置かれたベンチに座って夕焼けを眺める時間だった。その日の最後の陽の光を浴びてたくさんの小さな石がきらきらと輝く様子は、まるで小さな白い波の立つ穏やかな海のように見えた。

「魂が墓に戻ってくみたいじゃないか？　キラキラ光りながらさ」

「やめてよう、怖いじゃないですか」

「何言ってんだ、怖いもんか」

「幽霊でも見ちゃいそうな気がしてきた。ジフンさんが魂なんて言うから……。これまでそんなこと思いもしなかったのに」

「じゃ、どんなこと考えてたんだよ?」

「ここってチェス盤みたいだなって。墓碑がね、チェス盤の上の駒そっくりに見えません?」

「おいおい、そっちのほうがもっと怖いだろうが。ここの墓碑が夜ごと動き回ってんの想像してみろよ。あそこに見えるあの石が動いてさ、すーっと近づいてきて静かに言うんだよ、こんな声で。チェックメイト」

「やだよう、怖いってば」

どんなふうに見えようと、それらはしょせん石だった。普通の石との違いといえば、誰かの名前が記されているということだけだ。でも、単純な違いが意外と重要なこともある。一つの名前によって、多くのことが変わってくることもあるから。

僕らは、ホン・ヘジョンの墓について、いろいろとアイデアを出し合った。ホン・ヘジョンが好きだったレコードを墓の前に積んでおくという僕の思いつきにはデブデブ130が反対し、ホン・ヘジョンの携帯電話を埋めて、電話がかかってくるたびに実際に着信音が鳴るようにしようというデブデブ130のアイデアには僕が反対した。3Dホログラムで生前の姿を映し出すのなんてどうだろう。ダメダメ、それはあからさま過ぎる。お化けが出たって驚かれるよ。お墓の前に人が来ると、ホログラムのホン・ヘジョンが現れて、「来てくれてありがとう。私は元気にしてますよ。死んだってことを除けばね。私のことを忘れずにいてくれて嬉しいわ。一曲ご披露しましょうか?」なんて言って、ドキッとさせるのは? 面白そうではあるけど、ホン・ヘジョンスタイルじゃないよ。でも、ホン・ヘジョンスタイルって、いったい……?

コリオ村での人の葬り方は二種類だ。そのまま土に埋めるか、火葬してその灰を木の根元に撒くか。家族や親戚が望めば火葬をするが、ホン・ヘジョンのように家族がいない場合はそのまま土葬となるケースが多い。コリオの葬儀方式で一番変わっているところは、死者を土葬にするときの埋め方だ。使者の体は、ほとんどの文化圏で横たえて葬られる。長い間立っていたのだから、これからは楽に休むようにと。でもコリオでは、体を縦にして埋める。人を立たせた状態で埋めるわけだから、穴も深く掘る必要がある。その穴は葬儀の際に掘るのだが、その光景は壮観のひと言に尽きた。巨大な注射器がついたーそれを何とかいう名前で呼んでいたのだが、忘れてしまったークレーンがやって来て、棺を埋める場所の土を吸い上げるのだ。注射器で血を採るときのように、地中から吸い上げられた土が注射器の中に噴き上がる。必要なだけの土を吸い取った後、そこへ垂直に棺を下ろす。ケゲルの説明によると、棺を垂直に埋めるのにはふたつの理由があるとのことだった。まずは用地の節約。そして、死んだ人はこの世から消え去るのではなく、別の次元の世界で生き続けるのだというコリオの人々の考えが込められているのだと。コリオの公園墓地の墓がみな小さいのは、棺が垂直に埋められているからだったわけだ。

初めてその話を聞いたときは、うなじの辺りの毛が逆立った。公園墓地を歩くたびに、誰かの頭を踏んでいるような気がして仕方がなかった。マンションやアパートとはわけが違う。そちらは四方を硬いコンクリートで囲まれているので、上下に人がいるのを意識することはない。でも、コンクリートではなく土を踏むとなると気分が違う。やわらかい土を踏んでいると、誰かの頭をそうっと踏んでいるような気がする。僕の足の下で、頭を踏まれた誰かがムカつき、腹を立てているかもしれない。地面の上に人々が立っていて、地面の下にも人々が立っている。そんな様子を頭に思い描いて全身に鳥肌が立った。

二週間も過ぎたというのに、僕らは墓を飾る作業に手もつけられずにいた。花ばかりがホン・ヘジョンの墓の前にたまっていった。最初のうちは、ホン・ヘジョンの墓を個性あふれる墓にしてあげたいと思っていた。でも時が経つにつれ、そんなことをしたところで……という気になってきた。墓を美しく飾りたてることに何の意味があるというのだろう。僕らはともかく墓碑を立てることにした。他のことは後でなんとかするとして、まず墓碑が必要だと思ったのだ。名前も記されていない墓に花ばかりがふんだんに供えられているのでは、花畑なのか墓なのかわからないではないか。僕らはホン・ヘジョンの墓碑にこう刻んだ。

ホン・ヘジョン　★　一九四八年四月一四日　†　二〇一三年一月二一日　完成したパズルなんてない。

「完成したパズルなんてない」というのはホン・ヘジョンがよく口にしていた言葉だ。その言葉がホン・ヘジョンの死を何より雄弁に物語ってくれそうな気がしたのだ。完成したパズルなんてない。完成した翻訳なんてない。完成した電波なんてない。完成した資料なんてない。完成した人生なんてない。僕らはいちばん分厚い碑石を選び、その一文を刻み込んだ。墓碑を立てた日、デブデブ１３０と僕はホン・ヘジョンの墓の前に座り、虚ろな思いでそれを眺めた。一人の人間の生涯が、名前と記号二つ、それからいくつかの数字と一つの文に集約されていた。

ホン・ヘジョンの墓碑を立てた日、初めて彼女に出会った。そのときの彼女の後ろ姿が今もくっきりと目に浮かぶ。デブデブ１３０と僕は、公園の管理人に碑石の代金を支払いに行っていた。少しして僕らが墓の前に戻ってきたとき、彼女がホン・ヘジョンの墓の前に立っていた。その後ろ姿を見て、僕はホン・ヘジョンが生き返ったのかと思った。ホン・ヘジョンの後ろ姿を見ているようだった。彼女はいつも車椅子に乗っていたのに立っている後ろ姿が似ているというのもおかしなことだが、そう思ったのだ。右のほうに五度ほど傾いた首。なだらかに左に傾斜する肩のライン。地面からひょっこり頭をのぞかせた石のようにぴょこんと突き出た肩甲骨。静謐な印象のうなじ。後ろ姿の曲線と直線と角度がすべてホン・ヘジョンに似ていた。

「ホン・ヘジョンさんのお墓にいらしたんですか?」

デブデブ130が話しかけた。

「そちらは?」

「僕たち、ヘジョンさんの友人です」

「友人ですって?」

「一緒に音楽を聴いたり、映画を観たり……してました」

「ああ、お話は聞いてます。気になってたんですよ。あの母とそんなに楽しく過ごせたなんて、いったいどんな人たちなんだろうって。きっと海みたいに広くってシルクみたいに美しい心を持ってるに違いないって」

「あ、それじゃ……。娘さんがいるってお話は伺ってませんでしたけど……」

「私だって、母がいるなんて話、あっちこっちでしませんよ」

前から見ても、明らかに似ている。三十代半ばのホン・ヘジョンという感じだった。ふっくらとした唇、尖った顎、大きくも小さくもない切れ長の目、肉の薄い頬。年をとらせて眼鏡をかけさせれば晩年のホン・ヘジョンと見分けがつかなくなりそうだ。

「ともかく、ご挨拶させていただきますね。イアンといいます。ホン・イアン。もしかして、お二人が墓碑を立ててくださったんですか？」

「ええ、まあ……」

「完成したパズルなんてない、あれもお二人が？」

「ああ、あれは、ヘジョンさんがよく使ってらした言葉です。僕らはそれを使わせてもらっただけです」

　ホン・イアンとのやり取りはデブデブ130が引き受け、僕は黙って聞いていた。彼女は「ホン・ヘジョンの裏面」という感じがした。似てはいるけれど、すべてがいわば裏返しだった。顔をしかめると、顔に寄ったしわがことごとく相手を攻撃した。声は相手を一瞬のうちに緊張させた。ホン・ヘジョンが笑顔で身を鎧っていたとすれば、彼女の武器は鋭い刃だった。二人はまさに、互いのもう一方の面なのかもしれなかった。月が満ちれば欠けるように、いつかのホン・ヘジョンの姿が彼女の姿だったかもしれず、彼女の姿もまたいつの日かホン・ヘジョンのようになるかもしれない。怒ったホン・ヘジョンは、彼女と似ていたかもしれない。

「完成したパズルなんてない？　はっ、笑わせてくれるわね」

「えっ？　なんでですか？」

「ホン・ヘジョン女史。ホントおかしな人よ。あんなセリフを吐いたのが私だったとしたらね、絶対に私を放っておかなかったでしょうよ、パズルを完成させるまで。どんな手を使ってでもね。それが、悟りでも開いたみたいにあんなこと言っちゃって。呆れたこと」

「よくない思い出が多いんですか？」

「いい思い出がないんですよ」

　彼女は、右手に握っていた花を墓碑の前に放った。一つに束ねられた花々が土の上で波打った。彼女は長いことぼんやりと立ちつくしていた。泣いているようではなかった。僕らはそっと立ち去った。デブデブ130と僕は、いつものベンチに座って陽が沈む墓地を眺めていた。雪が積もっているせいで、墓碑が黒い点々のように見える。

　一つの点に一人の命が埋められている。それを実感するのは難しかった。遠くから見ると、命はごく小さな一つの点にしか見えなかった。僕は、兄とホン・ヘジョンの死について考えた。二人とも善い人間だった。人に害を与えたことも、人を陥れたこともなかった。僕が知る限り、自分の成功のために誰かを踏みつけにしたこともない。なのに二人の死は、この世界に何の痕跡も残せなかった。岩に刻まれた落書きほどの痕跡も。善い人の死は世の中に大きな影響を及ぼすものと、僕は思っていた。その人たちがいなくなったことで地球の重量が軽くなるとか、その人たちがいなくなったことで人々の心が重くなるとか、せめてその人たちがいなくなったことで何日かの間、食事が喉を通らない人でも出てくるかと思った。何日かの間は悲しみが世界を覆うだろうと思っていた。でも死なんてものは、しょせんちっぽけな点に過ぎなかった。遠くから見れば小さな点で、もっと遠くから見ればもっと小さな点で、さらに遠くから見れば、あまりに遠くて見えない点。

「母の家に連れてっていただけるかしら？」

　ベンチの後ろから彼女の声がした。墓地は夕闇に包まれていた。デブデブ130が振り向いて答えた。

「いいですよ、もちろん」

6

僕らはその日の夜、ホン・イアンからいろいろな話を聞いた。ホン・ヘジョンの家に着いた彼女は、欲しいものがあったら何でも持っていくようにと僕らに言った。僕はそんな気になれなかったが、デブデブ130は、僕とは違って何か欲しいものがあるようだった。口に出しはしなかったけれど、おそらく食卓だったろう。

僕は、彼女が家を片づけてしまう前にホン・ヘジョンの家を最後にひと通り見ておきたかった。一緒に映画を見たリビング、和気あいあいと飲んで騒いだソファ、デブデブ130が転んだときに押しつぶされて、片側がぺちゃんこになったスタンド（それを見てしばらく止まらなかったホン・ヘジョンの笑い声）、本棚の本、オーディオラックにぎっしりと詰め込まれたCDとLP、大きなポスター。すべてがそのままだった。ホン・ヘジョンを除いて。僕は、冷蔵庫に貼られたダイトの表を見つけた。二〇一三年、新しい年のダイトだった。そこに彼女の名はなかった。用紙に記された人々の名前の横に順番が書き込まれていた。なのに、真っ先に世を去ったのは彼女だった。ホン・ヘジョンは、二〇一三年のコリオ村の死者第一号だった。彼女の名はダイトの候補の中になかったから、ゲームに何ら影響を与えることはないけれど。ホン・ヘジョンに最後に会った日のことが思い出された。

ホン・イアンは、何か探しものでもしているかのように家の中を歩き回っていた。コリオ村の人たちもホン・イアンの存在を知らなかったのか、家はきれいに片づけられている。温もりというものがいっさい残っていない。死んだ人の家だとひと目で見当がつきそうなぐらいに。ホン・イアンは本棚の引き出しを開けてみたり、冷蔵庫を開けてみたり、書棚の本を手に取ってみたりしながら脈絡なくうろうろと歩き回っていた。

「何か探し物でも?」

　僕は訊いてみた。

「何なのかはわからないんだけど、何か探さないといけないみたいな気がして……」

「じゃ、ごゆっくりどうぞ。僕らはお先に失礼しますから」

「こんなときって普通、何を探すものなんでしょうね。クローゼットの下なんか掻き回してへそくりでも探すものなのかしら。それとも家族写真なんか見つけて涙にむせぶフリとか? でも困ったこと。涙が出ないわ。悪いわね、お母さん。ちょっとだけ涙を残しとけばよかったのにね。ごめんね、ホン・ヘジョン女史」

「涙を流しきっちゃった後は、どんなに悲しくっても出てこないことありますよ。また貯まるまで待たないと」

「トイレの水みたいに?」

「……例えがちょっとなんですけど、まあ、そうですね。トイレの水みたいに」

「私もちょっとは涙が出たらなあ。心の中の澱《おり》みたいなものも一緒に流しちゃえたらいいんですけどね」

「あんまり泣かないほうですか?」

「いえ、よく泣きますよ。映画観ては泣き、ドラマ見ては泣き、枯葉が散るのを見てはわけもなく泣き。しょっちゅうですよ」

「そういうんじゃなくて、誰かのために泣いたことはないんですか？」

僕の問いに、ホン・イアンは首をかしげた。

「ないかなあ、少なくとも最近は……。で、そちらの結論は？　うーんと、そうね、誰かのために泣いたことがない人。これはAパターンかしら？　Aパターンは、自分勝手で自己主張が強くって、万事に否定的。賞賛よりは批判することを好む。まあ、そんなところかしらね。特に母親に対してつらく当たり、母親みたいにはなるまいという決意のもと、生涯を送る意地っ張り。ええそう。ぴったりよ。まさに私そのものよ」

デブデブ130がCDを取り出してプレーヤーにセットした。ストーンフラワーのアルバムだった。デブデブ130は、ソファに座って目を閉じた。ホン・ヘジョンと分かち合った時間を思い浮かべているようだ。音楽が空間を満たすと、僕らはもはや言葉を発することができなくなった。自由気ままにうなりをあげるギターの音。低くつぶやくようなボーカル。ストーンフラワーの音楽が、僕らと空間を同時に掌握した。一曲めが終わった。でも解説してくれるホン・ヘジョンの声は聞こえてこない。

「久しぶりに聴いてみると、なかなか悪くないわね」

ホン・イアンがぶっきらぼうな口調で言った。

「三人でよく聴いた曲なんです」

僕は弁解でもするように言った。

「私もしょっちゅう聴いてましたよ。子どもの頃からね」

ホン・イアンはワインセラーからワインを出してきた。ワインセラーは、まだ飲んだことのないワインでいっぱいだった。ホン・ヘジョンはいつも、これまで知らなかったワインの味を僕らに教えてくれたものだった。

「一杯いかが?」

ホン・イアンはキッチンからワイングラスを三つ持ってきて、ワインを注いだ。ブルゴーニュワインだった。薄い色合いが、そのワインを血のように見せていた。ホン・イアンとデブデブ130と僕は、リビングのソファに座ってワインを飲み、ストーンフラワーを聴いた。みなひと言もしゃべらなかった。一本目のワインが空になり、二本目を開けたとき、ホン・イアンが言った。

「ねえ、知ってます? このグループのボーカリスト、私の父親よ」

デブデブ130と僕は、ハッと彼女を見つめた。何の言葉も浮かばない。僕らはただポカンとしていた。

「あはは、冗談ですって。その人はイアン・デイビス、私がホン・イアンでしょ?」

「すごい偶然ですよね」

「ああ、もう、わかんない人たちね! 偶然なわけないでしょう。母がストーンフラワーに狂って、私にそんな名前を付けたんですよ」

「もうっ、びっくりさせないでくださいよ」

「まあ、父親だっていうのもあながちウソとは言えませんよ。この人の歌を子守唄がわりに育ったんだから。実の父親じゃなくね」

そして、僕らはまた音楽の中へと浸り込んでいった。アルバムの最後の曲が流れているとき、彼女の顔を盗み見た。目が濡れていた。

「拍子抜けさせちゃったかしら？　違うわよ、母のことで泣いたんじゃないの。音楽が良くって悲しくなっただけ。やっぱりAパターンでしょ？」

僕は立ち上がって冷蔵庫のところへ行き、ドアを開けてチーズを出した。冷蔵庫の中のものは新鮮なままだった。僕はチーズをひと口かじり、地面の下で朽ちてゆくホン・ヘジョンの体のことを思った。

「これは？」

三本めのワインを手に戻ってきたホン・イアンが尋ねた。ダイトの表を手にしている。僕は彼女にダイトゲームについて説明してやった。生易しいことではなかった。自分が理解不能なゲームなだけに、説明はさらに困難を極めた。ダイトゲームのせいで諍いになった日のことが思い出された。ホン・イアンは、時折質問をはさみながら僕の話を熱心に聞いた。

「なかなか悪くないゲームですね。毎年、母を一番にするの。母が真っ先に死ねば儲けものよ。母は死んでくれるし、賞金はもらえるし」

「本気で言ってるんですか、それ」

「もちろん。百パーセント本気よ」

「怖ろしい本心ですね」

「母がどんなに怖ろしい人間か、あなた、知らないからそんなふうに思うんですよ」

「ホンさんのほうが一枚上手に見えますけどね」

「なんにも知らないくせに」

「ホンさんのほうが、お母さんのことを誤解してるって可能性もありますよ」

「たかだか数か月友だち付き合いしたぐらいで、ずいぶん知ったふうな口きくんですね。天真爛漫に笑って、まるで天使みたかったでしょ？　天国に行ってると思うでしょ？　とんでもない。今ごろ地獄に落ちて、あの汚らしい頭からじわじわと焼かれてることでしょうよ」

「ずいぶんひどいこと言うんですね」

「こんなの序の口よ。もっとひどいことだって、いくらでも言えますよ」

「やめましょう、もう」

　ホン・イアンの目に血管が細く浮いていた。青白い空を走る赤い稲妻みたいに見える。彼女は破裂寸前の風船のようだった。針の先っぽで突いただけで、パーンとはじけてしまいそうだ。ぱんぱんに膨れ上がった怒りを彼女が空へ放ってしまえるよう、僕は手助けがしたかった。でも、たやすいことではなかった。彼女の怒りは、誰かを攻撃したくていても立ってもいられない状態にまで達していた。突いてやらないことには収まりそうもない。彼女の目を覗き込んでいるうちに、僕は彼女をとことん追いつめてみたくなった。声に怒りを込めて、僕は言った。

「だいたい、ここへは何しに来たんです？　お墓からお母さんを掘り出そうと？　朽ちてゆくへジョンさんの耳に口を当てて罵り倒したくて？」

「何も知らないくせに、よくもそんなこと……」

「知らない、知らない、知らない。知らない人は恋しがる資格もないんでしょうね。語る資格も、お墓を作る資格も」

「そうよ」

「なぜないんですか？」

「母がどんな人間だったか、十パーセントも知らないじゃないですか」

「ふう。ヘジョンさんがどうして娘さんの話をしなかったのか、わかる気がしますよ」

「そう？　やっとわかったのね。今更って感じだけど、それでもわかっていただけて嬉しいわ」

「資格のないヤツらの作ったお墓なんか、さっさと叩き壊しちゃったらどうですか。なんなら、代わりにやってあげましょうか？」

「私だって滅茶苦茶な気分なんですよ。悲しいのにイライラする。母がここにいないってことに腹が立ってたまらないのよ」

　ホン・イアンは、ついに声を上げて泣き出した。母親のせいではなく、自分自身に腹を立てているように見えた。風船ははじけた。その瞬間、家の中の密度が変化した。ホン・イアンの中から何かが溢れ出て、家の中を満たした。彼女はその場に泣き崩れた。デブデブ130と僕は顔を見合せた。僕らにできることはない。彼女が泣き止むのを待つ以外は。

　僕らはホン・イアンを食卓の椅子に座らせた。そして、メニューの中からココアを選んだ。デブデブ130がココアをもう一度押し、僕はコーヒーを押した。食卓の下のほうから湯気の立つカップが三つ上がってきた。僕らは敗残兵のようだった。大将を失った兵士。そんな気持ちが温かい飲み物のおかげでいくらか癒された。

　ホン・イアンはココアをひと口すると、また泣き始めた。そのまま顔を上げず、ずっと泣き続けた。涙はチャージする必要がない。僕もそれを知っていた。どんなに泣いてもまだ泣けるということを。僕もそうだった。デブデブ130が、帰ろうという合図を目で送ってきたが、僕はどうしても帰る気になれなかった。涙が完全に底をついて顔を上げたときの、誰もいない空間の耐え難い寂寞を僕は知っている。それで僕は、彼女を置いていくことができなかった。デブデブ130も、僕らの傍らにとどまった。

「ごめんなさい。私ったらもう、支離滅裂ね」

ホン・イアンは鼻声で言った。僕はホン・イアンに、まだほんのりと温かいココアを手渡した。彼女はひと口ふた口、それを飲んだ。そして話し始めた。

7

ホン・イアンの話はありがちなものだった。母親と娘がぶつかり合う。娘は拗ねて母親を厭《いと》うようになり、母親は、背を向けた娘の後ろ姿を黙って眺め、歳月が過ぎる。そんな何の変哲もない話。一方で、弟のホン・ヒョンの話は衝撃的だった。ホン・イアンも、弟の話をするときはしばしば苦しげな表情を浮かべた。

「信じられないんです、まったく気づかずにいたってことが。弟があんなに苦しんでた、まさにそのとき、その瞬間に、私は恋して浮かれて、新しい人生の計画を練ったりして……」

「どんなに親しい相手だって、その内面まではそうそう覗き込めませんよ」

僕は、ホン・イアンにワインを注いでやりながら言った。涙のためかワインのためか定かではないが、彼女の頬は赤く火照っていた。

「私たちはいつも一緒でした。姉弟っていうより恋人同士みたいだったし、親子みたいなところもあった。母はいつも部屋にこもって仕事をしてたから、私が母親代わりだったの」

「弟さんが属してたっていうその組織は何なんです？　臓器売買に絡んでたんですか？　そんなことするの、ふつう暴力団かなんかでしょ？」

デブデブ１３０が大きな声で尋ねた。

「わからないの。今でも私、ヒョンがどんなことに手を染めてたのか、なんでそんなところに入ったのか、わからないんです。警察はお金のためだろうって言ってたけど、断じてそんなはずないわ。お小遣いは私がいつも充分にあげてたんですもの」

「金なんてものは、あればあるほどいいものですよ。特に二十歳ぐらいの頃はね」

僕が言った。

「ヒョンはそんな子じゃないわ」

「弟さんが亡くなって折り合いが悪くなったんですか？　お母さんとの」

「母はヒョンを売り払ったんです」

「売り払ったですって？　どこへ？」

「死体研究センター。そこに死体を寄贈すると大金が手に入るから」

「まさか」

「ほら、そんな風に思っちゃう。だから、お二人は母のことを知らないって言ってるのよ。母はね、そういう人間なの」

「お金のためだったんでしょうか？」

「おそらくね。父は早くに死んだし、お金がたくさん要りようだったでしょうよ。翻訳の仕事がそれほどお金になるわけでなし、借金もあったでしょうし。だからって、あり得ないでしょう？　そんなの。私にはひと言の相談もなく……。お金が必要ならそう言ってくれれば、私が用立てることだってできたんですよ。私だって働いてたんだから。息子を……息子をそんな、お金と引き換えに売り払うなんて、そんなこと許されると思います？　そういうこともあるだろうって思えますか？」

僕らは返す言葉がなかった。ホン・ヘジョンは本当にそんな人だったのだろうか。僕らには信じられなかった。「ほかに何かわけがあったんだろう」と考えながらも、それでもホン・イアンの言葉に反駁することはできなかった。彼女が言った通り、僕らはホン・ヘジョンのことをわずか数か月分しか知らないのだから。

「ヒョンは五人殺して、しまいに自分の頭に銃を撃ち込んだんです」

「五人殺したですって？」

「警察の追跡をかわして逃げる途中で、図らずもそういうことになっちゃったんでしょう、きっと。しまいには、あの子一人で背負うには何もかもがあまりにも大ごとになってしまっていたんでしょうし」

「ああ……」

「あとほんのちょっと気を配ってさえいたら、防げたことだったのよ。母が、ヒョンにね。なのにあの子の死体を売るなんて。死んでも許せないわ」

「起こる前に防げることなんてありませんよ」

「いいえ、あるわ。どんなことであれ、あと一パーセント関心を傾けさえすれば結果が変わるってことはたくさんあります。母が一日にあと一分だけヒョンのことを考えてたら、誰も死なずにすんだ。六人の命を救うことができたはずなんです」

「そうしたら、そのときはまた別のことが変わってきたでしょうよ。どんなことであれ可能性はどのみち百パーセント以内だし、一日は二十四時間しかないんですから」

「命よりも大切なものなんてあると思いますか？」

「息子が死ぬことになるなんて思わなかったでしょうよ」
「知ってたかもしれないわ。冷酷無比な母のことだから」
「じゃ、ホンさんがもう少し気をつけてあげるべきだったんじゃないですか？　母親代わりだったっていうんなら」

口にした瞬間から僕は後悔に苛まれた。ホン・イアンが責めていたのは、ホン・ヘジョンではなくて自分自身なのかもしれなかったのだから。

僕らはホン・ヘジョンの家を後にした。夜も更けていた。話をしているうちに、皆それとなく酔いが回ってきていたため、ホン・イアンもすんなりと眠りにつけるのではないかと思われた。短時間にあまりにもたくさんの話を聞き、あまりにもたくさんのことを知ってしまった。僕らがそんなことまで知る必要が、果たしてあったのだろうか。ホン・ヘジョンの息子がどんなふうに死んだのか、ホン・ヘジョンが息子の死体をなぜ売ったのか。そんなことまで知る必要が？　僕らは、知るべきことは探り当てられず、知らなくてもいいことを知り過ぎているんじゃないだろうか。

その夜はなかなか寝つけなかった。ホン・ヘジョンとホン・イアンの顔が目の前をちらついた。二人の顔はしばしばオーバーラップした。ホン・ヘジョンのことを考えていたはずが、ふと気づくとホン・イアンの顔に変わっている。ホン・イアンの顔がホン・ヘジョンに変わることはなかった。ホン・ヘジョンの顔が、僕の中から消え去りつつあるのかもしれなかった。僕は頭を整理しようとノートを取り出して、思いつくままに疑問点を書き出してみた。ホン・ヘジョンは息子の死体をなぜ売ったのか。ホン・ヒョンは、どんなことに手を染めて死ぬことになったのか。ホン・イアンという人物について。結婚はしているのだろうか。恋人はいるのだろうか。時間が経つにつれ、僕の関心はホン・イアン一本に絞られた。夜も明ける頃になって、眠りはようやく訪れた。

その頃、会社の業務に大きな変化が生じつつあった。次世代通信規格であるＥＬＴＥの開発は大詰めに入っていて、僕が属す電波チェックチームの業務もそろそろ終わりに近づいているのは明らかだった。事業が正式にスタートすれば、電波チェックチームは解散となり、業務はサービスチームに引き継がれることだろう。電波チェックチームに来る前、僕は物流支援部署に所属していたのだが、そこへ戻るか、新規事業の開発チームに志願するか、別の会社の電波チェックチームに履歴書を出すか。選択肢は三つだった。電波チェックチームに志願したときは、一年という期間が永遠のように感じられた。なのに、時間が経つのは意外に速かった。電波チェックチームという部署がなかったら、僕が会社に通い続けるのはおそらく難しかったろう。その頃の僕にとって、出勤して人々と挨拶を交わしたり、人に会ったり、同僚たちと雑談を交わしたりするのはほとんど恐怖に等しかったから。兄が死んで完全に独りぼっちになってから、僕は誰にも会いたくなくなっていた。電波チェックチームは閑職だったし給料も三分の一に減ったが―基本給は一緒でボーナスがなかった―たとえ給料は下がっても、人に会わないで済むほうが楽だった。でも、世の中なんて、やっぱり何がどうなるかわからないものだ。人と顔を合わせなくて済むように電波チェックの仕事を選んだというのに、なんとその時期に、真の友と呼べる人たちと出会えたのだから。

状況はかなり好転したとはいえ、先は今なお見えてこなかった。地下五階ぐらいの完璧などん底からはどうにか抜け出したものの、僕の人生は相変わらず薄暗い地下にとどまっていた。無電波のブラックホールからは脱出したけれど、電波は依然として弱かった。どうやって生きていけばいいのか。どんな仕事に就き、どんな人に会って、どんなふうに笑えばいいのか、皆目見当がつかない。早く時が過ぎればいい。そうすれば年を取って死んでしまえるのに、と思うこともあったし、その一方で、時間が止まって何もかもが今のままでいてくれたら、と思ったりもした。現状も決して好ましいものではないけれど、それよりもっと暗い未来が待っているんじゃないかと思うと、身が竦む思いだった。

ホン・イアンに出会ってからは、ホン・ヘジョンの墓には行かなかった。娘が来ているのだから、僕らは少し距離をおいて見守っているほうがよさそうだと思ったからだった。墓を飾ることも、さして重要なこととは思えなくなった。ことによるとホン・イアンの気が変わって、母親の墓を美しく飾りたいという気になるかもしれない。

「ジフンさん、イアンさんちに行きません？」

日曜の午後、家で休んでいるところへデブデブ130から電話がかかってきた。何だって？ ホン・ヘジョンの家じゃなく、ホン・イアンの家だって？

「何しに」

「昨日ちょっと寄ってみたんだけど、食卓くれるって。どうしてもって言うんで、今日取りに行くことにしたんですよ。ちょっと手伝ってもらえません？」

「結局もらうことにしたんだな」

「あっ、でも、僕が頼んだんじゃないよ。処分するって言うからさ」

「頼んでないって？ なら、何しに行ったんだよ？」

「イアンさんが気になって。女の人一人だし、心配じゃないですか」

「ほう、そうか。そういえば、ヘジョンさんも一人でいたよなあ。お前、心配したことあったっけ？」

「ジフンさんてば、もうっ！　意地悪なこと言って。嫌ならいいですよ。僕一人で運ぶから」

電話は切れた。思わず口をついて出てしまった。デブデブ１３０にではなく、僕自身に向かって発された言葉。ホン・イアンに会いたかった。でも、なかなか会いに行く決心がつかなかった。それじゃへジョンさんにあんまり申し訳ないじゃないか……。結局僕はデブデブ１３０に電話をかけた。僕がトラックを一台借りておくことになった。

ホン・イアンの家に行ってみると、ケゲルとゼロが来ていた。ゼロは、初対面のときとまったく同じように、ひっそりと玄関口に立っていた。表情も同じ、服装も同じ。まさか生まれたときからこうだったわけじゃなかろうが。ケゲルはホン・イアンと大声で言い争っていた。

「だからねお嬢さん、好きにどうこうできるもんじゃないんだって」

「どうしてですか。母の家の中のものを、私が好きに処分して何が悪いんです？」

「これは個人の持ち物じゃない。村の共有財産なんだよ」

「家だけが共有財産だっておっしゃったじゃないですか」

「家具と電子製品もだよ」

「そんなのってないわ」

「ああ、まったくわからん娘さんだな。ほれ、ごらん。契約書にあるだろが。ここ、ホン訳がサインしてあるの、見えるだろ？」

「ホン訳、ホン訳って言わないでくださいます？」

「ああ、わかったよ、悪かったな。ともかく、これをよく見ろって。家と家具、電気製品いっさいはコリオ村の財産であり、よそへ引っ越すときはすべて返還する。そう書いてあるだろう？」

「ああ、はい、わかりましたよ。どうせ私にはどうでもいいことだし。家具と電気製品は全部置いてきますから、ご心配なく。もうお帰りいただいていいですか?」

「まーったく気が強いな。母親そっくりだ」

「ああ、もういいでしょ！　わかりましたってば」

「ああ、ああ、そうかい。ところで何か手伝ってやろうか?　荷作りは?　この頃の若いもんは荷作りもろくすっぽできんからな」

「あそこの、ドアから、今すぐ、消えちゃって。何度も言わせないでくださる?」

ホン・イアンが怒りを爆発させても、ケゲルはふてぶてしく笑っていた。ケゲルは僕とデブデブ130にしかめっ面をして見せ、出ていった。ゼロが後に続いた。ホン・イアンは、僕らを見ても挨拶もしなかった。まだまだ怒りがおさまらない様子だ。かなり経ってから彼女は言った。

「ごめんなさい。食卓はお譲りできそうにないわ」

「いえ、いいですよ。どうしてもってわけじゃないですから」

デブデブ130が、心とは裏腹のことを言った。家の中は散らかっていた。家のあちこちに段ボール箱が数十個ほども積まれており、動くたびに埃が舞い上がる。兄の持ち物を整理していたときのことが思い出された。兄が集めた一万二千枚のLPをきれいに箱詰めするのに一週間かかった。ジャケットを眺めてから箱に入れ、一度なでては箱に入れ……。そんなことをしていて一週間もかかってしまったのだ。片づけを始めた頃にはよく泣いた。兄がこの世に存在した証を消そうとしているような気がして、すべてがこのまま永遠に消え去ってしまいそうで、なかなか気持ちの制御が効かなかった。それでも三日ほどすると、だんだん心が落ち着いてきた。すると、LPを処分するのが面倒くさくなった。兄には申し訳なく思いながらも、煩わしいという気持ちは抑えようがなかった。ホン・イアンは、ホン・ヘジョンの持ち物をどんな思いで整理したのだろうか。憎しみを抱いていたのなら、その気持ちが和らいだのではないだろうか。体が心を宥《なだ》めてくれることも、時にはあるものだ。

「箱の中のもの、音楽博物館に寄贈するんだけど、欲しいものがあったらどうぞ。ここからアルファベット順になってます」

僕は、ストーンフラワーのセカンドアルバムを箱から出した。そればかりは僕らが持っているべきだと思ったからだ。デブデブ130は箱の中をもっと探ってみたそうにしていたが、僕の顔色を窺って、やめた。中古レコード店の店先でもなし、箱の前にしゃがみこんでごそごそ掻き回したくはない。ホン・ヘジョンのコレクションを聴きたければ、音楽博物館に行けばいいのだ。僕にはそれで充分だと思えた。

「こっちは本だけど、いらないわよね?」

返事をする者はなかった。

「じゃ、これでおしまい」

ホン・イアンは何本か電話をかけた。十分ほどすると、人が押し寄せてきた。本の箱を持っていく人あり、レコードの入った箱を持っていく人もいた。僕とデブデブ130も手伝った。人々が引き上げると、家の中は空っぽになった。衣類はリサイクルセンターに引き渡した後だったし、家の中に残ったものといったら、もともと家にあった家具がいくつかにホン・イアンが使う布団、そしていくつかの箱だけだった。僕はトラックを借りた会社に電話をかけて、車を返す旨を伝えた。

「ホン・ヘジョン女史、完全に消滅の巻」

ホン・イアンの声がこだました。声は、空っぽの家の壁にじかにぶつかり、そのまま撥ね返ってきた。声を吸い取るものは何もない。彼女は舞台の上の俳優みたいに見えた。

「私ね、今日パーティーするつもりなの。参加する方？」

ホン・イアンが指差した先には、ワインが十本ほど入った箱があった。ホン・ヘジョンが大切に取っておいたワインだった。種類も様々だ。赤ワイン、白ワイン、デザートワインが満遍なくそろっている。僕らはソファの上で、夜っぴてワインを飲んだ。初めて一緒に飲んだときよりは、遥かに気兼ねのない席になった。ホン・イアンとデブデブ130にとってもそうだったようだ。二人はひっきりなしに冗談を繰り出して、場を盛り上げた。ホン・イアンはデブデブ130に敬語を使うのをやめ、デブデブ130はホン・イアンのことをホン姐さんと呼ぶことにした。いいわね130、あんた、痩せたら許さないわよ。そしたらあんたのこと130って呼べなくなるでしょ。100とか110なんて言いにくくってしょうがないじゃない。あっはっは。さあ、飲んで飲んで。酒の入ったホン・イアンはふだんとは違って見えた。酒のせいではなく、ホン・ヘジョンの痕跡をすべて消し去ってしまったからなのかもしれない。僕らは陽気に飲んだ。巨大な酒樽に頭までどっぷりと漬かりたい。頭から足の先までワインでびしょ濡れになってしまいたい。涙なんて絶対流さない。代わりにワインが全身からポタポタ滴ったらいい……。ホン・イアンは大きな声でけらけらと笑い続け、デブデブ130は携帯電話のMP3プレーヤーで音楽を流し、巨体を揺らして踊った。巨大な尻をテーブルの角にぶつけたりしていたが、痛みはまったく感じていないようだ。僕は笑い続けた。あんなに我を忘れて笑ったことなど、まったくもって久しぶりだった。僕の気分は、久々に八か九あたりまで一気に跳ね上がった。ホン・イアンとデブデブ130がじゃれあう姿を見ているだけでも楽しかった。

眠りから覚めてみると、ソファの上だった。頭の後ろのほうが少し疼いたけれど、二日酔いはしていない。デブデブ130は、床に倒れて死んだように眠り込んでいた。時計を見ると、朝の六時だった。ホン・イアンは部屋で眠っていた。服は着たまま、くるくる丸めた薄い布団を足の間に挟んで。夜を徹してどんちゃん騒ぎをした者に特有の気だるさが顔ににじんでいた。小さく開いた口から規則的に息が漏れている。狭い隙間をこじ開けるようにして出てくる息は、妙な音を立てた。渓谷を吹き渡る風の音のようでもあり、うめき声のようでもある。陽気に笑い、騒いでいた昨夜のホン・イアンとは別人のようだった。僕は、人差し指をホン・イアンの唇の間近にかざしてみた。唇は乾いていた。ホン・イアンの息が、僕の人差し指をかすめて虚空に消えていく。開いた唇の間から白い歯がのぞいていた。僕はドアを閉めて部屋を出た。そしてデブデブ130を揺り起こした。ヤツはなかなか正気に戻らなかった。ようやく体を起こして座ったと思えば、すぐにまた横になろうとする。僕はそれをやっとのことで押しとどめ、襟首をつかんで引きずるようにして表に連れ出した。

「うう、寒い。もっと寝てちゃダメ？　僕、今日は十時出勤でいいんだけど」

デブデブ130が、眠気のまとわりついた声で不平を言った。

「俺は早く行かなきゃなんないんだよ。会社辞めるかもしれないからさ」

「え、そうなんですか？　電波キャッチ用のアンテナへし折っちゃったの？」

「なんだ、面白くないな。本日の冗談第一号だからか？　電波チェックの仕事が終わったのさ」

「それって終わりのある仕事だったんですか？　一生の仕事なのかと思ってた」

「一生の仕事ではあるけど、一生そればっかりやってるわけにゃいかないさ」

「それはそうですね」

「退屈なチームに入るか、辞めるか。どうしたらいいと思う?」

「ほかの会社に電波チェックチームってないんですか?」

「あることはあるけど、今は募集してるとこがない」

「ジフンさんはどうしたいの?」

「お前の言う通りにするよ」

「ほんと? なら、うちで一緒に住む」

「それと会社とは別だろうが」

「なんか……僕んとこに来れば、上手くいくような気がしません?」

「会社辞めたらできることなんてないよ。手に職があるってわけでもなし」

「電波チェックができるじゃない」

「それが何の仕事になるんだよ」

「前にテレビで見たんですけど、宇宙からの電波を捕まえるのに人生を捧げてる人っているんだよね。ジフンさんもそういうのやったらどうかな?」

「その電波と俺のチェックしてた電波って同じなのか?」

「電波なんてそんなもの、どれも似たり寄ったりじゃないの? ヒッヒッ。ところでジフンさん、僕、なんでこんなにお尻が痛いんだろ」

僕らは、そんな他愛のないおしゃべりをしながら家までの道を歩いた。ゆっくりと夜が明け始めていた。遠くに家が見えてくる。何かおかしい。ふとそう感じたが、思い過ごしだろうと、さほど気に留めなかった。周囲は闇に包まれていたけれど、家の佇まいがなんとなく妙な感じがしたのだ。家の表情がこれまでと違っている。どこが変わったのか、そのときにわかったとしても、状況を変えることはできなかったろう。避けられる状況ではなかったのだ。ドアを開けたとき、家の中は冷え冷えとしていた。暖房をつけて出たのに、空気がこんなに冷たいはずはなかった。

「なんでこんなに家ん中が寒いんだろ?」

「窓を開けっ放しにして出たんじゃないですか?」

デブデブ130は適当に受け流して、ソファにごろんと寝そべった。リビングの窓はしっかり閉まっていた。台所の小さな窓も閉まっている。窓はそれで全部だ。あとは二階。二階の窓を開けたことはない。誰かが入り込んで開けない限り……。玄関のドアを調べてみたが、無理矢理こじ開けた形跡はなかった。

僕は野球のバットを握って二階へ向かった。

「ジフンさん、どこ行くの?」

「二階」

「二階? 何しに?」

ソファに寝転んでいたデブデブ130が、がばっと起き上がって座った。すっかり眠気が消し飛んだ顔だ。僕が答えないでいると、デブデブ130の緊張は増した。

「何かあったんですか?」

「二階に何かいるみたいなんだ」

「ええっ? そんな……怖いじゃないですか! 何がいるって言うんですか?」

「俺にもわからない。なんとなく、何かがいるみたいな気がする。家の中の空気がヘンに冷たいだろう?」

「僕のこと、からかってるんですよね?」

「そう思うんなら、そのままソファで寝てろよ。一人で行ってくるから」

デブデブ130はソファから飛び上がり、すっ飛んできて、僕の背中にぴったりとくっついた。階段がぎしぎしと騒がしい音を立てる。ヤツの生温かい息を背中に感じた。もうじき朝が来るというのに、二階に上がる階段はまだ暗かった。

掃除をしたとき以来、二階に上がったことは一度もない。二階に誰かが住みついていたりして……。そんな考えが頭に浮かぶや、空間がぐんとボリュームを増した気がした。巨大な洞窟に足を踏み入れようとしている気分だった。二階の使っていない空間に、誰かいるのだろうか。可能性としては充分にあり得る。僕が家にいる間は静かに息を殺していて、僕が外出したのを見計らって、家の中をあちこち探りまわっていたのかもしれない。二階の音がどれぐらい一階に伝わるのかは、一度も確かめてみたことがない。二階には寝室が三つある。いちばん奥の部屋で音を立てたところで、一階まで聞こえてくるとは思えない。そういえば、夜中に何者かの息づかいを聞いたようでもあった。すうっ、すうっという規則的な息づかいが、どこからか聞こえてきたことがあるような気がする。風の音かと思っていたけれど、そうじゃなかったのかもしれない……。足元の階段がぎいっと音を立てた。

闇は、ぼんやりと立ち込めていた。完全な真っ暗闇ではなかったけれど、何者かの姿を発見し、一発かませられるほど明るくはない。もう一度下に降りて懐中電灯を取ってこようかと思ったが、デブデブ130のせいで回れ右をする気になれなかった。ヤツはいつの間にか、僕のズボンのベルトのところを両手でぎゅっとつかんでいた。オートバイにでも乗っているような姿勢だ。両手に込められた力がまた尋常ではなく、前にも進みにくいくらいだった。踊り場を過ぎて階段を上りきったとき、確信した。明らかに何かいる。冷たい風が吹いていた。どこかが開いている。僕はバットをぐっと握った。そして、部屋のドアを一つずつ開けていった。

二階は長い廊下が真ん中を通っていて、その両側に部屋が四つある。三つは寝室、一つは浴室だ。最後の部屋のドアを開けたとき―僕が疑っていたいちばん奥の部屋だ―臭気が鼻をついた。生まれてこの方嗅いだことのない臭いだった。牛乳を発酵させるとチーズになる。では、血を発酵させると……？　そんな感じの臭い。それは、「死後」の臭いだった。

『天使の血』という本で、死んだ後も嗅覚を失わなかった人の話を読んだことがある。作者は呼吸が止まった後、悪魔たちと長時間、話をしたと主張していた。そんなことが可能だったのは、死んだ後も嗅覚を失わなかったからだという。天使は嗅覚が麻痺した状態で活動するケースがほとんどだが、悪魔は嗅覚を使って自らの領域を確認するという。死後の臭いとは、悪魔のための臭いである確率が高い。

デブデブ１３０は、僕のズボンをつかんでいた右手を放して鼻を覆った。カーテンが揺れていた。窓が開いているという印だ。揺れるカーテンの隙間から光が細く差し込んでいて、真っ暗ではなかった。僕はゆっくりと部屋の中を見回した。はじめは何も見つけられなかった。何もいないのかと思った。でも、二度、三度と部屋の中を見回しているうちに、隅っこにしゃがみこんでいる「彼（ほかに呼ぶべき言葉が見つからない……）」を発見した。ああいうのも保護色というのだろうか。彼は、闇の中に存在する闇であり、闇に取り囲まれた闇であり、闇の中の闇だった。闇の中にいる彼を見つけ出すのはたやすいことではなかった。僕は左手を伸ばして、彼を指差した。デブデブ１３０は首を前に突き出して、じっと闇を覗き込んだ。そして、悲鳴をあげた。うあ、う、う、うあ……。大声をあげることはできず、悲鳴はうめき声になった。ヤツが後ろから抱きついてきたせいで、僕は危うくバットを取り落とすところだった。ヤツは悲鳴をあげ続けた。そして、闇の中では彼がすうっと頭をもたげた。僕は、かかとでデブデブ130の脛を思いっきり蹴りつけた。デブデブ130は、ころりと後ろに引っ繰り返った。贅肉をたぷたぷと波打たせながら床に倒れ込む。いつもだったら大笑いしてやるところだが、今はそれどころではない。僕はデブデブ130に、静かにしてろと合図を送った。そして振り向いたとき。彼と目が合った。その深い穴のような—あんまり深くて裏側まで突き抜けてしまいそうな—二つの目を覗き込んでしまった。ゾンビの目を覗き込んだことのある人は—そんな人がいればの話だけれど—わかるだろうが、それは途轍もない経験だ。ゾンビとの対面は虚空を覗き込むことであり、深い穴を覗き込むことであり、死と向き合うことだ。僕は動けなかった。何秒くらい経ったろうか。人間の感覚では測ることのできない時間が過ぎていった。彼は隅っこにしゃがみ込んだまま顔を上げて僕を見たのだけれど、それからずっと動かずにいた。明らかに僕を見ているのにどこも見ていない。瞳の焦点がまったく合っていないから、見ているという表現は妥当ではないかもしれないけれど。

そのときは、彼がゾンビだということもわからなかった。獣にでも遭遇したという感覚だった。野生の獣に出会ったときは動かないこと。そんな考えが頭をかすめた。僕が動かなければ、相手も動かないだろう。実際その通りだった。彼がゾンビだとわかっていたら、僕だって悲鳴をあげて家から逃げ出したろう。でもそのときの僕は、彼の正体を知らなかった。彼は僕を見つめた後、またすうっと俯いて、元のうずくまった姿勢に戻った。眠りの中に戻っていったようだった。白い骨からまばらに生えた数本の毛がかすかに揺れていた。僕は静かに部屋のドアを閉めた。デブデブ130が囁いた。

「ジフンさん、あれ、何だろう?」

「俺にもわからない。なんか獣みたいだけど」

「化け物だよ。顔に骨しかないし。ジフンさん、怖いよ。早く警察に通報しようよ」

そろそろと体の向きを変えようとした瞬間、ドアが内側からグイッと押された。恐ろしいほどの怪力だ。デブデブ130と僕は、開いたドアに撥ね飛ばされて床に転がった。ゾンビが二本の腕を前に突き出して、外に歩み出てきた。僕らは後ずさりした。ゾンビは僕らの後を付いてきた。ゆっくりと僕らに迫ってくる。僕らはゾンビに視線を固定したまま、後ずさりで階段を降りた。目を離したとたん、目にも止まらぬ速さで僕らに喰らいついてきそうで。顔を背けた瞬間、光の速さで襲いかかってきて、僕らの腕を食いちぎりそうで……。僕は体の全神経を集中させて、階段を降りた。

人の形をしていたけれども人と呼ぶことはできなかった。頭と毛髪は、一応人のような見てくれをしていたが、顔には肉より骨のほうが多い。かろうじて残っている肉も腐って崩れ、ぶらんぶらんと垂れ下がっている。人が食べ残した骨を集めて、組み立てて作った顔のようでもあった。骨と骨を雑に繋ぎ合わせてあって、一本でも抜けてしまえば残りの骨もガラガラと崩れ落ちてボコリと穴があいてしまいそうな。首と肩にできた傷痕には血が分厚くこびりついていて、鎖骨は真ん中あたりで折れ、二つ折りのようになっていた。胸には大きな穴があいている。

「ジフンさん、何だろ。ゾンビかな?」

デブデブ130が言った。

「わからん。ともかく落ち着くんだ。とりあえずやっつけないと。お前は体の上のほうを狙え。俺が足のほうを攻撃するから」

　僕はほとんど独り言のようにデブデブ130に言った。実のところは自分に言い聞かせていたのだ。落ち着かなければ。そのとき、彼が階段の途中でなんともたとえようのない声を発した。その声は、今も僕の耳に生々しく残っている。聞いた瞬間、僕は思った。歌なのかもしれない。化け物やゾンビが歌を歌うわけがない。けれども彼のその声には、メロディーといえるものがあった。

ウ、ウェ、ウ、ウ、ウェ。

　ゾンビは声を発しながら下へ下へと降りてきた。一歩足を踏み出すたびに、違う声が出る。まるで階段が鍵盤になったみたいだった。両手を前に突き出し、僕らのほうへ一歩一歩近づいてくる。何か言いたいことがあったのかもしれない。愚痴でもこぼしたかったのかもしれない。でも僕らには、話を聞いてやる余裕などなかった。僕がまず、バットで彼の頭を殴りつけた。骨が砕ける音がしたかと思うと、彼の足がふらついた。デブデブ130が階段の隅にあった鉄パイプで彼の上体を突いた。だが、その攻撃は無駄骨だった。鉄パイプで突いたからといって、彼の体に穴がもう一つ二つあくというだけの話で、とても致命傷にはならないだろう。

「おい、突くんじゃなくて、頭を殴りつけろ」

　ゾンビは僕のバットで殴られてよろめきながらも、下へ下へと降りてくる。顔には何の表情も浮かんでいなかったがー骨ばかりの顔に表情を浮かべるのが果たして可能かということはとりあえず置いてーよろめきながらも虚ろな目で僕らを見下ろしてきた。デブデブ130が鉄パイプで彼の頭を殴りつけた。頭が体からちぎれて飛んだ。バッティング練習でもしているみたいだった。ちぎれた頭はソファのほうへ飛んでいった。とはいえ、仰天したのはデブデブ130のほうだった。頭が体からちぎれて飛んでいくさまを見たデブデブ130は、悲鳴をあげ続けた。頭を失った彼の首を、僕はバットで上から下へ打ち下ろした。首を体の中に埋め込もうとハンマーで打ち付けているみたいだった。妙な気分だった。バットから伝わる感触が、気持ちが悪くなるぐらいに生々しい。ぐにゃぐにゃした肉塊をバットで打ち下ろす、その感触が、指の節々にまで伝わってくる。血は飛び散らなかった。ゾンビが何ら反応を示さなかったので、僕はもっと力を込めてバットを振るった。首を打ち下ろすと、肉塊に押し戻されてバットが跳ね上がる。それがまるで僕を押しのけようとしているようで、バットを握る手にさらに力を込めた。僕はバットを振るい続けた。頭を失った体をバットで打ち下ろすというのがどうにも卑怯な行為のように思われたが、手を止めることができなかった。彼がぴくりとも動かなくなり、すっかり床に伸びているのにもかかわらず、僕はバットを打ち下ろし続けた。彼の体を打とうとしてうっかり床を叩いてしまい、バットが折れた。指先がビリッとした。電気はそのまま肩を抜け、うなじまで伝わった。バットは真っ二つになっていた。折れたところはギザギザに尖って、何かを突くのにもってこいの形になっている。僕は、ソファのほうへ飛んでいったはずの彼の頭を探した。頭はじわじわと動いていた。頭髪を動かして、なんとかして前に進もうとしていたのだろうか。それとも動いていたのではなく、単に衝撃で揺れていただけなのかもしれない。彼の目は僕のほうを向いていた。その目も揺れている。僕は、額のあたりにバットを突き刺した。何の抵抗もなく、バットはスッと刺さった。人を殺すという感覚はいっさいなかった。鉄板の上の肉がよく焼けているかどうか、箸で刺してみるのと同じようなものだった。バットを突き刺したのに、目は閉じなかった。僕は、折れたバットのもう一方の破片を探して手に取った。先は鋭かった。うつ伏せになった彼の背中にそれを突き刺す。体は少しの間びくびくと震えていたが、じきに動かなくなった。バットの丸っこい先端が彼の背から生えているさまは、まるで墓碑のようだった。僕は体じゅう汗にまみれていた。デブデブ130は隅っこのほうに座り込み、目をパチクリさせて僕を見ていた。

「ジフンさん、大丈夫？」

僕は、口がきけなかった。どう見ても化け物だったし、ゾンビだった。とはいえ、気分は殺人者だった。体じゅうが震えた。汗が乾いて、体が冷えてきているのかもしれない。僕は、彼の前にぼんやりと立っていた。息の根は完全に止めた。さて、次はどうすればいいんだ？　耳の中で変な音がしていた。「ウ、ウ、ウェ」という彼の声に、ぶんぶんという蜂の羽音のような音が混ざり合い、途切れることなく鳴り続けている。音を追い払おうと、僕は頭を振った。車のフロントガラスのワイパーか何かみたいに、瞬く間にすっきりと音を拭い去ってくれる道具があればいいのにと思った。

「これからどうしよう。ねえ、大丈夫なの？」

デブデブ130がもう一度言った。

「とりあえず座って、ちょっと考えてみよう」

僕はソファに座った。全身が震えていた。心配することなんてない。僕は人を殺したんじゃない。そのうえ正当防衛だったんだし。危ない目にあったのはこっちのほうなんだから。僕はソファに座って、なぜ彼を殺すほかなかったのか、その理由を数十個ぐらい捻り出した。僕は頭を目まぐるしく回転させた。どうせ誰も尋ねたりしないということをそのとき知っていたら、そんなに気に病むこともなかったのに。僕は、死体に刺さっているバットを抜き取った。血のようなものは付いていない。床に伸びた彼の体と頭を一か所にまとめて置いた。ところがそうした後で、突然不安が芽生えた。ホラー映画には、バラバラになった胴体、頭、足、腕なんかが元通りにくっついて、化け物がまた動き出すシーンがよく出てくる。誰も気づかぬうちに音もなく復活して、一歩一歩こちらに歩み寄ってくるのだ。そして後ろから僕を羽交い絞めにして、腕を食いちぎる。肉をもぐもぐと咀嚼し、最後にぴちゃぴちゃと血を味わって、締め。死体が二度と生き返ったりしないよう、僕は頭と体を離しておいた。

8

ケゲルのほかに、応援を求める相手はいなかった。デブデブ130は警察を呼んで状況を説明するのが賢明だと言ったが、とりあえずケゲルに相談したほうがいいんじゃないかというのが僕の考えだった。何かあったらすぐに連絡するように、と言っていたケゲルの姿が頭に浮かぶ。ことによると、こんな事件が起こることを見越してあんなことを言ったのかもしれない。ケゲルは、「はた迷惑な奴が現れたとか、何か見つけたとか、面妖なものに出くわしたりしたら」すぐに連絡するようにと言っていた。今の状況と申し合わせたように一致する。警察を呼ぶにはあまりに突拍子もない状況だったし、僕のほうも混乱状態だった。

僕からの連絡だとわかると、ケゲルはすぐさま駆け付けてきた。ゼロも一緒だ。彼が玄関のドアを開けて入ってきたときは、安堵のあまり涙が出そうだった。ケゲルはまったく驚いている様子がなかった。こんなことはごく自然な現象だとでもいうように落ち着き払っている。

ゼロは、ずっと死体を見つめていた。死体と思っていないかのように、死体が生き返るのを待ってでもいるみたいに、その目を覗き込んでいた。

「いいか、よく聞け」

ケゲルが話し出した。

「これは人間じゃない。動物でもないし、化け物でもない」

「じゃ、何なんですか？」

デブデブ130が尋ねた。僕は問い返す気力もなかった。

「ちょっとヘンな言い方かもしれんが、生きた死体さ」

「それって、ゾンビみたいなものですか？」

「そうだ、ゾンビみたいなもんさ。こいつをどこで見つけた？」

デブデブ130が、僕に代わって説明した。説明というほどのこともなかったが。見つけたのは二階で、一階に降りてバットで刺し殺した。これがすべてだ。話を聞いているときも、ケゲルは驚かなかった。何か知っているようだ。僕は訊いてみた。

「これまでにも、こんな死体がうろついてたことがあったんですか？」

「ないさ」

「だったら、生きた死体だなんてどうしてわかるんです？」

「二十年前、戦場でこんな連中と出くわしたことがある。銃の台尻のところで頭を粉々にしてやったがな」

「この世にゾンビが実在してるってことですか？」

こんどはデブデブ130が訊いた。

「もちろん実在するさ。わかりきったことを訊くな」

「なら、この辺りにゾンビがもっといるかもしれないってことですよね？」

「それはもうちょっと調べてみにゃ。今度のことはな、絶対に誰にも話すなよ。村の連中が知ったら大騒ぎになるに決まっとるからな。特にデブ、お前だ。うっかり口を滑らしたりしたら、お前がゾンビになるやもしれんぞ。心しとけよ、いいな」

「恐いなあ、もう。お口にチャックしときますよ」

「布団か寝袋かなんか、あるか?」

僕は、車の中で寝るときに使っていた寝袋を出してきた。後始末はすべてゼロが一人でやった。死体を運ぶゼロの立居振舞は、恭しくさえあった。数千年前の死体に向き合う考古学者のように、一挙手一投足をおろそかにせず、誠意をこめて扱っていた。そのまま寝袋に突っ込んだりしないで、頭と体を別々に車に運び、トランクに広げておいた寝袋に死体を丁寧に重ねてゆく。長い時間がかかった。ゼロはひと言も口をきかず、黙々と作業を終えた。ゼロが寝袋のジッパーを上げると、ケゲルが言った。

「ゼロの研究室で調べて、何かわかったら教えてやるから、それまでは何が何でも口をつぐんでるんだぞ、わかったな? それからチェ、あんまり気に病むな。人を殺したわけじゃなし、死んでるのをもういっぺん殺しただけだしな……大丈夫さ」

僕らはうなずいた。死体を処理してくれるというのだから、こんなにありがたいことはない。ソファに座ってほっとひと息ついた。時計の針は、もう九時を指している。会社に行かなければならなかったが、とてもそんな気にならなかった。家を空けたりしたら、何者かがまた二階に忍び込んで、闇の中に身を潜めるんじゃなかろうか……。僕は家の裏手に回って、二階を見上げてみた。はしごもなければ、飛び移れそうな木の枝もない。人が侵入できる高さでもない。彼はどうやって二階に潜り込んだのだろう。とても考えが及ばなかった。あんなガチガチに強張った体で壁を這い登るというのは、ますます不可能なことのように思われた。二階を見上げていると、デブデブ130がやって来た。

「ジフンさん、僕んちに行きましょうよ。とてもいられないでしょ、ここには」

本音では、一も二もなくOKだった。でも、実際にそう返事をするのは躊躇われた。ようやっと手にした自分だけの空間を誰かに奪われたようで腹が立ったし、不法侵入されたみたいで不愉快だった。そのとき、指先にぴりっという感覚が走った。バットの先を彼の背に突き刺した瞬間の快感が甦る。それは、明らかに快感だった。

「早く荷物をまとめようよ。僕と行こ、ジフンさん」

デブデブ130が横でしきりとせきたてる。せかされているうちに、ダメだ、そうするわけにはいかない、という気持ちが強くなってきた。いま荷物をまとめることはここから逃げ出すことで、それは敗北だという気がした。でもいったい誰に？　誰に負けるっていうんだ？

「ジフンさん、行かないんですか？」

「とりあえずもうちょっと様子を見るよ。あれがゾンビなのか何なのか、それぐらいは知っとかないと。あれがどうやってうちに入ってきたのか、それはやっぱり確かめたいしな。荷物をまとめるのはその後にすべきだと思うんだ」

「じゃ、一人でここにいるってこと？」

「ずっと一人でやってきたんだし、平気だって。二階の窓に何か当てとけば大丈夫さ。お前、仕事だろ？　早く行けよ」

そう口に出してしまうと、気持ちが楽になった。これからどうするか、踏ん切りがついた。ケゲルとゼロによってゾンビの存在が確認されるまで、ここにとどまる。ここにいるのが危険だと思ったら、荷物をまとめてデブデブ130のところへ行かせてもらう。危険でなければずっとここにいてもいい。何にしても、さしあたっての安全策が必要だった。窓を全部二重にし、かんぬきを付ける。玄関ドアの内側にも開閉式のゲートを取り付ける。防犯カメラで家の裏手を監視するのもよさそうだ。

僕はさっそく作業にかかった。会社に行かないといけなかったが、家をどうにかするほうが先決だ。倉庫には、リビングの床を修理するときに買った板が残っていた。二階には窓がぜんぶで五つあったが、それを頑丈に補強するのに三時間かかった。ゾンビが入ってきた窓を丁寧に調べてみると、驚いたことに窓ガラスが割れていた。ガラスを割って内側のかんぬきをはずし、中に入ってきたわけだ。ならば、頭を使えるということになる。ゾンビが頭を使うという話は聞いたことがないけれど……。二階の後は一階の窓だ。一階の窓の補強には、いちばん分厚い板を選んだ。作業を終えてみると、まるで牢屋に入っているような気分になった。手ずから牢屋を作って閉じこもったというわけだ。

家のほうの片がつくと、今度は会社のことが気になり始めた。電話をして遅刻すると言ってはおいたが、タイミングはよろしくなかった。チーム長はおかんむりだった。電波チェックチームを早いところ解散させなければ自分の新しいポジションが決まらないのだから、チーム長としては当然事を急ぎたいに決まっている。そんなときに僕が出社もせずにぐずぐずしているのだから、腹が立つのも致し方なかろう。僕はとりあえず、新規事業開発チームへの異動を願い出ることにした。物流支援部署には二度と戻りたくない。あんなところに戻るくらいなら、職探しをするほうがましだ。新規事業開発チームに移りたいといったところで、受け入れられない確率が高いけれど、それはそのときに考えることにした。新規事業開発チームに移れなければ変なチームに配属されるに違いないが、それもそのときに考えることにした。「そのとき」はすぐ目の前なのだけれど、訪れることのない遥かな未来のようにも思えた。この朝のことが、前世での出来事みたいに思える。僕がほんとうにあんなことをしたのだろうか。ゾンビの背中に尖ったバットを突き刺したのは、ほんとにこの僕だったのか？　本当に？　前世の僕じゃなくて？　時間の流れが支離滅裂に感じられた。僕は会社に行ってチーム長に挨拶をし、新規事業開発チームへの志願書を提出してから、防犯カメラを買って帰宅した。

その日の夜は、一人パスタをゆでて食べた後、ピアノソナタを聴いた。殺人があった部屋だとは思えないほど平穏で、僕の心も安らかだった。二階の窓を全部塞いであるためか、ピアノの音色が良くなったような気がする。防音性が高くなったからだろう。鍵盤から生まれる響きが心地よく空間に染み入ってゆく。ピアノの音は、あたかもアンテナのように空間をサーチした。鳴り響きながら二階へ向かい、誰もいないのを確かめると、辺りの空気を振るわせながら降りてくる。

僕はノートを広げた。朝の出来事を書き残しておきたかった。僕がどんな気持ちだったか、指先に伝わった快感の正体は何なのか、書いてみたかったのだ。今ノートを広げているリビングのこの場所で僕が誰かを殺したという事実が、朝の一連の出来事が、とうてい現実とは思えなかったからだ。

デブデブ１３０がくれたノートも、残すところあと数冊だった。僕は、音楽が終わっているのにも気づかぬまま、ノートに僕の気持ちを綴り続けた。怒りと不安と恐怖と快感と戦慄が、ノートを埋めた。三枚ほど書くと、全身からするすると力が抜け落ちた。僕はソファの上で、引き込まれるように眠りに落ちた。

9

ホン・ヘジョン、デブデブ130と「歴史再構築」というゲームをときどきやった。デブデブ年表クイズショーに熱が入らなくなってきた頃、ホン・ヘジョンが考え付いたゲームだった。ゲームというよりはレクリエーションに近かった。ルールはシンプルだ。まず、デブデブ年表に載っている五つの出来事を出題者がランダムに選ぶ。どんなことが繰り広げられるかは誰にもわからない。解答者は年表から五つの出来事を探し出し、白い紙に順番通りに書き付ける。そして、何の関連もないその五つの出来事をつなぎ合わせるのだ。一つめの出来事が原因となって、二つめの出来事が起こる。その二つめの出来事が、三つめの出来事を引き起こす……というように。五つの出来事に肉付けをし、どれだけ上手に辻褄を合わせてストーリーを組み立てられるかによって勝敗が決まるというものだった。デブデブ130が組み立てたストーリーで、今でもよく覚えているものがある。デブデブ130は五つの事件にさっと目を通し、ストーリーを組み立て始めた。

一九八五年二月十五日の四つめの事件　火星探査に参加した有人宇宙船「キルフ」消息を絶つ
一九八九年三月九日の二つめの事件　海賊に拉致された商船「フィーバー」無事帰還
一九九四年十一月五日の十二番目の事件　七千年以上前の木の幹を発見

一九九五年十二月九日の五番目の事件　爆弾情報を交換していた人種差別主義者に対し、インターネット使用を禁止

一九九九年五月三十日の三十番目の事件　震度六・二の地震で五十人が死亡

有人宇宙船キルフは、一九八五年二月十三日に宇宙を目指して飛び立ちました。軌道への進入には成功したものの、本体の欠陥が原因で四年間宇宙をさ迷うことになったキルフは、一九八九年、地球に帰還しようとしていました。ですがキルフは、大気圏突入の際に機体爆発を起こします。さらに悪いことに落下傘が燃えてしまったために、速度のコントロールができなくなってしまいました。船長のHは考えました。このまま大地に墜落して死ぬのが運命ならば、意味のある死を遂げたい。どのみち地面に突っ込んで爆発することになるのなら、我々の望む所へ落ちよう。Hは、墜落予想地点の情報を検索し、その付近で商船「フィーバー」が海賊によって拉致されているということを知りました。宇宙船キルフが落下していくその短い間にHは本部に資料を要請、海賊船のいる場所を特定しました。結果、宇宙船キルフは海の真ん中で偵察活動を行っていた海賊船の上に落下、海賊船は真っ二つになって海に沈んだんです。海賊どもは、空から宇宙船が落ちてきて船を真っ二つにする確率はほぼゼロに近いとして、これはすべて、自分たちが信じる神の啓示だと考えました。海賊どもは拉致した船をみな解放しました。これからはまっとうに生きようと心に決めたからです。それが一九八九年三月九日のことです。そうした経緯で無事生還を果たしたフィーバーの乗組員Kは、生と死の意味について考えるようになりました。そして、これからは意味のあることをしようと決心し、直ちに人命救助活動に身を投じました。航海の合間の休日にボランティアで人命救助活動を始めたのです。彼は、その

方面に飛びぬけた能力を持っていました。普通の人よりも視覚と嗅覚と触覚と聴覚に優れていたため、事故現場でたくさんの人々を救出することができました。建物の崩壊事故現場では、生き埋めになった人を何の装備も持たずに見つけ出し、船の沈没事故現場では、優れた潜水能力を発揮して数多くの人を救い出しました。人々は彼のことをスーパーマンと呼びました。一九九四年十一月五日のことです。彼は、山火事の現場で救助活動をしていました。ヘリコプターが空からの撒水《さっすい》を続ける一方、地上では山火事特攻隊が出動、火が燃え広がるのを懸命に食い止めようとしていましたが、風が強くて手こずっていました。Kは山に登って救助活動を繰り広げていました。山火事を食い止める方法は簡単です。火の行く手にある燃えるものをすべて取り除き、土でもって火を食い止めるんです。Kは、山火事特攻隊と一緒に小枝や草を取り除いて、土を露出させるために地面を掘っていました。つるはしの先に分厚い木の切れ端が触れた瞬間、Kはそれが並みのものではないということを直感しました。これまでいろんなものに触ってきましたが、こんなに長い歳月を感じさせる手触りは初めてだったからです。Kは、その木片を博物館に寄贈したのですが、程なく、それが七千年余りの年を経た木の幹だということがわかりました。Kがいなかったらその木片は燃えてしまったかもしれません。一か月後、考古学研究センターで木片を調査していたPは、山火事が発生した現場へ足を運びました。そこへ行けば、何かもっと手がかりが見つかるのではないかと考えたんです。Pは、火事になった山の歴史と地形を調べているうちに、新たな事実を発見しました。

その山火事の事件が、どんなふうに人種差別主義者のインターネット使用禁止につながり、震度六・二の地震で五十人が死亡した事件とつながったのだったか……今は思い出せないが、デブデブ

130の話を聞いたときは膝を打った。デブデブ130は、それらの出来事をみな絶妙に繋ぎ合わせ、一つのストーリーに仕立て上げていた。

ゲームの成績はいつも似たり寄ったりだった。僕は想像力に欠けていた。ホン・ヘジョンはまずまず。でも、ひとたびデブデブ130の手にかかると、五つの出来事はきっちりとつながり、完璧な一つの物語が生まれた。実際に起きた歴史に残る事件だって、こんなに完璧に辻褄が合うことはなかろうと思えるほどだった。真実という部分で実際の出来事とは違っているだろうが、デブデブ130はまるで、様々な出来事の背後を見通しているかのようだった。

「歴史再構築」ゲームも、やはりデブデブ130のせいで面白くなくなり、じきにやらなくなってしまった。そういえば、ゲームが終わった後に、ホン・ヘジョンがデブデブ130に言ったことがある。

「すごい才能だわね。小説でも書いてみたらどう?」

僕もそう思った。

僕にも時折、悟りの瞬間が訪れることがあった。とても触れ合いそうにないほど遠く離れた二つの出来事がつながって、一つの輪に見える瞬間がある。最初の事件の結果が二つめの事件の原因であるということに、ふと気づくときがある。そういうときは、誰も知らないこの世の秘密でも発見したかのようにエキサイトする。もちろんそんな瞬間は数年に一度あるかないかだけれど。

ある出来事は、次の出来事の原因となる。僕は十冊のノートを広げるたびに考える。ここにどんな因果関係があるのだろうかと。一冊目のノートは、明らかに二冊目のノートの原因となっている。けれども、ときに一冊目のノートの内容が、三冊目のノートの原因になることもある。僕がいま経験しているある出来事は、明日起きることの原因になることもあるが、三日後に起こる出来事の直接的な原因にもなり得る。一つの出来事は、いくつもの出来事の原因となる。原因と結果は無限大に広がり、しまいには原因と結果をとうてい解き明かすことができない状況に至る。なら原因と結果とは、いったい何を意味するのだろうか。それをどのように説明すべきなのだろうか。

夢の中で、ホン・ヘジョンとデブデブ130と僕は、歴史再構築ゲームをしていた。デブデブ130が五つの事件をランダムに選び、それをつなぎ合わせるのは僕だった。どうにも上手くつながらない。二つの出来事をつなげてみると、三つめの出来事は少し離れたところに浮かんでいる。頭が混乱し、手には冷や汗がにじんだ。ともかく何か言いたかったけれど、言葉がまったく出てこなかった。やっとのことで口を開けたが、声が喉から出てこない。デブデブ130とホン・ヘジョンがそんな僕を見て笑っていた。恥ずかしかった。またしても冷や汗が出る。僕は必死になって口を動かし、何か声を発した。でもその声は、ホン・ヘジョンとデブデブ130の笑い声にかき消されてしまい……。

ソファの上で眠りから覚めたとき、僕は全身汗だくだった。数えきれないほどの疑問がよぎった。ゾンビはなぜこの家を選んだのだろうか。ホン・ヘジョンはどうして僕にこの家を紹介したのだろうか。ケゲルはどうしてあんな忠告を僕にしたのだろうか。僕はなぜコリオ村に立ち寄ることになったのだろうか。単なる偶然もあるだろう。原因も結果もいっさいない、ただ一つ、唯一の出来事として存在する事もあるだろう。でも眠りから覚めたときは、それらのたくさんの出来事が一つの塊のように感じられた。すべてのことが原因であり、結果のように思える。誰かがドアを叩いているということにかなりのあいだ気づかないぐらい、僕は考えに沈んでいた。

「いないのかと思っちゃいました。お別れの挨拶でもしようかと思って来たんですけど。入ってもかまいません？」

ホン・イアンだった。とりあえずドアの外で待ってもらって、僕は家の中を片づけた。ソファの上にだらしなく広げっぱなしになっていた布団をソファの後ろに隠し、テーブルの上にごちゃごちゃと置かれていたノートをブックスタンドに立てる。片づけるものはいくらもなかった。家の中がいやにがらんとして見える。汗に濡れたTシャツを浴槽に投げ込み、服を着替えた。

「秘密の多い人ですね。レディをこんな長いこと外に立たせとくなんて」

ホン・イアンが家の中を見回しながら言った。が、秘密というほどのものもなかった。ソファが一つ、ポータブルCDプレーヤーが置かれた飾り棚が一つ、数冊の本とノートがしまってある小さな本棚が一つ、それだけだ。あまりの殺風景さにホン・イアンも驚いたようだった。僕はホン・イアンにお茶を出した。お茶にはミルクと蜂蜜を少し入れた。

「片づけはもう全部済んだんですか?」

僕が尋ねた。

「ええ、きれいさっぱり。何も持たずに来て、何も持たずに去る。ベタな言葉だと思ってたけど、まさにその通りになっちゃった。昨日飲んだワインだって、朝起きて全部戻しちゃったし。残ったのは箱が一つだけ」

ホン・イアンは手の指を広げ、覗き込んだ。ほんとうに何も持っていないのか、確認するように。そうして右手で左手をなで下ろした。細くて長い指だった。僕はまた尋ねた。

「じゃ、もう帰るんですか?」

「休暇も終わったし。八年働いて初めて取った休暇だったのに、結局こんなふうに使っちゃった」

「で、どこへ帰るのか訊いてもいいですか?」

「家でしょうよ」

「おうちって、どこなんですか？」

ホン・イアンは無言で僕の顔を見た。家がどこなのかわからないというように。というより、家という言葉を生まれて初めて聞いたとでもいうように。

「ごめんなさいね、いろいろ……」

僕の問いには答えず、ホン・イアンは言った。

「何がです？」

「突然現れたと思ったら、腹を立てて怒鳴り散らして……。まるで気がふれた人間みたいに見えたでしょ？　私、ほんとうはこんなんじゃないんですよ」

「ほんとにそうでもかまいませんよ」

「そんなのどうだろうが興味ないってこと？」

「いえ、そうじゃなくって、そこまでおかしくは見えなかったってことです」

「もしかして、性格改善スクールみたいなところに通ってたりしました？　ジフンさんて、礼儀正しいのはいいけど、時として行き過ぎって感じなのよね」

「ウザいヤツですかね？」

「ていうより……なんていうか、底のほうでは何かがブクブク煮えたぎってるのに、その上をうすーい包み紙が覆ってるって感じかしらね」

「上っ面だけそんなフリしてるみたいってことですか？」

「意識してやってるようには見えないわね。もしそうだったらマジで嫌なヤツでしょうよ。知らないうちに包み紙ができちゃったんじゃないかしらね、勝手に」

「お仕事って、そっち方面ですか？」

「そっち方面って？」

「サイコセラピーとか性格改善カウンセリングみたいな」

「分析がそこそこ的を射たみたいね。実は私、占い師なんですよ」

「どうりで……」

「何よ、どうりでって。私みたいな人間が占いなんか信じると思います？　少しは考えてからものを言いなさいよ、ジフンさん」

からかわれている。僕はそう感じた。でも悪い気はしなかった。誰かに楽しくいじられるのも久しぶりだ。笑みの消えた顔でホン・イアンが言った。

「ごめんなさい。それから、ありがとう」

「ありがとうって、何がです？」

「ジフンさんが母とお友だちになってくれなかったら、母が死ぬ前に私、嫌ってほど煩わされたことでしょうよ。それについてはほんと、ありがたく思ってます」

「ヘジョンさんは、そんな人じゃなかったですよ」

「ほらまたそんな言い方。母について、知ったふうな口きかないでって言ったでしょ」

「ああ、はいはい、わかりましたよ」

僕らは窓の外を眺めながらお茶を飲んだ。窓の向こうを雲がゆっくり通り過ぎるのが見えた。ホン・イアンがバッグから小さなノートを取り出して、テーブルの上に置いた。表紙の下のほうに「ホン・ヘジョン」と書かれている。

「母のノートみたいです」

ホン・イアンが言った。

「何が書いてあるんですか?」

僕が尋ねた。

「わかりません。何が書いてあるのか知りたいけど、とても読めそうにない」

「なぜですか? イアンさんのことが書いてあるかもしれないから?」

「そうよ。私の話が出てきて、母の気持ちがわかっちゃうんじゃないか。そんな気がして怖いのよ。母は死ぬまで文章書いて生きてきたんですよ。私みたいな人間、文章でもって説得するぐらい朝飯前でしょう?」

「ノートを読んでお母さんのこと理解できたら、それに越したことないじゃないですか。イアンさんの知らない何かが、何らかの真実が、そのノートの中にあるかもしれないでしょう」

「だから見られないの。真実がどうあれ、まだ母を許す気になんかとうていなれないから」

「真実って、それっぽっちの価値もないものですかね?」

「真実なんて、なんの価値もないってときがどれだけ多いか知らないの? 真実なんてね、単なる事実の一種ですよ」

「じゃ、燃やしちゃったらいいでしょう」

「そのほうがいいですよね?」

「あなたが決めることですよ」

「これを開いた瞬間、悪いことが起こりそうな気がするの」

「母親の死より悪いことなんてないと思いますけどね」

「ご迷惑でなければ、これ、ちょっと預かっていただけないかしら」

「僕がですか?」

「ええ。で、私が読む心の準備ができたら、そのとき渡してほしいの」

「我慢できない質《たち》なんですけど、僕」

「読んでもかまいませんよ。どうせジフンさんとはまったく関係のない話でしょうから、小説読むようなものでしょうし。でも、ジフンさんは平気で人の秘密を盗み見るような人じゃないでしょ?」

「出ましたね、性格分析」

「分析するまでもないわよ。顔見ればわかるもの」

「褒め言葉だと思っていいですよね?」

「違いますよ。包み紙が薄っぺらだってこと。あははは」

　ホン・イアンは大きな声で笑った。僕もつられて笑った。彼女は冗談を言って僕をからかっているのに、少しも嫌な気分にならない。かえって心がほんわりと暖かくなった。ホン・ヘジョンに再会したみたいだった。ホン・イアンには、話しているときに眉間にしわを寄せる癖があったが、その癖は、主に冗談を言う前に現れた。まるで眉間から冗談が生まれるみたいに。プレート同士がぶつかり合う場所で地震が発生するように、眉と鼻と額がぶつかるところで冗談が発生するのだ。その冗談は、寒冷前線が絡み合う口元に進出し、顎のほうの温暖前線と結合した後で顔全体に笑いを発生させるのだが、それは全身の温度を一度ほど上昇させるという作用を持つ。

僕は時折鏡の前でホン・イアンの表情を真似てみることがある。眉間にしわを寄せて話し始める。すると、意図していなかった冗談がどこかで発生して、気分が良くなるような気がするのだ。実際に気分が上向いたこともある。でもそれが、冗談が発生したためなのか、それともホン・イアンのことを考えたからなのかはわからなかった。

ホン・イアンはお茶を飲み終わると腰を上げた。ノートは僕が預かることにした。少なくともあと一回は、ホン・イアンに会う口実ができるから。さっきまでホン・イアンがいた場所に、ノートだけがぽつんと残った。青い革のノートだった。黒い紐が付いていて、その紐を巻きつけて、ノートが勝手に開かないよう固定できるようになっている。ノートを横切る黒い紐。それをほどいた瞬間、「ダメよ」というホン・ヘジョンの声が聞こえてきそうな気がする。どうにもそんな気がする……。テーブルに置かれたノートを前に、僕は長いこと悩んだ。死を迎える瞬間、ホン・ヘジョンはどんなことを考えていたんだろう。僕とデブデブ130のことも考えたろうか。だとしたら、もしかして、僕とデブデブ130のことも何か書いてあるんじゃないだろうか。僕らに伝えたいメッセージだってあるかもしれない。それなら最後のページだけ開いてみたらどうだろう。それぐらいなら失礼にはならないんじゃないか。僕の心はじわじわとノートを開く方向に向かっていた。僕は誘惑を振り払おうと、冷凍庫からパンを出して電子レンジで温め、クリームチーズを塗った。そしてカップに牛乳を注いだ。ノートはその場を動くことなく僕を待っていた。青いノートが生き物のように感じられる。黒い紐をほどいたら、ノートが開くのと同時に、幾重にも折りたたまれていたページがぶわっと膨れ上がって家を占領してしまったりして……。ノートに手を伸ばすまいとして、僕は気持ちを別のほうへ向けようと努めた。が、ついに堪《こら》えきれなくなった。ダメだ。僕はノートを手に取った。最後のページだけ見て閉じよう。いや、最後のページに限らず、僕とデブデブ130のことが書いてあったらそこだけ読もう。

黒い紐をほどこうとした刹那、せわしなくドアを叩く音が聞こえた。ドアを開けると、ホン・イアンが怯えた表情を浮かべて立っていた。

10

コリオ村が完璧に孤立した。僕が暮らす家を含めてコリオ村の周辺までもが完全に封鎖された。誰も村から外に出ることができなくなった。電波はすべて遮断され、インターネットはもちろん携帯電話も使えない。固定電話も通じなくなっていた。ほかの都市に通じる道にはことごとく高さ三メートルほどの鉄条網が張り巡らされている。鉄条網には高圧電流に注意という警告文が貼られていて、その下には次のような文面が記されていた。

警告　二〇一三年二月九日　軍事作戦が終了するまで村外に出ることを禁ずる

どうすることもできなかった。ホン・イアンと一緒に鉄条網に沿って歩いてみたが、抜け出せそうなところはなかった。すべての道が封鎖されている。ホン・イアンは怯えていた。一体いつこんなに高い鉄条網を張り巡らせたのだろう。前の日に、新規事業開発チームへの異動を願い出るため会社に行ってきたけれど、そのときにはなかったはずだ。軍事作戦が行われるとしたら、軍人の一人や二人ぐらい目にしていてもおかしくないはずなのに、これといって変わったことはなかった。

僕はホン・イアンと連れ立ってケゲルに会いに行った。ケゲルの家に向かう途中でコリオ村の商店街を通った。見たところ、ふだんとほとんど変わらない。人々はコンビニやレストランやレンタルビデオショップの前をのんきそうに行き交っていた。

ケゲルは仲間と一緒にコリオセンターでケゲルゲームに興じていた。コリオセンターの雰囲気があんまり平和そうで、「孤立」という言葉の意味が僕の頭の中でしばし混乱した。孤立って何だっけ？平和ってことだったっけ？　僕とホン・イアンが訪ねてきたのを見て、ケゲルは驚いたようだった。

「何かあったんですか、この村？」

僕が訊いた。

「何のことだ？」

ケゲルが答えた。

「村から外に出る道が全部封鎖されてるんですよ。軍事作戦が終了するまでは村から出るなってことでしたよ」

ケゲルは僕とホン・イアンを伴って、「事務室」というプレートがかかった小さな部屋に入った。机とコンピューターがあるところを見ると、コリオセンターを管理する事務室のようだったが、何かを管理するにしてはとんでもなく設備がお粗末だった。その上部屋全体に変な臭いが漂っている。長い時間をかけて積もり、凝固した臭いだ。年を取ると、体のあちこちが古びて臭気を発するようになるのだろうか。ケゲルは事務室のドアを閉めた。一瞬ホン・イアンの顔を窺い、そして言った。

「じきに封鎖は解かれるだろう。お前さんが処理したあいつのことで、軍部隊が非常事態体制を敷いたのさ」

「非常事態に陥ったのは部隊なのに、なんでコリオ村を規制するんです？」

「おまえが処理した奴、あいつがおそらく基地から逃げ出してきた奴だったんだな」

「基地から逃げ出すですって？　基地にゾンビがいたってことですか？」

「ああ、もうこれ以上は訊くな。詳しいことは俺もよく知らんが、奴らがもっといるかもしれないとは思っとる。なに、たいしたことは起きんだろう。部隊に非常事態が発生するとな、コリオ村を規制することがあるんだ。念のために戸締りはきちんとしておけよ」

「じゃ、コリオ村の外には出られないんですか？」

「そうだ」

「村の外に電話できるところもないんですか？」

「お前さんも知っとるだろうが、ここは無通信エリアだ。通信が遮断されれば完全に孤立する。お嬢さん、なんぞ急ぎの用事でもあるのかな？　どのみち出られないんだから、この辺りを散歩でもしてみたらどうだ？　なんなら俺がケゲルを教えてやろうか？」

ホン・イアンは返事をしなかった。口もききたくないという顔だ。ケゲルは見るからに気詰りそうにしていた。

「わかりました。じきに片が付きますよね」

僕は言った。

「お前さんはケゲルを習う気はないのか？　こないだも言ったが、世界チャンピオンからケゲルを習えるなんて、そうそうないことだぞ」

「また今度お願いしますよ。規制が解除されたら教えてくださいますよね」

「俺が村じゅうに無線放送するからな、よく聞いてろよ。それと、お前さんがあのゾンビの奴を処理したってのは、まだ村の連中には内緒だぞ。なんてことない軍事訓練みたいなもんだと思っとるからな。俺の言ってること、わかるな？　騒ぎになるのはゴメンだぞ」

「わかりましたよ。ま、どのみち、そんな話するような親しい人もいませんし」

ケゲルは競技場に戻っていった。ケゲルゲームの様子が遠目にちらりと見えた。ちょっと見にはボーリングに似ている。ミニボーリングとでも言おうか。ボールも小さくピンも小さく、競技場も小さかった。でも、ボーリングよりもはるかに激しいゲームだった。ボールの速度は野球のピッチャーの球速に劣らない。遠くからゲームを観ているだけで、ケゲルがケゲルというニックネームを持っている理由が納得できた。ケゲルの実力は、群を抜いていた。ケゲルのルールをまったく知らなくても、それはわかった。彼は競技場を掌握していた。実力で、達者な口で、そして声の大きさで。ケゲルの迫力満点の声は、ケゲルセンターの外まで響いていた。人々の歓声も聞こえた。

「あいつっていうのは何で、処理したっていうのはまた何のこと？」

コリオセンターを出るやいなや、ホン・イアンが訊いてきた。隠すことはできなかったし、隠す必要もなかった。うやむやにしようとしたところで、ホン・イアンは何が何でも真実を暴き出すことだろう。僕は、前日の朝に起きた事件について話した。ゾンビの体にバットを突き立てたことや、ケゲルがゾンビの死体を持っていったことを詳しく話して聞かせた。ホン・イアンは、はじめのうちは信じられない様子だった。無理もない。僕だって信じなかったろう。とはいえ、信じない理由というのもなかった。だいたい僕がホン・イアンに嘘をつく必然性がない。それもゾンビなんかを登場させて。今の世の中、誰がゾンビなんぞを持ち出して冗談を言うものか。ホン・イアンはおしまいまで淡々と話を聞いた。

ゾンビの登場は、僕にとっては幸運ともいえた。そのおかげでホン・イアンと一緒にいられることになったのだから。ホン・イアンは、コリオ村から出られなくなったと知って、始めこそ絶望したが、すぐにすべての状況を受け入れた。あがいたところでどうすることもできないのだ。ホン・イアンは不安そうではあったが、さほど驚いているようではなかった。

ホン・イアンがホン・ヘジョンの家に滞在するのには無理があった。そこはもう空っぽだったからだ。残っているものといったら、問いかけに木霊《こだま》を返してくれる大きな壁と、いくつかの家具だけだった。もちろんおいしいベーグルを作ってくれる食卓は残っていたけれど、それはデブデブ130のような者でない限り、心惹かれる物ではない。ホン・イアンは、あの空っぽの空間に一人でいる自信がないと言った。僕の家の二階の部屋を使ったらどうか。僕はホン・イアンに提案し、ホン・イアンは悩む様子もなく受け入れた。

僕の寝場所にも変化が生じた。二階の寝室に寝場所を移すことになったのだ。リビングを一緒に使うためには致し方ない。僕は固いベッドがある部屋を選び、ホン・イアンはふかふかしたベッドがある部屋を選んだ。ふかふかのベッドがある部屋のほうが見晴らしがいいと僕は言ったが、その後で窓にはすべて板を打ち付けてしまったことを思い出した。

「私、もともと暗くないとよく眠れないんですよね」

ホン・イアンがフォローしてくれた。ゾンビを発見した部屋は空けておいたほうがよさそうに思われた。

ホン・イアンと過ごした三日間は、僕の人生の中で最高に緊張感あふれる瞬間の連続だった。女性と一つ屋根の下で過ごすのは二十二年ぶり。母親が世を去って以来のことだ。恋人がいたことはあったけれど、家に連れてきたことは一度もなかった。僕が住んでいた家がどれも、誰かに自慢げに見せられるようなレベルではなかったということもあったが、僕がどんな暮らしをしているのか知られるのが嫌だったのだ。ことによると、女の子たちの何人かは、そのせいで僕から去っていったのかもしれない。家に入れないということは秘密があるということで、秘密がある男というのは女性にとって、つきあいやすい相手にはなり得ないから。僕は一人でいるときはいつも、窓のブラインドをすっかり下ろして過ごした。窓の外に存在するものをいっさい意識したくなかったのだ。外界との接点をすべて閉ざしてしまうと、洞窟に足を踏み入れたときのように心が安らいだ。家ではいつもパンツ一枚か、何も着けないで過ごしていた。そうしていると、トイレでわざわざズボンを下ろさなくて済むし、シャワーを浴びた後に何か着込む必要もない。裸で生活し始めると、服を着るのが我慢できないほど煩わしくなった。女の子を家に呼べなかったのにはそういった理由もあった。兄の死後、車中生活をしていたときも、一番不便だったのが裸でいられないことだった。

コリオ村に住み始めたときも、最初は窓のブラインドを下ろそうかと考えた。でも、そのときの僕は、ホン・ヘジョンとデブデブ130のおかげで前とは少し違う人間になっていた。誰か訪ねてくる人がいる。ただそれだけで、気持ちが明るくなっていたのだと思う。その一方で、自分のほかにもう一人家にいるという小さな変化、こちらは僕を大いに緊張させた。緊張しているという点においてはホン・イアンも同じだった。ホン・イアンの寝室と僕の寝室は向かい合っていたが、部屋から出てきて鉢合わせたときなどは、二人とも照れくさくて相手の顔が見られなかった。

本を読んだり音楽を聴いたりするほかに、これといってすることはなかった。僕らはリビングでピアノソナタを聴きながら本を読んだ。ホン・イアンのものは、僕が歴史図書館で借りてきた『歴史を変えた百人の探険家たち』という本、僕のは『ＥＬＴＥ、次世代通信網の応用』という本だった。新規事業開発チームに採用されたときのことを考えて読み始めたのだけれど、僕の目はひたすらページの上をさ迷っていた。ページと僕の目の間で、センテンスが道に迷ってでもいるかのようだった。狭いリビングの中で、彼女の息づかいと僕の息づかいが混ざり合う。自分の息が妙に荒いような気がして気になったりもした。でも、そんな感じもまた悪くはなかった。

二日間は、台風の目の中に入っているかのようだった。僕らの空間が、分厚くて大きな暗幕ですっぽり覆われてしまったみたいだった。何事も起こらなかった。本を読んで、音楽を聴いて、食事をして、また本を読んでいるうちに眠りに落ちる、といった具合だった。食材の買い出しに一緒にスーパーに行っただけで、あとはいっさい家から出なかった。ソファに座って音楽を聴き、本を読み、眠った。時として、こんな疑いが頭をもたげた。もしかしてホン・イアンは、僕がホン・ヘジョンのノートを読めないように監視してるんじゃないか。だとしてもかまわなかった。そのときの僕は、ホン・ヘジョンのノートを読むよりも、ホン・イアンと一緒にいたかったから。三日目の夜、床に本を放り出して、ホン・イアンが言った。

「私たち、なんかすごく情けない気がする。こんなふうに閉じ込もって探険家の話とか読んで」

「何かほかの本にしますか？」

「クスリなんて……ないですよね？」

「風邪薬とか？」

「ううん、そんなんじゃなくて、頭がボーッとしてラクになるようなの……」

「ないですよ」

「やっぱりね」

「お酒でも飲みますか？」

「どんなのがあります？」

僕は、サイドボードからウイスキーを取り出した。眠れないときに一人で飲もうと思って取ってあったシングルモルト。思ったよりよく眠れたので、あまり手をつけていなかった。二、三回ストレートで飲んだきりだ。一人で飲むと自分がどうなるのか、よくわかっていたからだ。口にする前は、「一杯飲めばきっと眠れる」と思っている。でも、そのうちアルコールが回り始めると、どうしようもなく心が沈んだ。五ぐらいだった気分があっという間に一になる。体の隅っこのほうでおとなしくしていた闇の勢力が、アルコールと混ざり合いながら体全体を支配していく。僕は気分をアップさせようとグラスを重ね、闇の勢力は、アルコールの海で溺死するまで僕に酒をあおらせた。厳しい消耗戦だった。車中生活をしていたとき、酒を飲んでいるうちに危険レベルまで気分が落ち込んだことが何度もあった。それ以来、どんなことがあってもそんな飲み方はするまいと心に決めていた。

「チェ・ジフンさんて、どんな人？」

酒気を帯びて、目の下……頬骨のあたりが赤く火照ったホン・イアンの顔は、いつもよりぐっと艶やかに見えた。彼女が僕について尋ねたのは初めてだ。本気で知りたがっているようではなかったとはいえ。僕らはまったりとウィスキーを飲んだ。ストレートで、水割りで。どんなふうに飲んでも美味いと思った。

「さあ、どうでしょう。特にお話しすることもないですよ。包み紙が薄っぺらな奴ってところですかね」

「なあに？　あんなの気にしてたんですか？　根に持つタイプなんだ。母がいたら、どんぴしゃりの説明をしてくれたでしょうに……。チェ・ジフンはこれこれこういう人間だ、って」

「ヘジョンさんのノートに書いてあるかもしれないですね、そういうこと」

「もし書いてあったら教えてくださいな。ジフンさんの人間性に関する母の考察を」

「ヘジョンさんの目を信じてるみたいですね」

「そういう目は信じてますよ。まあ、同時に嫌いな点の一つですけどね。客観的過ぎるところ」

「誰だって、自分以外の人のこと完璧に把握するなんてできませんよ」

「おっしゃる通り。知らないことのほうが多いまんま、お別れすることになるのよね。ああ、ちきしょう、人生は短すぎる。でしょ？　ははは」

「人間の寿命が二倍に伸びたとしたら？」

「ときどきね、こんなこと思うんです。この世の中で、どれだけ多くの真実が誰にも知られずに埋もれてしまうんだろうって。今ジフンさんに、私だけが知っている秘密を話したとします。二人だけの秘密ですよね、それは。誰も知らない。でもね、ジフンさんはそれを誰にも話さずに世を去り、私も私の秘密をジフンさん以外の誰にも話さず死ぬ。どこかに記録を残すこともなく。そういう場合、二人が死んだ瞬間、一つの真実が完全に消滅するわけですよ。私一人が死ぬまで大切に胸にしまっておいたんなら、それは秘密じゃないの。私がそれを口にした瞬間、それが二人だけの秘密になるのよね。そんなふうにして、おびただしい数の秘密がこの世から消えていったことでしょうね。お墓一つ当たりに一つぐらいはそんな秘密が埋まってるんじゃないかしら。お墓一つに秘密が一つ。秘密一つに十字架が一つ。十字架が二つなら、埋められた秘密が二つ。十字架が三つなら、秘密が三つ」

「じゃ、イアンさんの秘密、一つだけ教えてくださいよ」

「例えばの話ですよ、今のは」

「教えてくれたら、僕も秘密を一つお話しますよ」

「ジフンさんの秘密なんて、別に知りたくもないわ」

「うーん、じゃ二つ」

「三つ」

「秘密を三つも抱えてるように見えますか？　僕が」

「なら結構よ。別に知りたくもないもの」

「ああ、はいはい、わかりましたよ。じゃ、お先にどうぞ」

「何がいいかな。無難なのがいいわよね。ハンパじゃないのを教えたりしたら、ジフンさん、びっくりしちゃうでしょうし」

「びっくりするのも嫌いじゃないですよ」

「体重が九十キロになったことがあるの」

「えっ、ウソでしょ？」

「本当よ。子どもの頃ね、体操やってたんですけど、それやめたら一気に増えちゃって。もう、手当たり次第に食べまくったからなあ。チョコレート、お菓子……。食べて、食べて……とにかく食べ続けましたからねえ」

「体操、なぜやめたんです？」

「才能があると思ってたんだけど、なかったんですよ。才能ってね、一瞬のうちに消えちゃうもんなのよ」

「才能が消えたからって、やめたんですか？」

「じゃ、どうすればいいんです？」

「努力を続ければ、また戻ってくるかもしれないじゃないですか」

「なーんにも知らないんですね。スポーツに関する才能ってね、一度消えたら永遠にバイバイなのよ。絶対に戻ってこないの。子どもの頃の私はね、重力なんて意識したことなかった。なんの苦もなく空中をひらりひらりと飛び回ってました。思い通りに体を曲げることができたし、目指した地点へ跳ぶことができた。それが、ある日突然、重力を感じたんです。それで一巻の終わり」

「なんだってそんな突然？」

「ある日、コーチが私たちに罰を与えたの。気合が入ってないって。そのコーチ、とっても面白い人でね、罰も面白かったんですよ。鼻をつまんで「象の鼻」って言って、十ぺん回ってからグランドを走るの。ほかのみんなとくすくす笑いながらやってました。バランス感覚を養うためのものだったんだけど、ほかの子たちが地面に転がるのを見るのがもう無茶苦茶面白かった。みんなも倒れ、私も倒れ、そうやって楽しむものだったの。でも、その日に限って母が体育館に早めに迎えにきて……。罰を受けながら、みんなと一緒にクスクス笑ってるとこを見られちゃったのよ」

「そんなことで何か言ったりしないと思うけど、ヘジョンさんは」

「ほんっとわかってないのね、母のこと。その日、家に帰る車の中で、母がこう言ったの。あなた、何やってるのよ、いったい」

ホン・イアンはホン・ヘジョンの声色をまねた。親子だからだろうか、ホン・ヘジョンそのものだった。

「なんて答えたんです？」

「なんにも言えなかったわ。五時十五分でした。今もはっきり覚えてる。車についてたのはデジタル時計だったのに、私の耳には秒針の音が聞こえてた。その日から急に体が重くなったんです」

「そのひと言のせいで？」

「さあ……。その言葉のせいなのか、そのときの母の声色のせいなのか、単に才能が消えただけなのか……。ともかくね、その日から、わからなくなっちゃったんですよ、自分の体が。自分が何回転できるのか、どこまで跳べるのか、感覚がいっさいつかめなくなっちゃった。練習のときはどうにかこうにかこなすんだけど、いざ本番となると、もうぜんぜんダメ。母の声が聞こえてくるんですよ。あなた、何やってるのよ、いったい」

　ホン・イアンがまた母親の物真似をした。

「それでやめたんですか？」

「とにかくメチャクチャ食べまくるようになったんです。そのときから」

「九十キロなんて、想像つかないなあ……。どんな感じだったんだろう」

「130と似たようなもんですよ。130に初めて会ったとき、その頃の自分の姿を見てるような気がしたもの、私」

「で、どうやって痩せたんですか？」

「それは二つめのヒ・ミ・ツ」

「今の話の続きなんだし、合わせて一つってことにしましょうよ」

「ダメよ、そんなの」

ホン・イアンはいたずらっぽく首を振った。頬は上気していて、口元には笑みが浮かんでいる。ホン・イアンはグラスに残っていたウイスキーをぐいっと飲み干した。

「いいわ。ウイスキーのおかわりくれたらね」

片手で頬杖をつき、ホン・イアンはグラスを差し出した。ウイスキーはたくさん残っている。夜はまだまだ長い。それは悦ばしいことだった。

「歩くのって好きですか？」

ホン・イアンがウイスキーのグラスを揺らしながら言った。

「あんまり……。運動とかってあんまりやったことないですね。イアンさんは？」

「私はね、うんざりするほど歩きましたよ。大学一年のとき、痩せよう！　と決心して。毎日五時間ずつ。家から学校まで車で三十分ぐらいなんだけど、そこを毎日歩きました。往復で五時間」

「五時間も歩けるものですか？」

「どうってことないですよ。一歩一歩、足を踏み出しさえすればいいんですから」

「足が痛くなりません？」

「それがね、不思議なんです。最初は膝が痛くなって、次は足の裏が痛くなって、その次は腰が痛くなって……、痛みが体のあちこちを移動するんですよ。歩き続けてると、どんな気がしてくるかわかります？　苦痛が友だちみたいに感じられてくるの。私の体のあちこちを突っつきまわして破壊する悪者じゃなくって、私の体の中を旅する友だち。だから退屈しないんですよね」

「僕にはどうにも理解できないですねえ」

「一か月ぐらい歩くとね、違うものが目に映るようになるの。毎日同じような時間におんなじ道を通るでしょ？　でもね、実は少しずつ違うんですよ、毎日毎日。最初のうちは気づかなかったんだけど」

「どんなふうに？」

「うまく言えないんですけど、歩いてるうちにわかってくるの。昨日とは違うな、って。私の体が少しずつ軽くなってるのとおんなじで、道も少しずつ変わってるんだな、目には見えないところで……。そんなふうに感じられるようになるんです。で、家を出る前に、必ずセルフヌードを撮ることにしたの。何かが変わってるんなら、それを見極めてみたくって。カメラを買ってきて、部屋に据えつけてね、毎日おんなじアングルから撮って。で、日曜日に一週間分の写真をプリントして壁に貼ってたんです。カレンダーみたく」

「その写真、まだ持ってます？」

「捨てましたよ、みんな」

「残念。それさえあれば、イアンさんのこと脅迫できたのに」

「何のために？」

僕はナイフでチーズを切りながら、考えるふりをした。酔いが頭のほうまで回り始めていた。じわじわと、ゆるやかに。ホン・イアンは僕の答えを待たずに、また話し始めた。

「半年たったらね、贅肉がすっかり落ちてたんです。ほとんど十年ぶりに元の体に戻ったってわけ。痩せてからも壁に貼った写真を見てたんですけどね、ときどき。それがもう、宇宙の消滅の記録って感じで。肌色の宇宙。遠くから見るとね、写真の中の肌色の部分がだんだん小さくなってくの」

「なんで捨てたんです？」

「ずーっと見てたら、その肌色の宇宙がなんだか気持ち悪く思えてきちゃって」

「想像しちゃいますねえ、なんか……」

「はい、そこまで」

「わかりました。やめときます」

そうは言ったが、僕の想像は止まらなかった。太っているときのホン・イアンの姿を、ホン・イアンの肌色の宇宙が消滅していくありさまが写った写真を、写真の中のホン・イアンの表情を、収縮してゆく肌色宇宙の美しい曲線を、僕は思う存分想像した。

11

窓ガラスの割れる音がした。ホン・イアンがビクッと体を震わせた。続いて板を規則的に叩く音、爪か何かで板をしきりと引っ掻く音が二階から聞こえてきた。誰かが家の外にいるに違いない。叩く音と引っ掻く音が止む。すると、周囲はにわかにしいんとなった。ウイスキーグラスの中の氷が溶ける音が聞こえるぐらいに。グラスの中の氷が音を立てて溶ける。そのとたん、何か大きなものが板にぶつかる音がした。前の音より大きい。時間が経つにつれ、三つの音が混ざり合った。音でわかった。奴らがいる。ゾンビどもだ。間違いない。今すぐにでも何らかの手段を講じなければ、補強した窓を破って奴らが家の中に入り込んでくるかもしれない。僕は、家の外に出てみたいという衝動に駆られた。いったいどのくらいいるんだろう。ドアの外に出た瞬間、目の前にどんな光景が広がるんだろう。それをこの目で確かめてみたかった。

ホン・イアンに一階の窓を確認するようにと言いおいて、僕は二階に上がった。階段を上りきると、板を叩く音が両側から聞こえてきた。サラウンドスピーカーから流れ出る音楽のように、音が四方から僕を包み込む。雨のひと粒ひと粒のリズムが寄り集まって雨音になるように、あっちこっちの窓を叩く音が一つになって、まるで雷みたいな音になっていた。どんどん、がんがん、どんどん、がんがん。遠くからゆっくり近づいてくる雷の音のように、板を叩く音は確実に空間を支配していた。

窓に板を打ち付け、頑丈なかんぬきを取り付けておいてよかった。僕は窓に当てた板に、必要以上にたくさん釘を打った。釘の数は、僕の恐怖の大きさだった。そんなに怖がっているくせにこの家から出ていかなかったのは、恐怖とは避けられないものだということを知っていたからだ。

僕はホン・イアンの寝室に入り、二重窓に手を当ててみた。外側から板が叩かれている。

どん、がん、どんどん、どん、がんがん。

相手の存在が振動の形で僕の手に伝わってきた。怖いというより何か気にかかる。振動のパターンに意識を向けてみた。ゾンビたちはもしかして、板を叩くことで、僕に何かを伝えようとしてるんじゃないだろうか。モールス信号みたいなもので、僕に話しかけているんじゃなかろうか。だとしても無駄だ。僕にはわかりようがないのだから。振動が不規則なところをみると、何らかのメッセージが盛り込まれている可能性は、まずなさそうだった。

窓はびくともしなかった。僕が頑丈に補強しておいたのは確かだ。でも、ゾンビたちの攻撃も思ったほどではなかった。窓の釘一つ弛みはしなかった。窓をぶち破って彼らが躍り込んでくるのでは、などと心配する必要はなさそうだ。一階のほうも何事もなかった。ホン・イアンと僕はリビングの真ん中にただ突っ立って、ゾンビたちが立てる音に圧倒されていた。安全な要塞の中にいるとはいえ、音によって与えられる恐怖を前に、できることは何もなかった。ピアノソナタを大音響にしてかけてみたけれど、それでどうにかなるような音ではない。ゾンビたちが叩きだす音をシャットアウトしようと思ったら、もっと壮麗な音楽が必要だ。シンフォニーとか。でも、僕の家にはピアノソナタぐらいしかなかった。

手持ちのCDを掻き回していたら、ホン・ヘジョンに録音してもらったストーンフラワーのセカンドアルバムが出てきた。ボリュームを七まで上げてみると、板を叩く音がほとんど聞こえなくなった。オーディオから流れ出る大音響の振動が、ゾンビたちが発生させる板の振動に立ち向かい、戦っている。僕らはリビングのソファに座ってウイスキーを飲みながら、音と音のバトルを観戦した。その途轍もない音量のせいで話はできなかった。僕らは音楽を聴いた。ストーンフラワーの音楽をこんな凄まじいボリュームで聴くのは初めてだったけれど、それはそれですごかった。ストーンフラワーの音楽は、胸にずんずん響いてくるロックンロールだった。

三曲めが終わってしばしの沈黙が訪れたとき、ゾンビたちがもう窓を叩いていないことに気づいた。自分たちの立てる音が音楽にかき消されてしまっていることを悟ったのだろうか。僕はプレーヤーをストップさせた。静寂が訪れた。窓を叩く音は聞こえない。

五秒ぐらい経つと、どこからかまた窓を叩く音がし始めた……と思ったら、すべての窓が音を立て始めた。家はまた音に包み込まれた。どん、がん、どん、がん。音は僕らを圧倒した。もういちど音楽をかけ、窓に手を当ててみる。音楽が始まって五秒ぐらい経つと、手のひらに振動が感じられなくなった。音楽の振動に押されて窓を叩くのをやめたんだろうか、それともゾンビたちも音楽を楽しむんだろうか。もしかしてストーンフラワーのビートに合わせてヘッドバンギングをしてたりして……。僕は、音楽をかけたり止めたりを繰り返して、ゾンビたちの反応を探ってみた。ゾンビたちが音楽に合わせてヘッドバンギングをしていることはまさかないにしても、音楽に反応しているのは明らかだ。連中は音楽をかけると静かになり、音楽を止めると騒ぎだした。まるで、もっと聴かせてくれとでも言うように。まるでロックコンサートの観衆みたいだ。

「鼓膜が破れちゃう！」

ホン・イアンが叫んだ。

「音楽止めましょうか？」

僕が叫び返した。

「音楽のほうがマシかしら、どうせうるさいんだったら」

「コンサートに来たんだって思いましょうよ」

「ゾンビどものためのコンサートね」

「イアンさん、連中、どれぐらいいると思います？　音から推測して」

「答えたら、外に出て確かめてくれるの？」

「まさか」

「さあて、それじゃあ今度はジフンさんが秘密を打ち明ける番ですよ」

「それはまた今度にしましょうよ。今はうるさすぎてムリですって」

僕らは互いの耳に口を近づけて、大声で言葉を交わした。ホン・イアンが僕の耳に口を寄せて声を張り上げる。悪くない。耳がムズムズした。僕らは酒を酌み交わしながら、ストーンフラワーのアルバムを終わりまで聴いた。音楽がやむたびに、ゾンビたちは窓を叩きまくる。なので、音楽を止めようにも止められない。もう一度アルバムの最初に戻り、一曲めからまた聴いた。今の状況でかけられるような音楽は、ストーンフラワー以外になかったからだ。僕は、ＣＤがエンドレスリピートされるよう設定した。まさに拷問だった。いくら素晴らしい音楽でも、繰り返し聴いていれば飽きてくる。

歌詞、メロディ、パターンをもれなく知り尽くしているなら尚のこと、もはや感動も生まれてこない。僕らはソファに座ったまま眠ろうと試みた。僕はうとうとと眠りに落ちていった。耳に馴染んだストーンフラワーの音楽が僕の神経を少しずつ弛緩させ、心臓の鼓動が安定するや、眠気が僕を包み込んだ。ホン・イアンも同じだったようだ。僕がうたた寝から覚めたとき、ホン・イアンはのけぞってソファの背もたれに頭をのせ、ぐっすりと眠っていた。開いた唇の間から歯が三本、ちらりと覗いている。唇の隙間から漏れる息が目に見えるような気がした。真ん中がぽっかりあいたドーナツ形の息。僕の目には、それが見えた。僕は、ホン・イアンの上唇と下唇の隙間から覗く歯を長いこと見つめていた。

僕は明かりを消してソファにもたれた。闇の中、音楽だけがやかましく鳴り響いている。それでも眠ることはできそうだった。うとうとしてハッと目覚めるのを何回ぐらい繰り返したろうか。いつしかストーンフラワーの音楽が、音楽に聞こえなくなっていた。彼らの音楽は、言ってみればデシベル値の高い空気だった。やかましい音なのに、その存在をそうそう気づかせない……。遠くのほうの空が白みかけていた。リビングももう真っ暗ではなかった。板を打ち付けた窓のわずかな隙間から、光の気配が入り込んできている。空気が青っぽく感じられた。僕は、ソファの上で居ずまいを正した。電波チェックという仕事柄、長時間座っているのには自信があったのに、全身の節々がぎしぎしときしんだ。膝もがちがちに強張っている。僕は首を回し、両腕を回し、腰を動かしてみた。人間の体とは思えない。これはもう、粗雑な組み立て式人形だ。継ぎ目の部分なんかボンドでいい加減にくっつけただけの、ボンド滓《かす》で手がベタベタするような安物の人形。完全に解体されて骨だけになったら、ラーメンの段ボールひと箱にきれいさっぱり納まってしまいそうな体。僕は音楽を止めて、耳を澄ませた。あたりはしいんとしている。この静寂がどれぐらい続いたら、奴らがもういなくなったと思っていいんだろう？　五分？　十分？　いったいどれだけ待てば、この沈黙が罠ではないと信じていいんだろうか。リビングの中央にぼーっと立って、僕は音を待った。そうしていると、どんなにかすかな音も漏れなく聞こえてきた。遠くで鳥の声がする。ホン・イアンの寝息が聞こえた。それから、細くて高い機械音。冷蔵庫のモーターが回る音だろうか。二十分ぐらいそうして立っていたかと思う。僕は、彼らが去ったことを確信した。どこからか猫の鳴き声がしたからだ。その低い泣き声からは、見知らぬ相手に向き合ったときの警戒心というものがまったく感じられなかった。腹が減ったときだとか、用もなくうろついているときの鳴き声だ。彼らはもういない。絶対に。

眠っているホン・イアンを起こさないように、僕はそろそろとドアを開けた。かちゃり、かちゃり。二重に取り付けてあった鍵をあけ、ゆっくりとノブを回す。僕はふと、こんな想像をした。ドアの向こう側で、僕と同じようにゾンビがノブを回している……。ドアが開いたら、奴は僕に飛びかかってくるだろう。家の中に押し入ってきて僕の首に噛み付き、眠っているホン・イアンの首にも喰らいつく……。そんな、とんでもない、僕らはドラキュラじゃありませんよ。ならお前らの正体はいったい何だ？　音楽好きのゾンビですよ。音楽好きのゾンビだって？　そんなのあり得ねえよ。ゾンビとの、そんな突拍子もないやり取りを思い描いたりもした。ゾンビが口をきくはずなんてないのに。ドアを開ける。ゾンビはおらず、朝のまぶしい光が射していた。

家の被害は思ったほどではなかった。窓ガラスは全部割れていたけれど、ほかはほとんど無事だった。家の外壁をぶち破るほどの力はないらしい。そう思って少し安心した。にしても、どうにも不思議で仕方ないことがある。ゾンビはどうやって二階までよじ登るのか。板に足をかけて登ればぶら下がるぐらいはなんとかできるだろうが、全身ががちがちに強張ったゾンビの体では、その状態から這い上がるのは無理な気がするのだが……。

「わりと口ほどにもなかったわね」

いつの間にか、後ろにホン・イアンが立っていた。

「あ、おはようございます」

「あのくそやかましい音楽の中、それでも結構よく眠れたみたい。体がずいぶん楽になったわ」

ホン・イアンがうーんと伸びをしながら言った。

「それはそれは。僕なんかはまだ耳がヘンですけどね。耳の中で、今も音楽がわんわん鳴ってる感じですよ」

「そういうときはね、こうするといいですよ」

「？」

「ちょっと来て」

ホン・イアンは左手で僕の耳を引っ張ると、耳の中に息を吹き込んだ。耳の穴がムズムズする。細い音がした。狭い谷間を吹きぬける風みたいな。僕は妙な気分に捕らわれ、そのわずかの間に勃起してしまった。

「ちょっ……何すんですか！」

僕のその言葉が終わらないうちに、ホン・イアンは僕の耳に口を寄せたまま、大声で叫んだ。

「ワッ！」

「わっ、びっくりした。何ですか！　鼓膜が破れでもしたら、どうしてくれるんです？」

「まったく、鼓膜がそんな薄っぺらなわけないでしょ。耳から妙な音が聞こえるときはね、これがいちばん効くんですってば。ほら、声を出してごらんなさいよ。あ、あ、あ」

僕は、彼女の言う通りにしてみた。耳の中をぐるぐる回っていた音楽は、消えてはいなかった。でも、耳の中がかなりスッキリしたのは確かだった。

「マシにはなりましたね」

「ほうら、ごらんなさい。私の言った通りでしょ」

「耳元で叫ばれたときは、心臓が口から飛び出すかと思いましたよ」

「大げさねえ。次は電動ドリルでガガガガッと穴あけちゃうから」

ホン・イアンが笑いながら言った。ゾンビたちのせいで、明け方まで苦痛の時間を送った者同士が交わす会話とは思えなかった。朝の陽射しが僕らの心を癒してくれていたのだ。ゾンビなんか。壁を突き破って入ってくることはできないんだから、昼間は僕らに危害を加えることはできないんだから、夜は外に出なければそれまでなんだから。それに僕としては、この状況は秘かにラッキーなことで……ちょっとやかましくたってホン・イアンと一緒にいられるわけだから……思い煩う理由などないのだ。

「夕べの話、ホントですか?」

僕が尋ねた。

「話って、何の?」

「太ってたっていうのと、体操選手だったっていうの……」

「ホントのこと話すってことになってたでしょ。信じられないの?」

「うーん、それじゃ、証明してくださいよ」

「どうやって？　デブだったときの写真でもお見せすればいいのかしら。どこかに一枚や二枚残ってるかな……」

「そうですね……それじゃ、いっぺん宙返りして見せてくださいよ」

「あのねえ、二十五年も経ってるんですよ」

「体操選手よ、永遠なれ」

「まったくもう、体操選手は星条旗じゃありませんよ」

「で？　出来ないんですか？」

「大人になってからはやってみたことないですねえ……。それに、こんな朝っぱらから宙返りなんて……」

「やってみましょうよ」

「嫌ですよ」

「見てみたいんですよ」

「嫌だってば」

「ほんとに一回だけ。お願いしますよ」

「なんだって私がそんなことしなきゃならないの？」

「僕が見たいからです」

「なんですって？」

「僕が見てみたいから、ですよ」

「あなた、いったい何様?」

「僕ですか?　チェ・ジフンですけど」

「あははは、ほんっと厚かましいわね、ジフンさんて」

ホン・イアンは弾けるように笑った。引退して二十五年も経っている元体操選手に朝っぱらから宙返りを見せてほしいなんて、不躾な頼みだったろう。でも、ホン・イアンの話を聞いたその瞬間から、僕は彼女が優雅に宙を舞う姿を思い描き続けていたのだ。

「上手くできるかしら……。怪我したら責任とってくれますか?」

体をほぐしながらホン・イアンが言った。

「ええ、任せてください」

「ほんと、厚かましいこと」

ホン・イアンは、クッションの良さそうな家の前の空き地を選んだ。二月とはいえ、さほど寒い日ではなかったので、地面は固く凍りついてはいなかった。もし転んだとしても、それほど痛くはないだろう。ホン・イアンは腕を前後に振り、何度も腰を回した。時計を見ると、朝の八時だった。

「体が充分にほぐれてないから、簡単なのをやりますね」

ホン・イアンは両腕を上げると、ひらりと側転をした。パフォーマンスは瞬きする間に終わった。

「うわあ、なんて鮮やかな。これまで見た中で、最高の側転ですよ」

「大げさねえ、もう」

「ホントにホントですってば。あと一回、ダメですか?」

「今日はこれでおしまい。今度ちゃんと練習して、本物を見せてあげますよ」

「わかりました。約束ですよ」

「約束なんてしないのよ、私は」

乱れた襟元を直しながら、ホン・イアンは家の中に入っていった。この時期にしては暖かだとはいえ、それでも二月は二月。薄手の服で長いこと外にいられるような陽気ではない。僕は一階と二階の窓を一つ残らずチェックした。窓ガラスはほとんど割れていた。窓枠には割れたガラスの鋭い破片が残り、風に揺れている。僕はガラスの破片を取り除かず、そのままにしておいた。そうしておけば、ゾンビたちがまた襲ってきたときに、それなりに盾になるかもしれないと思ったからだ。釘が抜けていたり、壊れているところはほとんどなかったが、窓に狭い隙間が何か所かあって、そこから外の空気が入り込んでくるのが問題だった。倉庫に使い残しのシリコンがしまってあったので、それで隙間を塞いだ。シリコンの強烈な臭いが、家のあちこちに染みついた。

夕べ、あんな騒ぎがあったというのに、僕とホン・イアンは異常なぐらいに落ち着いていた。僕の場合、これまでの人生でさんざん驚かされ続けて、今では滅多なことでは取り乱したりしないけれど、ホン・イアンが冷静なのは意外だった。コリオ村が封鎖されたと知ったときはあんなに怯えていたのに、どうしてこんなに泰然としているのだろう。もしかしたら、ホン・イアンと僕は、似た者同士なのかもしれない。衝撃に関して。衝撃を受けたとき、まずはそれを余すところなく全身で受け入れるが、衝撃の強さを綿密に分析し、衝撃の意味を完全に理解した後は、衝撃を受ける前の状態に戻れるのだ。それは持って生まれた能力ではない。長い時間をかけ、様々な体験を通じて培われた、生存のための能力だ。

目と目の間がえらく狭いハグショックの販売員の言葉が思い出された。

「衝撃っていうのはですね、受ける側の気の持ち方次第でどうとでもなるものなんですよね。私たちは新しい商品を作り出したのではなく、衝撃を受け入れる姿勢を開発したというわけなんです」

ホン・イアンと僕は、「人間ハグショック」というわけだ。僕らはちょっとやそっとの衝撃ではビクともしない。数百万のゾンビの群れが押し寄せてきたとしても、音楽を止めるつもりなどさらさらない。どんなに家を叩かれまくったところで、僕らがダメージを受けることはないだろう。そう思うと、ホン・イアンと僕がいるこの家が、世界で一番居心地のよい、究極のパラダイスのように思えてきた。

窓の隙間を塞ぎ終わると、サンドイッチで朝食を済ませた。食後のコーヒーを飲んでいるとき、ドアがノックされた。一瞬ドキッとしたが、窓の外は明るかった。ゾンビたちの活動時間ではない。ドアを開けると、ケゲルとゼロが立っていた。

「夕べはちょいと騒がしかったろ?」

そう言いながら、ケゲルはドアを押し開けるようにして入ってきた。

「なんで知ってるんですか?」

僕が訊きかえすと、

「ゾンビの奴が一人、うちに寄ってんたんだよ。帰りにな」

「え?」

「せっかくだから、お茶をお出ししたよ。話してみると、なかなかいい奴だったぞ。情報だって、あっさり提供してくれたしな」

「ウソでしょ?」

「なんだよ、その顔は。年寄りは冗談も言うなってか？」

「冗談言ってる場合じゃないでしょう！」

「なら教えてくれよ。どんなときなら冗談言ってもいいのかさ。呆けちまってそんなことも忘れっちまったよ。ホン訳の娘さんのほうは、夕べはさぞかし驚かれたんじゃないのかな？」

「またホン訳、ホン訳って。そう呼ばないでって言ったでしょ！」

「ああ失敬、お嬢さん。嫌いだったな、その呼び方。年を食うとどうにも忘れっぽくなってな」

「そ・れ・で、ケゲルさん。どうして昨日のこと知ってるんですか？」

「内緒。ゼロと俺はな、ことコリオ村に関しちゃ知らないことなんざないのさ。そうだろ、ゼロ？はは。それはそうと、日が暮れる前に軍人どもが押しかけてくるぞ。しっかり協力してやれよ」

「あいつら、今晩も来ますかね？」

「わからん。なにせあの連中、脳がないからな。如何せん、おんなじことを繰り返す可能性が高いんじゃないか？」

「なんでうちに来たんでしょう？」

「軍人連中を避けてこっちのほうへ来たんだろうさ。この辺りじゃ家はここだけだしな。でなきゃ、こないだお前さんが殺った奴、あいつの臭いを嗅ぎつけてやって来たのかもしれんぞ。復讐を誓ってな。よくも仲間を殺したな。お前もゾンビにしてやるーってさ。うはははは」

「そんなに頭がいいって言うんですか、ゾンビが？」

「頭がいいかって？　軍人連中がここ何日か、村周辺を隈なく捜しとるのに捕まらんのだぞ。お前さんやあのデブ公よりはマシなんじゃないか。ははは。ともかく仕返しされたりせんよう、せいぜい用心することだな」

軍人たちの捜索の手を逃れたというなら、ゾンビにも知能があるということになる。でも、思考力のあるゾンビが存在するなんて、そんな話は聞いたこともない。ゾンビが軍人の捜索の網をかいくぐったというよりは、ゾンビたちだけが知っている隠れ場所が、軍人の目の届かないどこかにあるのだろう。太陽が顔を覗かせている間、身を隠していられるゾンビだけのアジトが。

ケゲルとのやり取りは、まるでタグマッチでもしているようだった。ゼロとホン・イアンは後ろのほうに突っ立って、僕とケゲルがやり合うのを黙って見ていた。かなり時間も経ったし、このあたりでバトンタッチしたかったが、ホン・イアンのほうはまったくその気はなさそうだった。ゼロはケゲルの後ろから、ホン・イアンの顔ばかり見つめていた。ホン・イアンもゼロの視線に気づいて、尖った声で言った。

「なにジロジロ見てるんですか？」

ケゲルがゼロのほうを振り向いた。ゼロは何も言わずにうつむいた。顔が赤くなっている。

「こいつはな、ちょっとばかり目つきは悪いが、悪い奴じゃあない。妙な誤解をせんでやってくれよ」

ケゲルがとりなした。そういえば、ゼロの声というのを僕は一度も聞いたことがなかった。ことによると口が利けないのかもしれない。ゼロの容貌から想像するに、低くて厚みのある、霧がかかったような声が似つかわしく思えるが。ゼロはとうとう口を開かなかった。二人が帰った後、僕らは飲みかけになっていたコーヒーを飲んだ。机の上に置かれた携帯電話に視線を投げて、ホン・イアンが言った。

「私ね、なんていうか……忘れ去られてくみたいで気分がいいの」

「忘れ去られてく?」

「知り合いの人たちと連絡が途絶えてもう四日めでしょ。私の居場所を誰も知らないってことに、なんかワクワクしちゃって。みんなきっと私のこと、行方不明になったって思ってるわよ」

「ここに来てるの、知ってる人いないんですか?」

「いませんね」

「忘れ去られるのが、なんだってそんなにうれしいんです?」

「ヒョンが死んだときにね、思ったんです。もう一度、一からやり直したいって。私と関わりのあること全部消去しちゃって、そこからまたスタートできたらって。ホント、どこかに消えちゃいたかった」

「イアンさんの性格からして、人間関係がさほど良好そうには思えませんけど、消去するもの多いんですか?」

「失礼な。こう見えても私はね、出るとこに出れば、名の通った写真家なんですよ」

「写真家なんですか?」

「ええ。それが何か?」

「あ、いえ。イアンさんのお仕事のこと、そういえば、訊いてなかったなって思っただけです」

「あんまりそれらしく見えないでしょ?」

「うーん、よく見ると……そうですね」

「じゃ、どんな仕事してそうですか?」

「ダンサー」

「こんな肉づきのいいダンサーがいるもんですか」

「そんなことないですよ。スリムじゃないですか」

「実はね、秘かにため込んでるんですよ。見えないところにね」

「どこに？」

「秘密ですってば」

「そういえば、写真撮ってませんよね。なんでですか？　写真家なのに」

「写真家だからって、四六時中写真ばっかり撮ってるわけないでしょ。いい被写体がなきゃ」

「僕の顔、撮ってくださいよ」

「被写体ってのはね、何だっていいわけじゃないんですよ」

「僕の顔、ダメですかね？」

「ダメってわけじゃないけど……平凡すぎるかな」

「こういう顔、好みじゃないですか？」

「そういう顔について、好きとか嫌いとか考えてみたことないですねえ」

「ちぇっ、がっかりだな」

「何が？」

「僕は好きですから。イアンさんみたいな顔」

「私って、どんな顔してます？」

「さあね。教えてあげませんよ。あんまりがっかりさせられたんで」

「あらら、拗ねちゃったの？　冗談ですよ、冗談。ハンサムじゃあないけど、それなりに悪くはないですよ」

「ホントですか？」

「ほんとほんと。だから言ってみて。私ってどんな顔？」

「単純なセンテンスみたいな顔」

「何よそれ。けなされてるみたいなんですけど」

「違いますよ。あるでしょ、短いけど強烈なセンテンス。パッと目に焼き付いて、そう簡単には忘れない……」

「標語や警告文みたいな顔ってこと？」

「ああもう、そんなんじゃなくて……」

「アハハ、冗談ですって。ジフンさんて、妙に可愛いところあるのよね。たまんないわ。いいわね、今の。単純なセンテンスみたいな顔。よーく覚えときますよ」

　僕は、けらけら笑っているホン・イアンの唇に口づけた。笑い声がやむ。数十メートルもある崖下に落ちていくように、すべてがぼんやりと遠く、現実味に欠けていた。何のフレーズも思い浮かばない。パサついて擦《こす》れあっていた唇が、だんだん湿り気を帯びてきた。舌も湿って滑らかに動き始める。僕は、ホン・イアンのTシャツのすそから手を差し入れた。彼女の腰は温かかった。腹はもっと温かく、胸はそれよりもっと温かかった。僕は、ホン・イアンのブラジャーを上の方へと引き上げた。ホン・イアンが僕の手首をつかんだ。僕は、そこで手を止めた。無理にそれ以上、求めることはできなかった。ホン・イアンは咳払いをして、僕の腕から抜け出した。そして言った。

「散歩でもしますか」

僕はうなずいた。

12

　人が生まれた日と死んだ日では、どちらのほうが重要なのだろう。誰かのことを覚えていようと思うとき、生まれた日を覚えているべきか、それとも死んだ日を覚えているべきか。墓碑に記された二つの日付を見るたびに、僕はその問いを繰り返した。デブデブ130とそのことについて意見を交わしたこともあった。

「僕はねえ、死んだ日のほうが重要だと思うな」

「理由は？」

「死ってのは、一人の人の人生が完璧に幕を下ろす瞬間だから。歴史もそのとき完結するわけだし」

「生まれたのだって歴史だろ？」

「生まれただけじゃ、歴史にはなりませんよ。死んで初めて完全な歴史になるんだ」

「誕生日を覚えてるほうが、その人がどんな人生を送ったのか、全体的に記憶してるみたいな感じしないか？」

「今日が一月二十日だとしましょう。今日はジョン・ラスキンが死んだ日です。フェデリコ・フェリーニが生まれた日でもあります。さて、どっちの出来事が重要でしょうか」

「フェデリコ・フェリーニ」

「どうして？」

「そっちのほうが有名じゃないか」

「もうっ！　そういう話じゃないでしょ。誰か死んだって聞くと、なんか荘厳な鐘の音が耳元に響くような気がしません？」

「赤ん坊の泣き声しか聞こえないけど？」

「いいですよ、もうっ！」

デブデブ130の意見について、僕は考えてみた。人は死んだときに、その歴史が完結する。確かにその通りだと思った。すべての真実は、その人の死後に明らかになる。そんな気もした。それでも僕はやっぱり、生まれた日を覚えていたいと思う。両親が死んだ日も、兄が死んだ日も、僕は思い出したくなかった。誰かが死んだ日の記憶といえば、悲しみ。それだけだった。でも、生まれた日のことに思いを巡らせれば、悲しみと喜びが混ざり合い、どうにかやり過ごすことができる。墓地紀行をしていると、生年月日は記されていても、命日が記されていない墓碑を見かけることがある。行方不明者だとか、行方がわからなくなって、後に遺体で見つかった人の墓なのだろう。そんなふうに死ねたら、というのが僕の願いだ。

僕は、ホン・イアンに墓地の写真を撮ってみたらどうかと提案した。コリオ村の墓地や墓碑は、なんとも独特だったからだ。数百もの死が、個性にあふれた様々な形で保存されている。そんな光景を、僕はこれまで目にしたことがなかった。いくつか例を挙げて墓地の様子を説明すると、ホン・イアンも乗ってきた。散歩に出るための支度をしているとき、ホン・イアンはカバンの奥底にしまい込んであったカメラを取り出した。その様子は、久々に刀を手にする剣客の姿を連想させた。カメラを首にかけたホン・イアンは、まるで水を得た魚のように生き生きとしていた。

墓地の写真を撮るというアイディアは、ホン・イアンのお気に召したようだった。彼女は墓地に到着するやいなや、僕のことなど見向きもせず、撮影にのめり込んでいった。カドが欠けた墓碑、緑色の苔、墓の傍らにぽつんと置かれた錆びた鉄の椅子、たくさんの名前、名前、名前、十字架、埃の積もった赤い造花、何も埋められていない穴、消えたろうそく、星と十字架、日付、数字、雪に埋もれた墓地、墓碑の上に置かれた人形、墓地の上空を飛び交う数羽のカラス、墓碑に刻まれた星と十字架、生まれた日の前には星、死んだ日の前には十字架、星と十字架。

「ヘンね。私、これ十字架に見えないの」

ファインダーから目を離して振り向いたホン・イアンが言った。

「そうですか？　じゃ、何に見えるんです？」

僕が尋ねた。

「プラス」

「プラス？　死んだ日の前にプラスはおかしいんじゃないですか？　マイナスならともかく」

「私はおかしいとは思いませんけど？　死んだら土にプラスされるわけでしょ」

「人間の世界からしたら、マイナスですよ」

「そっか。じゃ、私ってゾンビなのかも。ゾンビだったら、こう考えるんじゃないかしら。なに？今日一人死んだって？　おい、ゾンビ人口調査員、プラス１しとくの忘れるなよ。なーんてね。ハハハ」

「ゾンビどもがイアンさんみたく舌がよく回るといいんですけどね。いったい何考えてるのか訊けるから」

「生まれた日の前に星を刻むのはね、その日に宇宙から星として落ちてきたってこと。死んだ日の前にプラスを刻むのは、人間としての役目を終えて、ゾンビの世界に移ったってこと。そんなふうに考えると、ゾンビってなんかクールじゃありません？」

立ち並ぶ墓の間に立ち、僕らはそんな冗談を言い合った。もしゾンビたちが聞いていたら、嘲笑ったことだろう。乾いた血の塊を吐きながら、ケッケッケッと。夕刻が近づいてくると、寒さがひときわ増してきた。ホン・イアンはしばしばシャッターを押す手を休め、右手の人差し指にハーッと息を吹きかけた。ホン・イアンはわずかの間に二百枚以上も写真を撮っていた。

真昼の明るさに黒インクを一滴落としたみたいにうっすらと陽が翳り始めた午後、僕らは墓地を後にした。家に帰る道すがら、軍人の姿を見かけた。その数は、家が近づくにつれて多くなった。百人を超える軍人が、辺りに散らばって作業に就いている。家の周囲に塹壕を掘る者、地面に何かを埋めている者……。ホン・イアンと僕が前を通り過ぎたが、気に留める者は誰一人としていなかった。玄関のドアを開けると、五、六人の軍人が慌しく動き回っている。僕の家の中に作戦本部を置いたらしい。

「持ち主に何の断りもなく何してるんです、いったい！」

僕は怒鳴ったが、誰もこちらを見もしなかった。そのとき、ソファの背もたれの向こうから、何者かがヌッと頭を突き出した。

「ああ、この家の方ですか」

男の帽子には、星が一つ付いていた。帽子で隠れているというのに、額が広いのがわかった。目が強い光を放っている。広い額を下から支えているかのような二つの目。男は低い声で名乗った。

「失礼しております。このたびの作戦を指揮しているチャンといいます」

男が手を差し出した。僕の二倍は優にありそうな、途轍もなく大きくて分厚い手だった。手触りなどは、ジャングルに潜む獣の足か何かのようだ。

「これはいったいどういうことですか?」

「ケゲルから何も聞いとりませんか? 午後からここで、作戦を開始することにしたんですが」

「それは聞いてますが、家の者の許しも得ないで入り込むなんて、失礼でしょう」

「うむ、まあ、それについては申し訳なく思っとりますよ。重要な作戦を展開するときにはですな、そういうこともあるもんです。事は重大なんですぞ。これぐらいは大目に見てくださらなければ。違いますかな?」

男は眼光だけで、僕に激しいプレッシャーをかけてきた。長い歳月、数えきれないほどの人間と向き合ってきたであろう、老獪な目だった。相手に応じてどんな表情を浮かべるべきか、熟知している目だ。僕みたいな気の弱い人間を圧倒するにはどんな表情を浮かべるべきなのか、長い経験からわかりきっているのだ。目と目を合わせているだけで、こんなに恐怖を感じたのは初めてだった。僕は目をそらした。今度は声が僕を追い詰めた。

「つまるところ、互いのためじゃないですか。ゾンビの奴らが目の前からきれいさっぱり消えてくれたらと思うでしょう? 私がやってあげますよ。ソファに座ってゆっくり本でも読んでるといい。よそへ避難してるようにと言いたいところですが、そうしてしまうと、ことによると奴らがやって来ない可能性もありますからね。できる限り、昨日と同じ状況にしておきたいんですよ。奴らがどんな理由でここにやって来たのかはわかりませんがね。お二方、昨日、何か特別なことをしたわけではありませんね？」

「特別なことって？」

「ははは、先刻ご承知でしょうに……。ですから、何と言いますかな、動物的な匂いを撒き散らす……」

チャン将軍が巨大な手を僕の肩に置いた。その尋常でない重さに、僕は図らずもよろけてしまった。

チャン将軍はポケットからタバコを取り出してくわえた。

「タバコは外で吸っていただけますか。ここは禁煙です」

それまで固く口をつぐんでいたホン・イアンが言った。チャン将軍は唇を突き出して笑うと、外に出ていった。軍人が三、四人、付き従った。

「まったくいけすかない奴ね」

ホン・イアンは、閉まったドアに向かって中指を立てた。

「あんなふうに年取りたくはないですねえ。ああなったらどうしよう。なんか心配になってきましたよ」

僕が言った。

「ダメダメ、ダメよ、ぜーったい」

「先のことはわかりませんよ。あの人よりもっとヘンになっちゃうかもしれない」

「あんな人間になったが最後、命はないものと思いなさいよ」

ホン・イアンが僕の目の前に拳を突き出してみせた。大真面目な顔をしている。その顔を見て、僕は思わず吹き出してしまった。人の将来というものが、些細な選択の積み重ねによって決まるものだとしたら、自分がどんな人間になるのかも自分で決められるのだろうか。身の周りでどんなことが起きようと、僕さえしゃんとしていれば、自分の性格ぐらいは自分でコントロールできるのだろうか。そうであることを僕は願った。

チャン将軍に言われた通り、僕らはじいっとソファに座っていた。家の内も外も軍人だらけで、うかつに動くこともできなかったのだ。ほんのちょっと動いただけでも誰かとぶつかった。僕らはソファに腰かけて、軍人たちの動きを目で追っていた。特にこれといったことはしていないくせに、みな忙しそうに見えた。彼らの動きは蟻を連想させた。

軍隊で教えられることは、なにも特別な戦術や技術ではない。巨大な組織の中で、一つの個体がどのように動くべきかということだ。彼らは、他の者とぶつかることなく動く術を叩き込まれている。チャン将軍の部下たちは、優秀な軍人のようだった。言葉はほとんど発することなく、まるで足元に透明なレールでもあるかのように、決められたルートに沿って黙々と動いている。彼らは立派な軍人なんだろう。それは認める。けれど、見たところはゾンビとさして変わるところがないというのが僕の受けた印象だった。

宵闇が訪れると、軍人たちの動きが速度を増した。皆、自分の定位置についている。チャン将軍を含めた総員十名の司令部だけが家の中に置かれ、それ以外のチームは、家の周辺にそれぞれの場所を定めて待機していた。時計の針が六時を指すと、慌しさは影を潜め、周囲は静まり返った。話し声がしなくなるとともに、周辺の明かりも消えた。作戦に突入したようだ。司令部のメンバー十名は食卓の椅子に座っていたが、無言だった。家の中の電気は点けたままだった。ゾンビたちが目当ての場所を見つけやすいようにだ。ゾンビたちの目で、遠くから明かりを見つけられるのかどうかは疑わしかったけれど。僕らと並んでソファに座っていたチャン将軍が、沈黙を破った。

「奴らはきっと来ます。いつになるかはわからないが、今夜、必ずまた来ます。なぜだと思います?」

「さあ、わかりませんね」

僕が答えた。

「においを嗅ぎつけたからですよ。何のにおいだと思います?」

「さあ」

「まあ、わからないでしょうね。人間のにおい、嗅いでみたことありますか?」

「人間のにおいですか?」

「ゾンビどもは、特定の人間のにおいに敏感に反応するんです。私がどうしてそれを知ってると思います?」

僕は答えなかった。チャン将軍は、いかにも答えを待っているかのように僕の顔を見つめている。でも本当のところは、僕の当惑ぶりを観察しているのだった。僕は、チャン将軍に好きなように自問自答させておいた。続けざまの質問にうんざりしていたのだ。

「ゾンビどもはですな、この家で何か特別なにおいを嗅いだんです」

いつしかチャン将軍は、一人で勝手にしゃべっていた。ホン・イアンはソファの左の端に座って、チャン将軍の話には耳も貸さずに本を読んでいる。僕だって、チャン将軍の話を聞くよりは、本を読んだりホン・イアンと話をしたりしたかった。でも、狭いソファの上では逃げ場がなかった。僕は壁になることにした。ホン・イアンのための壁。チャン将軍はソファの右端に腰を下ろし、僕のほうを向いて、滔々としゃべり続けた。

「我々の体には血が流れています。試しに指を首に当ててごらんなさい。どくん、どくん、どくん、どくん。血が流れているのが感じられるでしょう？　こうして一日じゅう体の中を巡り続けてるわけですよ。でなきゃ異常です。それは死んでるってことですよ。でもね、血が流れてるっていうのはわかってても、においは感じない。ほらここ、この皮膚の下を流れてるっていうのに、においはしないんです。おかしいでしょう？　おかしいと思いませんか？」

チャン将軍は、だんだん早口になっていた。自分の話を楽しんでいるようだった。チャン将軍は帽子を脱いでテーブルに置き、帽子のつばが自分のほうを向くように向きを直した。まるで、帽子についている星にも自分の話を聞かせようとしているかのように。チャン将軍はハンカチを出してつるつるした頭を拭った。ぴかぴか光る額と頭頂部の間に小さな刺青が入っている。文字のようだったけれど、何という文字なのかまではわからない。チャン将軍の頭を引っつかんで刺青を確認したい気持ちがムクムクと湧いてきて、僕の全身を支配した。けれど、さすがにそれはできなかった。チャン将軍は頭のてっぺんと額を拭った後、顔に浮いた皮脂まで拭き取ると、ハンカチを小さく折り畳んで帽子の脇に置いた。

「どうでしょうね、人間が人間の血の臭いを嗅げたとしたら。世界中が血の臭いで満ち溢れることになるでしょうな。血生ぐさい臭いがそこらじゅうに満ち満ちて。ひょっとして、誰かの血の臭いを嗅いだことがありますか？」

「ありますよ」

「怪我した人の血の臭いでしょう？」

「そうです」

「どこも怪我していない、健康な人の血の臭いを嗅いだことはないでしょう？　血管の中を流れる血の臭い」

「人の体から血の臭いがするって話は聞いたことありませんね」

「クルモっていう動物はね、十メートル以内なら、人の血の臭いを嗅ぎ付けることができるんです。もちろん誰の臭いでも嗅げるってわけじゃないですよ。血の臭いがきつい人のものだけです」

「血の臭いがきつい人なんているんですか？」

「もちろん。きつい人も薄い人もいますよ。心臓の鼓動が速い人と遅い人がいるみたいにね」

「はあ……」

「私が何故こんな話をしてると思いますか？」

「さあ……。何故ですか？」

「今の状況と何らかの関わりがあるからじゃないでしょうかね？」

「ゾンビどもが血の臭いを嗅ぎつけてくるっていう？」

「まあ、そういう可能性もあるってことです」

「つまり、僕ら二人のうち、どちらかの体から血の臭いがするってことですか？」

「その可能性が高いということです」

　本を読んでいたホン・イアンが、僕とチャン将軍のほうを向いた。目は本のほうに向けながら、チャン将軍の話を聞いていたようだ。質問を挟みながら話を進めるチャン将軍の話し方は、人をイラつかせながらも、知らず知らずのうちに耳を傾けさせる不思議な力があった。

「二人のうちどちらの可能性が高いんです？」

ホン・イアンが訊いた。

「それは私にもわかりませんよ」

チャン将軍が答えた。

「血の臭いがするっていうの、それって確かな根拠があっておっしゃってるわけじゃないでしょう？」

僕が言った。

「根拠はあります」

「どんな？」

「実験で立証されています」

「ゾンビどもが血の臭いに反応するかしないか、実験したって言うんですか？」

「詳しくはお話できないが、とりあえずイエスと言っておきましょう」

瞬間、家の中の空気が揺らいだ。家の外で何かが起こっている。外は今や真っ暗闇で、肉眼では何も見えなかったけれど、空気の流れでわかった。家の外にいる軍人たちの囁く声が入り乱れる。そしてドアが開き、一人の軍人が飛び込んできた。怯えきった表情だった。

「奴らが接近している模様です」

チャン将軍は帽子をかぶり、窓際へ歩み寄った。僕とホン・イアンも窓の端っこのほうに陣取る。ゾンビたちの姿を見てみたかった。夕べ、窓を叩いて僕らを苦しめた奴らがどんな連中なのか、この目で確かめたかったのだ。

「明かりを消せ」

チャン将軍が低い声で命令した。明かりが消えると辺りは真っ暗闇になり、何も見えなくなった。それでも、何かが動いているのだけは確かだった。正体はわからないが、闇の中をじわじわと近づいてくるモノがある。軍人たちは息を潜めた。こんなに大勢の軍人が声もなくひっそりと待機していられるなんて、とうてい信じがたいことだった。何秒か経つと、闇に目が慣れてきた。チャン将軍は指で合図をして、参謀を一人呼んだ。

「合図を送るまでは待機してるよう伝えたな？」

「はい、将軍」

「一線に何人割り当てた？」

「前方に三十名、後方に三十名です」

「接近ルートはオープンにしておいたな？」

「はい」

「奴ら、こっそり近づいてくるだろうが、放っておけ。包囲していっぺんに捕獲するんだ。今のままじゃ暗すぎるから、一段階の照明を灯して視野を確保しろ」

「了解」

家の周りにほのかな明かりが灯る。その明かりの中、正体不明のモノがノロノロとこちらに向かってくるのが見えた。真っ暗闇の中では、そこにどれだけたくさんの敵が潜んでいるものやら見当がつかない。目に見えないところに恐怖の源があるというわけだ。でも、闇に目が慣れてくるにつれ、闇に潜んでいた恐怖の源が姿を現し始めた。家に向かって近づいてくるモノの形状も、少しずつクリアになってきた。ゾンビにしては肉づきが良すぎる。あれが生きた死体だなんて、あり得ない。モノは、闇の中をよろよろと近づいてくる。二本の腕を前に突き出して、闇を手探りしながら。闇の中からデブデブ130の厚みのある声が響いてきた。

「ジフンさあん、僕の声、聞こえてる？　なんでこんな真っ暗なの？　明かり点けてよう」

その声に、軍人たちの緊張感は一気にゆるんだ。敵ではないとわかったとたん、封じ込められていた音のロックがあちこちで解除された。彼らが地べたに押さえ込んでいた音が、一斉に解き放たれる。銃の立てるカチャカチャという音、誰かの咳、土の上を歩く足音、ヘルメットを地面に置く音、つばを飲み込む音……。多種多様な音が一気に解き放たれて虚空に散った。家の明かりが点くと、デブデブ130の顔が見えた。その顔つきから判断するに、この何日かの間にかなり大人びたようでもあり、臆病レベルがアップしたようでもあった。デブデブ130は家に入ってくるやいなや、僕に抱き付いてきた。

「おい、放せってば！　息できないだろ」

「僕、ジフンさんが死んじゃったのかと思った」

デブデブ130が半泣きの顔で言った。

「ちょっと130、あんた、私の心配はまったくしなかったのよね？」

ホン・イアンが言った。

「だって僕、姐さんがここにいるなんて知らなかったんだもん」

二人は再会のハグをして、デブデブ130はソファに腰を下ろした。奴はひどく息を切らしていた。

ホン・イアンと僕はデブデブ130を真ん中に挟んで座り、ヤツの息が静まるのを待った。はあはあと弾む息を一生懸命整えているデブデブ130は、どこから話を始めようか決めかねているふうだった。三人の間で刻々と重みを増していく沈黙をどう破ろうか、思いあぐねているようだ。デブデブ130は咳払いをして、喉にからんだ痰を呑み込んだ。ごくん、という音が低く聞こえた。

「ねえ、僕がどれほど心配したと思う？　月曜日、仕事が終わった後、すぐ来たんだけど、鉄条網が張りめぐらされてて、軍人たちが見張ってるんですよ。通してくれって言ったら、コリオ村は封鎖されたって。それで、僕らが殴り殺したゾンビ、あいつのことが問題になったんだなって思ったんです。その瞬間からもう、ありとあらゆる怖いことを次から次へと想像しちゃって……。ゾンビの大群が襲ってきて、仲間を殺したジフンさんに復讐するんじゃないか。ジフンさん、もう死んじゃって、ゾンビになっちゃってるんじゃないか。そしたらジフンさんに会えても僕のことわからないのかな、とか……。夕べなんかこんな夢見ちゃったんだから。ジフンさんが出てきてさ、笑みを浮かべて近づいてきたと思ったら、いきなり僕の肩をガブリ！　そしてチュウチュウ血を吸うんだよ。どんなに、どんなに怖かったと思う？」

ホン・イアンがデブデブ130の後ろから肩に嚙みつく真似をした。デブデブ130はホン・イアンを押しのけてパッと立ち上がると、数歩先まで逃げた。ホン・イアンは、デブデブ130を指差してげらげら笑った。

「もうっ、やめてくださいよ、悪ふざけは。ホントにホントに怖かったんだから」

「悪かったわよ、もうしないって。ところであんた、どうやって入ってきたの？」

「毎日様子見に来てたんですよ。何が起こったのか絶対聞き出してやるって思って。でも軍人の奴ら、ぜんぜん教えてくれないんです。もう歯痒くって歯痒くって死にそうでしたよ。昨日は警察に失踪届けを出しに行ったんです。そしたら何て言われたと思います？『そこは軍事地域ですから、私どもも入れないんですよ』ですって」

「お前、まさか体で鉄条網を押し破って入ってきたわけじゃないよな？　どうしたんだよ、その顔は」

「鉄条網の下の土を掘って、くぐり抜けてきたからじゃないかな」

「軍人たちの目はどうやってごまかしたんだ？」

「今日は一人もいなかったんですよ、見張りが。今だ！　と思って、くぐり抜けてきたんです。顔になんかいろいろついてるでしょ？」

鉄条網のところで見張りに就いていた軍人たちが作戦に投入された隙をついて、入り込んできたようだ。デブデブ１３０は顔についた土埃を両手で払って、「ジフンさんのほうは？　いったい何があったんですか？」と訊いてきた。

僕はこれまでに起こったことを話してやった。でも実のところ、話すほどのことはあまりなかった。五分も経たないうちに、この四日間の出来事をすべて話し尽くしてしまった。話をしながら、副詞や形容詞をなるべくたくさん入れるよう努めたが、さして長くはならなかった。村に閉じ込められて外に出られず、その間にしたことといったら読書ぐらいのものだったのだから、無理もない。読んだ本の内容でも要約してやろうかと思ったくらいだった。そういえばこの四日間、ノートをまったくつけていない。それまでは、ノートに何か綴りながら「覚えておきたい今日の出来事ベスト３」を選んだりしていたものだった。でも、ここ何日かは書き残すべき出来事が何もなかったわけだから、ノートのことなど頭に浮かびもしなかったのだ。確かにホン・イアンが僕に語ったことは、書き残すべき出来事といえるだろう。でも、それをきちんと整理して書くのには、まだまだ時間が必要だという気がした。話をしているときの彼女が発していた強烈なエネルギー、表情、しぐさ、話すスピード、それからむせび泣き……。長い時間が経って、すべてを客観的に書けるようにならなければとうていムリだろう。

ノートをつけられなかった理由はほかにもある。一日に数分でもいいから一人きりになれる時間がなければ、何かを書くことはできない。でもこの四日間、そんな時間はまったくなかった。僕は常にホン・イアンの存在を意識し、ホン・イアンを見つめ、ホン・イアンとともにいた。眠っているときでさえも、常にホン・イアンの眠る部屋へ意識が向いていた。一日二十四時間、一人でいると感じたことはただの一瞬もなかった。

僕は、ゾンビたちが音楽に反応して狂ったように家を叩きまくった夕べの出来事と、冷たく凍った地面の上でホン・イアンが宙返りをしてみせた今朝の出来事を、デブデブ１３０につぶさに話して聞かせた。この数日間でいちばん面白かった出来事だったし、デブデブ１３０も少しは興味を示すんじゃないかと思ったからだ。

「イアン姐さんが宙返りしたって？」

デブデブ１３０が目をぱちくりさせながら言った。

「そうなんだよ」

僕が答えた。

「ちょっと１３０、あんたって、どこかイカれてんじゃないの？　ゾンビが音楽に反応することよりも、私が宙返りするほうがおかしいっての？」

　ホン・イアンが、手にしていた本でデブデブ130を引っぱたこうとした。

「ゾンビなんかより、姐さんのほうに関心があるからですよう」

「関心をお寄せくださり感謝は致しますが、いい？　考えてごらん。何の感覚も残ってない死体が音楽に反応すんのよ。不思議だと思わないの？」

「ほんとにそうだったかはわからないじゃあないですか」

「間違いないってば。音楽を流してやると大人しくなったんだから。あれはほとんど骨をもらった犬よ、犬」

「そんなんどうだっていいですよお。僕が見たいのはね、音楽が流れると大人しくなるゾンビなんかじゃないの。断然イアン姐さんの宙返り」

「なんだってそんなもの見たがるの。だいたい二人とも大げさよ。たかが宙返りがそんなに珍しいっての？　今後十年、絶対にやらないからね。いいわね」

「不公平ですよお」

「何がよ」

「わかんないけど……なんかそんな気がする」

　デブデブ130がなぜ不公平だと感じたのか、その理由がわかる気がした。ホン・イアンの宙返りが問題なのではない。デブデブ130がいない間に、ホン・イアンと僕が親しくなっていたからだ。それで不公平だと感じたのだ。正確に言うと、それは不公平というより「不均衡」に近いだろう。ホン・ヘジョンとデブデブ130と僕。この三人の距離は常にバランスが取れていたが、ホン・ヘジョンが抜けた後にホン・イアンが入ってくるや、それが崩れてしまったのだ。僕は対人距離というものに常に気を配り、誰かと必要以上に親しくなるのを怖れ、避けてきた。なのに僕は今、デブデブ130が疎外感を感じるほどにホン・イアンと親しくなっている。でもそれは、決して居心地の悪さをもたらすものではなかった。

「何なの130！　不公平ならどうだってのよ」

マフィアが相手を脅すときのような、ドスの効いた声だった。その声があんまり大きかったので、近くにいたチャン将軍始め軍人たちの視線がホン・イアンに集まった。チャン将軍はホン・イアンを見て、呆れたというように首を振った。ホン・イアンは気にも留めなかった。デブデブ130の体重はホン・イアンの二倍以上だ。なのにホン・イアンの手が頭に触れたとたん、数百キロの錘《おもり》でも乗っけられたかのように、ぴくりとも動けなくなってしまった。

「い、いえ、そんな。何の不満もありませんよ、僕。ちょっとぐらい不公平だからって、なんてことないですよ」

「よーしよし、いい子になったわね。この先、宙返りだの不公平だの、いっぺんでも口にしてごらん。あんたの命はないからね」

「はいはい、わかってますよ。アラフォー女性が宙返りなんて、ムリムリ。死んだりしたら大ごとですからね。二度とねだったりしませんよ」

「命が惜しくないみたいね、あんた」

「そんな、とんでもない。ところで姐さん、なんかやけに言いたい放題ですよね、僕に対して」

「あんた、日曜の夜のこと覚えてないの？　私に服従を誓ったじゃないの」

「僕があ？　いつ」

「私の前でひざまずいて、服従を誓ったじゃないのよ。酔っ払ってて記憶がないのね」

「嘘だあ」

「嘘なもんですか」

「この体でひざまずくのって、すっごくキツいんですよ。あり得ない」

「お酒が入って、とーってもやわらかくなってたわよ。高度なヨガのポーズだってバッチリ決めてたし」

「覚えてませんね」

「なんなら思い出させてあげようか？」

「なんで僕が姐さんに服従誓うんですか。姐さん、ヤクザなんじゃないの？」

「私が無理やりやらせたんじゃないわよ。あんたが何て言ったか教えてあげようか？　姐さん、ファンタスティック！　ブラボー！　僕は今日から姐さんのしもべです。服従を誓います。そう言ったのよ」

デブデブ130が振り向いて、僕の顔を見た。彼の目が、ほんとうかと僕に問いかけていた。そういえば、そんなやり取りがあったような……。朧げな記憶ではあるけれど、酔っ払ったデブデブ130がホン・イアンの前にひれ伏して、何か言っていたのは覚えている。何と言っていたかは思い出せないけれど。僕はデブデブ130に向かってウンウンと頷いてみせた。ホン・イアンがデブデブ130の頭をどついた。

「ほーら、ごらん」

「正気じゃなかったんだな、僕」

「そんなに悔しけりゃ取り消せば？」

軍人たちは、僕らのやり取りにじっと耳を傾けていた。チャン将軍もこちらを見ている。デブデブ130にソファから追い出されたチャン将軍は、木製のダイニングチェアに腰かけ、渋い顔で僕らの話を聞いていた。ホン・イアンとデブデブ130は、軍人たちの様子を察して口をつぐんだ。チャン将軍が口を開いた。

「少し緊張感がなさ過ぎませんか。久しぶりに会えてうれしいのはわかるが、奴らがいつ襲ってくるかわからんのですぞ」

確かに僕らの態度は、ゾンビの大襲撃を前にしているとはとうてい思えないものだった。カフェに居座って三時間ぶっ通しでおしゃべりしている人たちや、ちっぽけな丘へ浮き浮きと何年ぶりかのピクニックに訪れた人たちのようにしか見えなかったろう。正直、僕もそれが不思議だった。前は、ごく些細な刺激にも心が際限なく落ち込んだものだったのに、今はちょっとやそっとのことでは動じない。気分のほうも、一時は三以下に落ち込むことが多かったけれど、今はめったなことでは五を割ることはない。深刻なことは軽く受け流し、些細なことも軽く受け流す。一年前の僕を思うと、まったく別人といってもいいほどだ。一年前の僕と今の僕をシーソーの左右に乗せたら、今の僕はひゅーんと空に舞い上がってゆくだろう。

とはいえ、現実的な状況がさほど好転したわけではない。兄は死んでしまったし、せっかく友だちになれたホン・ヘジョンも今やこの世の人ではない。職場の所属チームは解散寸前で、会社を辞める羽目に陥りかねない。何時間、それとも何分か後には、ゾンビの大群が僕の家を叩き壊して侵入し、僕の体を食いちぎり、喰らってしまうかもしれない。僕は死ぬのかもしれない。結婚もできず、子どももなく、僕の痕跡が地上からすべて消し去られるときが近づいてきているのかもしれない。でも怖いとは思わなかった。どうしてだろうか。どうして何も怖くないのだろうか。デブデブ130とホン・ヘジョンとホン・イアンが僕の体に入り込んできて、僕の中の何かを刺激し、それによって僕という人間を変化させたのだ。僕の体の中を流れる血を変化させてくれたのだ。

ソファに座ったデブデブ130とホン・イアンは、軍人たちの顔色を窺いながらもひそひそ声であだこうだとやり合っていた。二人の声は周囲に響いていった。家の外は計り知れないほどの深い闇に包まれ、その闇の中で、数十人の軍人が寒さに震えながらゾンビの襲来を待っていた。ゾンビたちはここよりずっと深い闇の中を、こちらに向かって来ていることだろう。止まってしまえばいい。ふと僕はそんなことを考えた。今のこの状況が変わることなくずうっと続けばいいと。後のことが怖いからではない。今、このときがあんまり好ましくて。冷たい空気、一触即発の沈黙の瞬間、カチャカチャという音で自らの存在を示している軍人たち、ソファに座った僕ら三人、ソファの後ろのダイニングチェアに腰かけて僕らを見守っている軍人たち……。こういった風景が一枚の絵になって、僕の頭に刻み込まれた。僕、ホン・イアン、デブデブ130はソファに並んで座り、窓の外の闇を見やった。家の中の明かりが全部点いていたので、窓に映るものは闇ではなく家の中の様子だった。でも、目を凝らして見てみると、闇が蠢いているのが微かに見える。ソファに座って、僕らは待った。

13

母は意識を失う前の一分間、僕の目を見つめていた。その一分が過ぎると、バッテリー切れを起こしたデジタルカメラのレンズのように、母の瞳は光を失っていった。もう二十年以上も前のことなのに、僕はいまだに忘れられずにいる。母の瞳がただの一つの点に変わってゆく、その光景を。ブラックホールを見るようだった。一瞬にして消え去った命。僕は十四歳だった。

そのとき母は、台所で夕食の支度をしていた。それが突然、バタリと横ざまに倒れた。腐った木が根っこから倒れるみたいに。右手には包丁を握り、左手には長細いネギを持っていた。僕はそのとき食卓にノートを広げて宿題をしているところだった。僕の目と倒れた母の目が合った。母は倒れたまま両手をブルブルと震わせた。口を開けていたけれど、声は出てこない。ただひたすら僕の顔を見つめている。すううっ。母の開いたままの口に、息が長く吸い込まれていった。倒れている母の片頬が、弾力を失ってぐにゃりと垂れていた。倒れた母に駆け寄って、すがりつきたい。でも体が動かなかった。僕の頭の中は真っ白になっていた。ボールペンをしっかりと握ったまま、僕は母の目を見つめるばかりだった。その瞬間。僕の頭のどこからか声が聞こえてきた。誰かが数を数えていた。聞いたことのない女の声だ。女は、一、二、三、四、五……と淡々と数えていた。その声がどこから聞こえてくるのか。僕の心が生み出した声なのか、それともお化けの声だったのか。単純に秒読みをしていたのか、それとも何か別の意味があったのか。わかることは何一つとしてなかったが、数字が数えあげられていくにつれ、僕の体は強張っていった。見知らぬ女が数えあげる数字を聞きながら母のぼやけた瞳を見つめ、僕は食卓の前に微動だにもせず座っていた。体がまったく動かなかった。手の感覚もだんだんなくなり、足の力も抜けた。

母はその目で何かを伝えようとしていたのだと、今の僕は思っている。僕は二十年以上、母の目が訴えていたこと、それはいったい何だったのか考え続けている。でもそれは、人間の力の及ぶところではない。できるのはただ、推測だけだ。哀願しているような眼差しではなかった。助けを求めている目でもなかった。そのときに何もできなかったことへの罪悪感から、眼差しの意味を都合のいいように解釈しようとしているのではない。母の瞳は、生と死の境界線をすでに飛び越えていた。母は僕をじっと見つめていた。けれどその瞳の中に恨みの色はなかった。それは、あたかもこう言っているかのようだった。大丈夫。慌てなくていいからね。静かに、そのまんまでいるのよ。すぐに済むからね、驚くんじゃないよ。母は、自分が倒れたというのに、僕を安心させようとしていた。数を数える声は続いていた。三十、三十一、三十二……そのあたりから、母の目が少しずつ力を失っていった。黒かった瞳の色が濁り、目元の筋肉が弛緩する。目の焦点もぼやけ、もはや僕を見つめてはいなかった。声はやはり淡々と数を数えていた。六十という数字が聞こえてきた瞬間、まるで待っていたかのように母の目が閉じられた。母にもあの声が聞こえていたのだろうか。最後の力を振り絞って一分間持ちこたえようとしていたのだろうか。僕の目を見つめながら最期のときを迎えたかったのだろうか。

夕焼けを目にするたびに、僕は母と見つめあった最後の一分を思い出す。夕映えが上のほうから少しずつ闇に浸食され、辺りが夕闇に包まれていくさまは、母の目がゆっくりと閉じていったときとびっくりするほど似ているからだ。夕闇が迫り来る頃の明るさは、声が三十を数えたときの母の目を思い起こさせる。辺りがよく見えなくなるほど闇が深まってくると、五十を数える声が聞こえたときの母の目が脳裏に浮かぶ。夜はゆるやかに訪れる。でも母は、ふっと去っていってしまった。

母が目を閉じると、声は聞こえなくなった。いずこへともなく消えてしまった。そのとたん、今度は音というもののいっさい存在しない「音のブラックホール」とでもいうべき状況が訪れた。周囲の音がみなどこかに吸い込まれ、低く響く「うぃーん」という音が僕の耳を占拠した。僕は頭を左右に振ってみた。左手でテーブルを叩いてみたりもした。けれど何の音も聞こえない。音のブラックホールを消失させたのは、兄の声だった。学校から帰ってきた兄は、母が倒れているのを見て台所に駆け込んできた。母の鼻のところに耳を近づけて息の音を確認した兄は、母の肩をつかんで体を揺さぶりながら「母さん、母さん！」と大声で叫んだ。その声を聞いて、僕は我に返った。そのとたん、「うわーん！」僕の喉から泣き声がほとばしった。僕は声を振り絞って泣いた。喉も裂けよと泣き叫ばない限り、音のブラックホールからは脱け出せないとでもいうように。自分の泣き声が耳に入ってきたとき、やっと現実に戻ってこられた気がした。電話で救急車を呼んだ後、兄は食卓の前の僕のところへやって来て、抱きしめてくれた。びっくりしたろ？　でも大丈夫だよ、大丈夫。きっと大丈夫さ。兄は僕の背中をなでてくれた。僕はなんとか泣きやもうとしたけれど、涙はなかなか止まってくれなかった。救急車が到着し、母を運び出していったときも、僕は食卓の前から動けずにいた。まるで金縛りにでもあったように。食卓の前に座ったまま、どこかへ運ばれてゆく母の生気を失った顔を見た。その顔も、僕は鮮明に記憶している。それはすでに人の顔ではなかった。ほんの数分前まで息をしていた人の顔ならば、かすかな温もりでも残っていそうなものなのに、母の顔は、そのわずかの間にすっかり変容していた。まるでゴムやプラスティックなんかの無機物でできているかのようだった。そんな母の顔を見たとたん、僕の涙はぴたりと止まった。どういうわけか、悲しくはなかった。兄はもう一度僕の肩を抱いてから、母の乗せられた救急車に一緒に乗って病院へ向かった。一人家に残った僕は、「母さんが死んだ」という言葉の意味を、頭の中で反芻してみた。いくら考えても、悲しい気持ちはまったく湧いてこなかった。母はもう生物じゃない。無生物に変質してしまったんだ、という感覚しかなかった。母の心臓は、病院に運ばれる途中でその動きを止めた。

母が世を去り、僕らの状況はいろいろと変わった。僕と兄は二人きりになってしまったのだから。兄は大学を辞め、仕事を探し始めた。今になって考えてみると、兄は学校を辞めることはなかったのだ。かなりの額の保険金が下りたし、通帳には母が貯めておいた貯金もあった。贅沢はできないにしても、兄が学業を続けるのに特に問題はなかったはずだ。兄が学校をやめたのは、おそらく僕のためだったのだろう。責任を持って僕の面倒を見なければならないという思いからだったろう。でも、それはやっぱり誤った選択だった。いま振り返ってみても、確かにそう思う。兄が心を砕くべきだったのは、職探しではなく、僕の心のケアだった。混乱状態にある僕を慰め、両親は失ったけれど、それでも人生とは楽しいものだということを教えてくれるべきだった。人はどのみち一人で生きてゆくものなのだという事実を、弱冠十四歳の少年に悟らせてはいけなかったのだ。

母を失くしたときより兄に死なれたときのほうが辛かったのは、おそらくこういった理由からだったろう。僕が得た「人はしょせん一人で生きてゆくもの」という悟りは、それまではあくまでも観念的なものだった。それが兄の死をきっかけに、現実になった。完全に一人ぼっちになったのだから、一人で生きていくしかない。どんなにほかの数字をかけたとて、ゼロはしょせんゼロでしかあり得ない。そんなことを痛切に悟ったわけだ。

僕にとって兄という存在は、保険みたいなものだった。何があろうと兄はいる。当然のようにそう思っていた。連絡を受け、タクシーに乗って病院へ向かっているときも、僕は自分を落ち着かせようと努めた。完璧なゼロなんてあり得ない、と。病院に着いて兄の顔を見たとき僕は、完璧なゼロもあり得るのかもしれないと初めて思った。母が死んでいくときに数え上げられていた数値。それでいくと、兄の状態はすでに五十を過ぎていた。すでに温もりは感じられなかった。兄は目を開けてはいたが、その目は何も見ていなかった。僕は兄の手を握った。そして僕を見つめた。何か言おうとしているようでもあり、最後に一度だけ僕の顔を見ようとしているようでもあった。その間、三秒ほどだったろうか。そのときは、例の声は聞こえなかった。兄の瞳はじきにただの点となり、母のときと同じプロセスを辿ってすべてが終わった。兄の死に顔も、母と同じようにプラスティックかゴムみたいに見えた。もう息をしていない兄の顔を見ながら、僕はこんなことを考えた。これは、あらかじめ作ってあったゴム人形なんじゃないか。誰かが素早く兄の顔とすり替えたんだ。でなけりゃ、こんなに変わってしまうわけがない。人の亡骸は、命の消えた人間ではなく、人間とはまったく別の物体だった。

ゆるゆると家に近づいてくるゾンビたちを眺めながら、僕は母と兄の最後の顔を思い出していた。ゼロになる直前の、消滅する直前の、人間とはまったく別の物体に変容する直前の、ゼロに限りなく近づいてはいても、まだ人間だったときの母と兄を見ているようだったから。二人と同様、ゾンビたちもゼロに近い姿だった。僕が記憶している母と兄の最後の状態が一か二だとすれば、ゾンビたちはマイナス一かマイナス二ぐらいか。両者は極めて似かよっていた。頭についているのがプラスかマイナスかぐらいの違いにしか見えなかった。生きているということと死んでいるということは、ゼロを基準にして対称を成しているだけで、実はこれといった違いはないんじゃないだろうか。生者の世界はプラスの世界、死者の世界はマイナスの世界。その二つの世界はバランスをとりながら、世の中を動かしているのではないだろうか。とはいえ僕にはマイナスの世界なんて想像がつかなかった。マイナスのまま生きていくなんて、想像を絶している。

ゾンビたちは生きている人間のようには見えなかったが、化け物のようでもなかった。僕が初めて目にしたゾンビの姿とはまったく違う。僕がバットを突き刺したゾンビは、顔は崩れ、全身の肉はぼろぼろの化け物状態だった。でも、窓の外で今蠢いているゾンビたちは、死ぬ直前の人間だといっても通りそうだった。彼らの意思とは関係なくぶらぶらと揺れる腕にふらつく足、瞳は虚空を凝視しているとはいえ、顔は比較的損傷が少なく、手足もちゃんと付いている。ごく自然に挨拶でもしてきそうな感じだ。やあ、いい夜だね。ああ、気持ちのいい晩だ。うちでお茶でも一杯どうだい？　そんなやり取りがあってもおかしくなさそうな。

ゾンビたちは、三メートルぐらいのところまで迫ってきていた。いったいどれぐらいのゾンビがいるのかは見当がつかなかった。無線機を手にした参謀の一人が、外からの状況報告を受けた。二十人ほどのゾンビが家を取り囲んでいると告げる声が、無線機から洩れてきた。ゾンビたちは想像もしていないだろう。六十人の軍人が、音も立てずに彼らを取り囲んで待機し、命令を待っているなんて。命令が下された刹那、彼らは目にも留まらぬ速さでゾンビたちを処理してしまうはずだ。

「私が合図するまでは絶対に動くな」

チャン将軍が言った。低いが明瞭な声だった。すでに下されていた指示だったが、チャン将軍は繰り返した。窓越しに、ゾンビたちが家に向かって歩いてくるのが見える。彼らの瞳には焦点というものがないので、何を考えているのかわからなかった。敵意があるのか、それとも何かを切に望んでいるのか……。

「将軍、一メートル内に接近してきました」

参謀の一人が低い声で報告した。

「サーチライト点灯、作戦開始」

チャン将軍が命令を下した。それは光の速さで伝達され、一瞬のうちに行動に移された。電気のスイッチを押すと、真っ暗な部屋がパッと明るくなる。まさに、そんなさまを連想させる迅速さだった。スイッチを押したあと電気が点くまでの時間と、チャン将軍の命令が下された後サーチライトが灯る時間を比べてみたくなるぐらいに、軍人たちの行動は敏捷だった。たったひと言の命令が、瞬時にこんなにも様々な動きにつながるなんて、驚きのひと言に尽きる。軍隊が常に訓練に訓練を重ねる理由が納得できた。軍人たちの目の焦点を把握することが、僕にはできなかった。命令に従って動く彼らは、まるで別種のゾンビのようだった。

サーチライトが灯ったとたん、ゾンビたちはあたふたし始めた。仲間同士で何か合図でも送っているのか、ウェッ、クウェッ、という声があちこちであがった。まるで屠殺されるときの豚のような声。その声が、外から家を押し包むように響き渡った。ゾンビたちは、不意に明るくなった空間で、ひたすら困惑していた。生きている人間が闇の中で右往左往するように、彼らは明かりの下で右往左往していた。屋根の上に取り付けられたサーチライトがゾンビたちを照らし、家を取り巻く木々の影が長く地面を這った。空に向かってまっすぐに伸びた太い木々が、まるで何かの試合でも観戦しているかのように立ち並び、すべての事の成り行きをひっそりと見守っている。

「残らず生け捕りにしろ」

おろおろするゾンビたちを見て、チャン将軍は笑っていた。命令を下す声は、今や自信に満ち溢れていた。ホン・イアンとデブデブ130と僕は、ゾンビたちが虚空に向かって手をぶらぶらさせ、声をあげる姿をソファの上から黙って見守っていた。生け捕りという言葉は、ことゾンビに関しては適切とは言えない。何故なら彼らはもう生きてはいないのだから。死んだ者をどうやって生け捕るというのか。屋根の上でサーチライトを操っていた軍人たちが、下に向かって電子網を投げた。網に捕らえられたゾンビたちの体は、互いにもつれ合い、バランスを失って地べたに倒れた。うめき声が大きくなる。

「さて、作戦は終了ですかね。皆さんご苦労様。こんなことは、見てるだけでも消耗しますからねえ」

チャン将軍が腰を上げながら言った。

「ゾンビたちを生け捕りにしたのには、何か理由があるんですか?」

僕が尋ねた。

「なぜ生け捕りにしたと思いますか?　殺せないからですよ」

「殺せないですって?」

「死んだ者を、もう一度殺すことはできないでしょう?」

「じゃ、僕が突き殺したゾンビは何です?」

「ああ、それはね、殺したんじゃありませんよ。処理したんです」

「なら、処理しない理由は何なんですか?」

「処理する必要がないからですよ」

「どうしてですか?」

「そんな詳しいことまでは知らなくて結構。軍事機密とだけ言っておきましょう。では、私たちはこの辺りで撤収させてもらいます。ゴミはすべて収集しましたからね。皆さんはね、滅多にお目にかかれないショーを一銭も払わずに観覧したってわけです。こんな希有《けう》なショー、そうそう見られるものじゃありませんぞ」

「あんまり後味のいいショーじゃなかったですけどね」

「ゾンビを見たでしょう? それはですな、絶滅した恐竜を見たのと同じことです。この世に存在し得ない生き物を、存在しない時間の中で見物したってわけです。タイムマシンに乗って過去に戻ったとて、そうそう見られるものじゃありませんからな」

「わかりました。よーくわかりましたよ。ですからどうぞお帰りください」

ホン・イアンがチャン将軍の言葉を遮った。チャン将軍はホン・イアンに向かって何か言おうとしたが、思いなおしたように口をつぐんだ。

僕らはチャン将軍の後に続いて家の外に出た。ほとんど真昼のような明るさだ。サーチライトの威力はすごかった。軍人たちは、電子網に捕らえられたゾンビたちを軍用トラックに載せていた。平均して三、四人のゾンビが一枚の網の中で団子状態になっている。死体にも生きた人間にも見えなかった。まるで犬か豚のようだ。ゾンビたちは絡み合ったまま手足をバタバタさせた。クエーッ、クエッ、という声も絡み合っていた。ゾンビたちは、軍用トラックの荷台にひと塊に積み上げられていた。その姿をサーチライトが照らし出す。艶のないゾンビたちの皮膚が、明かりの下に青白く浮かび上がった。

「明かりに照らされてるゾンビども見てたら、なんだか急に豚肉が食いたくなってきたな。さっさと片づけて、基地でバーベキューパーティーとでもしゃれこむか。さあ、急げ！」

家の前に立ったチャン将軍が言った。それを聞いて参謀たちが笑った。トラックにゾンビを積んでいた軍人たちも一緒になって笑っている。ホン・イアンとデブデブ130が露骨に嫌な顔をする。とはいえ、チャン将軍がそんなジョークを言うのもわからないではない。明かりに照らされたゾンビたちは確かに、肉屋の店内にぶら下がっている肉そっくりだった。所どころ皮膚が破れて肉が白く露出し、固まった血があちこちにこびりついて。

ゾンビたちをトラックに積み終わると、屋根の上のサーチライトチームも撤収した。そのとたん、辺りは昼間から一転して夜になった。つい今しがたまで昼の十二時だったのが、今はさながら夜の十二時だ。数分前までの真昼のような明るさ、あれはもしかして夢だったのか……。夢から覚めた今は、闇の中だった。闇は幾重にも僕らを取り巻いていた。チャン将軍と参謀たちが乗ったジープがまず出発し、トラックがその後に続く。闇を照らすヘッドライトの明かりがまず見えなくなり、その後を追うように車の音が遠ざかっていった。僕とホン・イアンとデブデブ130はドアの前に立って、トラックが遠ざかっていくのを見送った。

まさに台風一過。すべてが終わった後の家の中は、いつもよりもっと静かに感じられた。耳元ではゾンビたちのうめき声がいまだわんわんとこだましている。これまで一度も聞いたことのない声だけに、なかなか耳元を離れてくれない。僕は窓も二重ドアもきっちりと閉め、かんぬきを下ろした。そして、二人のために熱いお茶を淹れた。

「耳がじんじんしてる」

デブデブ130が言った。

「信じられない。私たち、ホントにゾンビを見たのよね？」

そう言うホン・イアンにデブデブ130が応じた。

「前にもゾンビを見たことがある、まあ言うなれば先輩としてですね、ひと言アドバイスさしあげましょう。名残惜しく思う必要はないですよ。この先、少なくとも三、四回は会えるから。夢でね」

「ああ最悪。そんな怖い夢、ゴメンだわ」

「現実でもう一度遭遇するよりはいいじゃないですか」

「実際に遭遇するほうがマシじゃないかしら」

「姐さんは実際にゾンビと顔突き合わせたことないから。もし、家の外でゾンビと顔を合わせたら、怖さのあまり凍りついちゃうことでしょうよ、たぶん。何がいちばん怖いって、奴らの目だね。焦点ってものがない。どこ見てるんだかわかんないんです。僕を見てるのか、僕の後ろを見てるのか、僕の隣を見てるのか、皆目。ホント怖いですよ、もう最高」

「なんだよお前、ずいぶんわかったふうな口きくじゃないか。まるでゾンビに百回ぐらいご遭遇あそばしたみたいだな。おしゃべりはそのぐらいにしとけ。お茶が入ったぞ」

僕が割って入った。僕が淹れたのは、スプーン一杯の蜂蜜を加えた熱いミルクティーだった。やわらかな甘みが口の中に広がり、喉を伝っていく。熱いお茶は、手足の先の毛細血管まで染み透った。全身がじいんと痺れ、瞼の緊張がやわらかくほぐれて、軽い眠気がまといついてくる。僕は首をぐるりといっぺん回し、首周りの筋肉の凝りをほぐした。僕にだけ聞こえる大きさで、骨がポキポキと鳴った。僕はボイラーの設定温度を上げた。ドアがしょっちゅう開け閉めされていたためか、家の中は冷えていた。

デブデブ130とホン・イアンも、目を閉じて熱いお茶の効能に身を任せていた。熱いお茶のありがたいところは、骨を暖めてくれることだ。原理は床暖房と似ている。床下に張り巡らされたパイプを通るお湯が部屋を暖めるように、温かいお茶は体のあちこちに染み入り、骨まで暖めてくれるのだ。

デブデブ130が、飲み終わったお茶のカップをテーブルに置いた。

「ちょっと資料集めしてみたんですよ。コリオに入れないでいたあいだにね。ジフンさんのこと考えながら」

「資料？　何の？」

「どうすればゾンビを簡単に殺せるか」

「どうやるんだって？」

「僕らがやったのでよかったんですよ。先の尖ったものを、ゾンビの頭と心臓に突き刺す」

「ほかには？」

「それがいちばんいい方法だけど、ほかに三百種類ぐらいあるみたい。でもね、もっと面白いのがね、ゾンビを探し出す方法」

「こっちはゾンビから逃げるのに必死なんだぞ。何が悲しくて探すんだよ」

「探し出してやっつけるんですよ」

「んな残酷な」

「宗教学者が書いた本なんだけど、タイトルは何だったかな……。たしか『あなたが殺すべき最後のゾンビ』だったと思います。その人によるとね、少なくとも二十万人のゾンビがいるそうですよ、僕らの住んでるこの世界にね。人間の目に付きにくいところにいるから気づかないだけで、ゾンビは常に人間と共存してるんだそうです。それとね、その数がずうっとキープされてるんですって」

「ゾンビが繁殖するってことか?」

「繁殖はちょっとムリでしょう。その人の主張はこうです。ゾンビもほかの生き物とおんなじように、本能的に個体数を維持すべく行動する」

「本能? ゾンビに本能なんかあるのか?」

「あるんですよ。墓地に入り込んで墓碑を壊す。それがゾンビの本能なんだって。墓碑って、人間にとって札《ふだ》みたいなものじゃないですか。その人が死んだってことを、いわば宣言するためのもの。それを破壊するんですよ」

「自分の意思でか?」

「本能ですってば」

「そうすりゃ死体が動き出すってのか?」

「その人が言うにはね」

「なーに言ってんのよ。バッカみたい」

ホン・イアンが言った。彼女は両手にぐっと力を入れて、カップを包み込んでいた。お茶はもう冷めてしまっているはずだ。でもホン・イアンは、デブデブ130の言葉に気を取られるあまり、それに気づいてもいないようで、冷めたお茶の入ったカップを両手でしっかりと持っていた。

「ゾンビが存在するって言ってる研究者は、ほかにもたくさんいますよ。変な死に方をした人、恨みを残して死んだ人、やるべきことを果たせないまま死んだ人は、誰かに呼び出されれば、いともあっさりゾンビになったりするんですって」

「あり得ないわよ、バカバカしい」

「ふふふ、姐さん、怖いんでしょ」

「怖い？　冗談じゃないわよ！　そんなたわ言、誰が信じるもんですか」

「ならご自由に。僕は単に、読んだ資料について話してるだけですからね」

「で、ゾンビを探し出す方法ってのは？」

ホン・イアンがカップをテーブルに戻しながら訊いた。

「その宗教学者はね、ゾンビを三種類に分類してます。まず第一のグループ、墓の中から生き返ったタイプ。第二のグループ、実験用の死体が生き返ったタイプ、第三のグループは、植物状態からゾンビに変化したタイプ」

「なんだかどれもゾッとしないなあ……」

「さて、一番数が多いのはどのグループでしょうか」

「第一グループ」

ホン・イアンが答えた。

「俺は第二」

僕が答えた。

「正解は、第二のグループでしたあ」

デブデブ130が言った。

「それとゾンビを探し出す方法と何の関係があるんだ?」

僕が尋ねた。

「もと実験対象の奴らにはね、特徴があるんです。ずばり、個体識別用のナンバーがあるってこと。実験用の死体にはね、所在追跡できるように、頭にチップが埋め込まれてるんですよ。それを利用して探し出すんですって。ゾンビには群れを成す習性があるから、とりあえず二番目のグループの奴らを見つけ出せば、別のタイプの連中までいっぺんにやっつけられる、と」

「それ書いた人、頭がどうかしてんじゃない?」

「でも、なんかそれらしいでしょ?」

「バカ言うんじゃないわよ。もろハリウッド映画じゃないの。だいたいね、この世にゾンビがそんなにうようよしてるっての?」

「ゾンビのせいでこの一日、あれだけひどい目にあっといて」

「ここは普通のとこじゃないでしょ」

「まあね。でも、見ようによっては普通とも言えるんじゃないですか?」

板が打ち付けられた窓を風が揺らした。割れたガラスの鋭い切っ先が風に揺れているらしき音が聞こえた。風は、狭い隙間を通るときに悲鳴をあげる。窓のいろんな部分で風が悲鳴をあげていた。シリコンで埋めきれなかったわずかな隙間に風がその体を押し込もうとしている。風に揺れている窓もあった。カタカタカタカタと震えていた。あんなふうに震え続けたら、ずうっとずうっと震えていたら、いつか釘が抜けてしまうかもしれない。でもそれはまだまだ先のことだ。揺れ続けて、震え続けて、そしてそのときが来る。その前に、釘が抜ける前に、いろんなことが起きるだろう。それが何なのかはわからない。けれど、釘が一、二本抜けるのよりは重大事に違いない……。三人がみんな黙り込んでしまうと、二重になっている窓が揺れる音がひときわ耳に響いた。ことによると釘が何本か抜けて、そのせいで音が大きくなったのかもしれない。

そのとき、鈍い音を立てて何かが窓にぶつかった。低く飛んでいた目の見えない迷子の鳥が、自動車のフロントガラスに頭を思いっきりぶつけたみたいな音。それは明らかに骨が砕ける音だった。ホン・イアンとデブデブ130と僕は、互いの顔を順繰りに窺いながら、いったい何が起こったのか考えを巡らせた。でも家の中にいる限り、正解はわからない。いったい何が起こったのか、探り出すのは不可能だ。なんと言ってもここは普通の場所ではないのだ。今度はキッチンの窓のところで同じ音がした。こっきーん、という音だった。そしてまた骨が砕ける音がした。時速百五十キロの直球を正確にミート、レフト側の塀を軽々と越えて場外に伸びてゆく大ホームラン。そのミートの音だって、これほど強烈とは思えない。こっきーん、こっきーん、こっきーん……。僕は携帯電話を取り出して、電波を確認してみた。依然として、電波はまったくつかまらない。今度は二階の窓のところから聞こえてきた。こっきーん。

僕は、二階に上がる階段の脇に立ち、バットを握った。ゾンビの頭を貫いた、あの折れたバットだ。

「ジフンさん、まさか外に出るの？」

デブデブ130はたまげた顔をした。

「ジフンさん、ダメよ、そんな」

ホン・イアンが止めた。

「大丈夫ですって。ああ、もうっ畜生！　これ以上我慢できませんよ。外で何が起こってるのか、確かめてやる」

ドアを開けるのは、危険な行為だ。でも、窓の釘が抜けてしまうかもしれない。その前に行動を起こさなければ。僕の頭に、ストーンフラワーのある曲のタイトルがふと思い浮かんだ。行動しなけりゃ答えは得られない。セカンドアルバムの収録曲。確かにその通りだ。行動しなけりゃ答えは得られない。知らず知らずのうちに、僕は自分で歌詞を作って歌っていた。もちろん声には出さずに。釘が抜けてる。窓が揺れてる。行動しなけりゃ答えは得られない。じっと座ってちゃ、なんにも得られない。吹きまくる風の中に飛び込んでみなけりゃ、風の方向はわからない。推測ほど危険なものはない。僕らは結局、なんにもわかりようのない不完全な人間だから。僕は先の尖ったバットを右手に握り、左手でドアを開けた。

14

人の顔というのは短期間で変わることがある。自分の力ではどうにもならないような経験を経た者は、顔にその痕跡を残しているものだ。死の瀬戸際まで追い込まれたことのある者の顔には、死の爪痕とでもいうべきものが残っている。重力が地上の六倍以上になると人間の顔がいびつになるように、重力が歪んだ時間を経験した者の顔には妙なひずみが残っているものだ。人の顔を見れば、その人の過ごしてきた時間を推し量ることができるというわけだ。ドアを開けたとき目の前に現れた顔を見て、僕は頭の中が真っ白になり、数秒間、思考停止の状態に陥った。人が突然訪ねてきて驚いたということもあるが、僕の前に立っている人の顔を見て、ぞうっとしてしまったためだ。彼の顔には時間の痕跡がいっさい刻まれていなかった。二つの目は落ち窪んで飛び出た上まぶたの下に隠れ、突き出した頬骨は今にも皮膚を突き破って外に飛び出してきそうだ。伸び放題の髪は口をぐるりと取り囲んだもじゃもじゃの濃い髭とつながっていて、どこまでが髪の毛でどこからが髭なのか見分けがつかなかった。髪の毛と髭から時間の痕跡を見出すのはムリだ。唇はほとんど髭に覆われてしまっている。顔の輪郭もわからなかった。彼はトレパンと薄いベージュのジャンパーを身に着けていたが、それはどう見ても今の季節に適した服装とは言えなかった。僕は彼の顔をしげしげと見つめた。そしてようやく気づいた。僕はこの人を知っている。

「……イ・ギョンムさん？」

「憶えていてくださいましたか」

「いったいどうしたんです？　こんな時間に……」

「僕としても、こんな形でまたお会いしたくはなかったんですが……」

「大丈夫ですか？」

「僕のこの風体のことでしたら……この髭だの服装だののせいで、僕のことを心配してくださってるんなら、大丈夫ですよ。目に見えるものと真実の間には、極めて大きなプールがあるものですから」

「プールですって？」

「足を踏み入れることはできなくても、水の下にたくさんのものが隠されているものだ。そういう意味ですよ」

「ともかく大丈夫だってわけですね。安心しましたよ」

「危うく見える部分は大丈夫でも、見えないところが大丈夫じゃないってこともありますよ」

「例えば？」

「体は健康でも、頭に極めて問題が多いケースもあるってことです」

「頭に問題があるですって？」

「あ、いや、だから、実際にそうだっていうわけじゃなくて、そういう可能性もあるってこと。ものの喩えですよ。心なんてのは目に見えませんしね。ちょっとお邪魔しても？」

「さっき何か変な音が聞こえてましたけど、何の音かご存知ですか？」

「ああ、あの音ですか」

イ・ギョンムは右のほうを向いて闇を見つめた。またもやさっきの音がした。こっきーん。音はたちまち四方に散って、鳴りをひそめてしまった。いったいどこから聞こえてくるのやら、見当がつかない。

「そう、あの音のことです」

「僕の友人たちですよ」

「何ですって？」

「僕の友人たちが立ててる音ですよ」

「それは、どういうお友だちで……？」

「中でお話してもかまいませんか？」

「お友だちは？」

「彼らは闇の中が好きなんです」

僕はイ・ギョンムを家に入れた。横を通り過ぎたとき、得体の知れない臭いがふっと鼻を突いた。悪臭を三十種類ぐらい混ぜ合わせて、最悪の状態に至るまで発酵させ尽くしたような臭いだ。でもその臭いには、湿り気というものが感じられなかった。臭いの多くは水と何らかの関係がある。でもイ・ギョンムの体が発している臭いは乾いた臭いだった。その正体は不明だけれど。

僕は、ホン・イアンとデブデブ130にイ・ギョンムを紹介した。といっても、これといって知っていることもなかったが。イ・ギョンムにも二人を紹介した。これもまた、特に話すことがなかった。友だちだという以外に。イ・ギョンムは二階へ続く階段に腰かけた。ソファを勧めたけれど、断られた。

「自分がどんな臭いを撒き散らしてるか、自分でよくわかってますからね。初対面の人にキツい思いをさせるわけにはいきませんよ。それにね、ソファに付いたら最後、絶対に消えないと思いますよ、この臭いは」

「何の臭いなんですか、それは？」

　僕が尋ねた。

「死んだ者の臭いですよ」

「死んだ者？」

「ご心配なく。この臭いはね、おそろしく強烈な割に、遠くのほうまで臭うことはないんです。僕に近づきさえしなければ、そこそこ我慢できると思いますよ。一種の保護膜みたいなものなんです、この臭いは。僕の周りに漂って、他人を寄せ付けない」

　デブデブ130とホン・イアンは、突然現れたイ・ギョンムに驚いたようだったが、それは僕も同じだった。初めてイ・ギョンムに会ったのが、十年前のことみたいな気がした。あれからほんとにいろいろあった。我ながら、顔を見ただけでよく名前が思い出せたなあと思う。互いによく知らない四人が落ち着かなげに座っている状況は、家の中の空気をずっしりと重くした。ホン・イアンとデブデブ130は、まるで怯えてでもいるように、イ・ギョンムと目を合わせるのを避けていた。イ・ギョンムが沈黙を破った。

「何か温かいものでももらえますか？」

「お茶でいいですか？」

「何でもいいです。温かいものでさえあれば。ここんとこのね、凍りついてるパイプをあったためてやれさえすればいいので」

イ・ギョンムは口を開け、喉を指差して言った。僕はお湯を沸かしてお茶を淹れた。イ・ギョンムはカップを受け取り、両手で包み込むようにした。

「すみませんね。ほんとはこんなあつかましい人間じゃないんですけど。夜遅く、人の家のドアを叩いたりするような……」

「これまでどうしてらしたんですか？」

僕が尋ねた。

「どうです？　何か想像できませんか？」

イ・ギョンムはカップを脇に置いて両腕を広げた。さながら十字架にかけられる直前のイエスか、といった感じに。外からは相変わらず、家を叩く音が聞こえてきた。こっきーん、こっきーん、こっきーん……。叩く間隔は始めの頃より開いてきている。僕の答えを待たずに、イ・ギョンムがしゃべりだした。

「あ、いえ、結構です。想像しなくていいです。あんまりすごい想像されても困りますからね。途方もないこと思い描かれても……。チェさんが想像するほど大したことじゃないですよ、たぶん。人間の想像力って奴はね、野放しにしとくと果てしなく広がってくんです。問題ですよ、問題。もしも人類が、想像力をエネルギーに変換する方法を発見できてたら、とっくの昔に宇宙の支配者になってたことでしょうよ。想像力をロケットやミサイルの燃料にできたなら、宇宙の大きさなんざ、とうの昔にわかってたでしょうしね。まあ、ともかく、チェさんの想像には及びもつかないでしょうが、それなりにすごいことがありましたよ。それも続けて。いっぺんに起こったんだったら、かえって楽だったかもしれない。些細なことなら、むしろあっさり忘れられるかも。でもね、問題は、一連の出来事が順番に起こったってことです、一つひとつ。全部が全部、番号札を持って控えてて、順々にノックして入ってきやがったんです。僕の世界にね」

「会社もそれで辞められたと?」

「ガッデム! どれもこれもみんな、アイツのせいです。電波のヤローの。失せろ! コンチキショウ」

完全に頭に血が上ったイ・ギョンムを、僕らは離れて見守った。彼は、一人でセリフを唱えていた。舞台の上の俳優さながら。いったいどんなことがあったのか知らないが、初めて会ったときのイ・ギョンムとは別人のようだった。

「チェさんは、電波チェック機の設定なんか、変えてみたことないでしょうね」

「ええ。あれって、設定変えられるんですか? 知らなかったな」

「知ってる人なんてほとんどいませんよ。機械のことをよく知らない人たちなんて、そんなものいじったら最後、爆発するんじゃないかと思ってますからね。でもね、機械の設定をほんのちょっぴり変えてみる。すると、それだけでいろんなことが変わります。ちっぽけなスイッチ一ついじるだけで、世の中の秘密を垣間見ることができるんです。これまでは見えなかったものが見え始めます。まあ、それを見た瞬間、思いっきり道を踏み外しましたけどね、人生の……。ま、それも仕方ないでしょう。秘密を覗き見たければ、それなりの代価は支払わないとね」

「何が見えるんです? 設定を変えると……」

「いろんなものが見えてきます。とてもたくさんのもの。それまでは見ることができなかったもの」

「見ることができなかった……どんなもの？」

「電波チェックの仕事をしてたとき、目がおかしくなったんです。電波チェックのせいだって証拠はないんですが、僕が思うには、そうです。明らかに、電波チェックの仕事のせいで目に問題が生じたんです。偏盲症って聞いたことあります？　よくある病気じゃないですよ。始まりは偏頭痛です。頭の左のほうが割れそうに痛くなるんです。頭の半分は死ぬほど痛い。なのに残りの半分は冴え渡ってる。そんな状態が続くうちに視界の半分が消えるんです。一瞬のうちに。それこそ瞬きする間もなく、ね。世界の半分を失ってしまうってわけです。僕の場合は右のほうしか見えなくなった。こう、じっと立ってるとね、左にあるものは、それが何であろうと見えませんでした。そのうちにね、ついに左の目がダメになったんです。それで電波チェックの仕事もできなくなったんですよ」

「てことは、左の目、見えてないんですか？」

「ええ。まあ、銃を撃つのにはおあつらえ向きですかね」

イ・ギョンムが冗談を言った。でも誰も笑わなかった。そんな冗談が飛び出すなんて、予想外だったからだ。僕らには、笑う準備ができていなかった。イ・ギョンムが話を続けた。

「片方の目が見えなくなったら、新しいものが見え始めました。僕の目には、すべてが平面に見えます。どんな立体的な風景も、僕にとっては一幅の絵に過ぎません。世の中のすべてが紙の上に描かれた絵みたいなんです。ところがね、世界が平面になったとたん、遠くのほうで動いてるものが、前よりくっきり見えるようになった。障害者にはなったけど、その一方で超能力を獲得したってわけです。失うものあれば得るものあり、ってとこですかね」

壁を叩く音がいつしか止んでいた。僕とホン・イアンとデブデブ１３０は、イ・ギョンムの話に気を取られてまったく気づかずにいた。周囲は静まり返っていた。イ・ギョンムがお茶をもう一杯所望し、僕はお湯を沸かしてカップになみなみと注いでやった。

「片目を失って、代わりに友だちができました。今、表にいます」

「お友だち？」

「今からご紹介しますが、その前にお話ししておくことがあります。ホン・イアンさんは、お母様が亡くなられた経緯をご存知ですか」

「母をご存知なんですか？」

「ええ、よく知ってます。ホン・ヘジョンさんとはずいぶん前から知り合いでした」

「私が娘だってことは、どうして……？」

「写真を見ました」

「どこでですか？」

「おうちにお邪魔したとき、ヘジョンさんがアルバムを見せてくださって。僕は、一度見た顔はそうそう忘れないんですよ。それに、よく似てらっしゃいますしね」

「私が、母に、似てるですって？」

「ええ、よく似てますよ。顔をしかめたときなんか瓜二つだ」

「やめていただけます？　聞きたくないわ」

「だろうと思ってました。すみませんね」

「いえ、謝っていただくようなことじゃありませんから。いつからお知り合いだったんですか、母とは？」

「電波チェックの仕事をしてた頃からですね。ヘジョンさんにはほんとにお世話になったんです。ヘジョンさんがいなかったら、僕はもう、この世にいなかったことでしょう。片目だけで生きてく術を身につけられずにね。ヘジョンさんは僕を救ってくれたんです。ヘジョンさんのおかげで僕は、それでも生きていこう、と思えるようになったんです」

「ちょっと大げさすぎません？　母はねえ、そんなことしてあげるような人間じゃありませんよ」

「それは、あなたがよくご存知ないからですよ」

「申し訳ありませんが、私はね、ホン・ヘジョン女史の娘なんですよ。あの人は私の母です。なのに、なんで私がホン・ヘジョンのこと知らないなんて、みんなから言われなきゃならないんです？　知ったふうな口きかないで」

「知ったふうな口をきいてるんじゃありません。真実を申し上げてるんです」

「そんなのが真実ですって？　なら聞きたくないわ」

「初めて会ったときにね、ヘジョンさんがこんな話をしてくれたんです。真実っていうのは理想郷《ユートピア》のようなものだ。人がそこに行き着くのは絶対にムリだけれど、できる限り近づく義務があるんだ、と。人の一生は、真実に向かう階段の最初の一段を上ることから始まり、その階段の途中で終わるんだって」

「あらまあ、母らしいこと。母はね、すっごくよく知ってるんですよ。そういう説教臭い話をね」

階段に腰を下ろしていたイ・ギョンムが立ち上がった。彼が動いたことで、辺りを包んでいた空気が揺らいで、微かに悪臭が漂った。彼のズボンはぶかぶかだった。その尋常でないぶかぶかさ加減から、彼の足が異常なほど細いことがわかった。人の足じゃなくて棒が入っていると言われても信じてしまいそうだ。

「お見せしたいものがあるんです。ご一緒していただけますか」

イ・ギョンムが言った。

「どこへです？」

ホン・イアンが尋ねた。

「イアンさんがご存知ないお母さんの姿をお見せしたいんです」

「結構です。遠慮しときます」

「いけません。ぜひご覧いただかないと」

「何故です？」

「真実にいちばん近い姿だからです」

「真実、真実、真実。もう耳にタコができそう。あんまり何度も聞いたもんだから、それが何を意味する言葉なのかわからなくなっちゃいましたよ。それは、だから……嘘がない……そういう人に対して使う言葉でしょ？　それは確かですよね？」

「ヘジョンさんは翻訳するとき、資料の収集に異常なくらいに時間を割いてました。永遠に終わらないんじゃないかと思うぐらい、延々と集めてましたね。それがある瞬間、ぴたっと止まるんです。唐突にね。もうこれ以上、資料は必要ないと感じた瞬間、人間として可能な限りの真実に迫ったと思った瞬間です。ここまでだって判断は、あくまでカンに頼ってました。僕が今からお見せするものは、ヘジョンさんを知るための最後の資料になると思いますよ、たぶん」

「真実に迫るですって？　笑わせてくれるじゃない」

ホン・ヘジョンの資料収集のしかたについては、僕とデブデブ130もよく知っていた。資料収集についての話なんかをすることからいって、イ・ギョンムとホン・ヘジョンが親しかったというのはまず間違いなさそうだ。

知られざるホン・ヘジョンの姿を、僕は知りたかった。始めのうちはホン・ヘジョンのことをよく知っていると自負していたのだけれど、時が経つにつれて自信がなくなってきていた。ホン・ヘジョンは、世を去った後も姿を変え続けていた。僕が知っていたホン・ヘジョンはいなくなり、僕が知らなかったホン・ヘジョンが現れた。そしてまた、新たなホン・ヘジョンが出現した。ホン・ヘジョンは去っていったけれど、数々のストーリーが登場しては、新しい彼女の姿を僕の目の前に突き付けた。ホン・ヘジョンは死んでしまったけれども、死んではいなかった。ホン・ヘジョンの死の経緯についても教えてもらいたかった。もしも何者かがホン・ヘジョンを殺害したのなら、その犯人が誰なのか、何が何でも知りたい。なぜ殺したのか、その理由を知りたい。

「イアンさん、僕……知りたいです」

「なら、ジフンさん一人で行ってらっしゃいよ」

「イさんの言う通りですよ。僕らには、できる限り真実に迫る義務があります。誤解を防ぐためにも、本当のところを知るためにも」

「何なのよ、そのおかしな口調は。真実に迫る義務がある？　国語の本でも朗読してるんですか？」

「ああもう、行くんですか、行かないんですか？」

「わかりましたよ、行きますよ。でなきゃ夜通し責め立てられそう」

「えっ？　えっ？　何ですって？　もしかして、夜通し責め立てるような関係だったんですか？」

「うるさいわね、130。黙らないと、夜通し責め立てるわよ」

「わあ、ゾクゾク」

「はっ！　んなら今晩、やられてみな」

「ねえねえジフンさん、やられるって、何を？　どういうふうに？」

「口で説明できるかよ。実際やられてみろ」

僕ら三人は声を合わせて笑った。笑いながら、ホン・ヘジョンを思い出していた。絶妙なチームワークを誇る三人。一人が笑うと二人がつられて笑い、誰か一人が笑わなければ、あとの二人が何が何でも笑わせる……。そんな三人だったのだ、僕らは……。そこからホン・ヘジョンの抜けた穴を、今はホン・イアンが埋めてくれている。イ・ギョンムは僕らの顔を見比べていた。三人の関係がどうにもよくわからないといった表情だ。

僕らは結局、イ・ギョンムに付いていくことになった。キルティングのジャンパーを引っかけ、心も分厚い保護シートで覆ってから、彼の後に付いて出発した。玄関のドアを開けたとたん、ある存在を思い出した。こっきーん、こっきーん、と音を立てて板を叩いていた、闇の中を好むというイ・ギョンムの友だち。彼らのことを今の今まですっかり忘れていた。開いたドアの外には、冷たい空気が壁のように立ちはだかっていた。

イ・ギョンムがポケットから何かを取り出した。携帯電話ぐらいの大きさだったが、ボタンの数はずっと少なかった。かなり大きめのボタンが六つぐらい付いている。イ・ギョンムがそのうちの一つを押すと、家を取り巻いていた彼の友人たちが集まってきた。

「ジフンさん、ゾンビだ」

デブデブ130が後ずさりしながら叫んだ。

「大丈夫。安全は保証しますよ。ご心配なく」

「だって、ゾンビですよ？」

「これでコントロールできるんです」

イ・ギョンムが機械を掲げて見せた。よく見ると、携帯電話というよりリモコンに近かった。ゾンビをコントロールするリモコン。

「それでどうやってゾンビたちをコントロールするんです？」

「ゾンビに薬物を投与して、リモコンで筋肉の動きを押さえられるようにしてあるんです。完璧にはムリですが、近距離だったら問題ありませんから、ご心配なく」

イ・ギョンムが先頭に立って歩きだした。道は真っ暗だというのに、イ・ギョンムは躊躇《ためら》うことなく歩を進めた。道がはっきりと見えているかのように、どんな道もすべて知っているとばかりに大股で歩いている。辺りには、明かりがまったくなかった。コリオ村に入るまでは、明かりにお目にかかるのはたぶん難しいだろう。僕らは懐中電灯を持っていたが、それでも足元がおぼつかず、イ・ギョンムに付いていくのはかなりハードだった。イ・ギョンムが先頭を歩き、その後を、しっかり手をつなぎあった僕とデブデブ130とホン・イアンが続いた。僕らの後ろはゾンビたちだった。どれぐらいの数がいるのかは知る由もない。振り返ったところで、見えるのは闇ばかりだったから。付いてくる足音が聞こえるだけだった。イ・ギョンムに追いつくためというより、ゾンビたちに追いつかれないよう、僕らは必死になって歩いた。

何も見えないと、音が大きく感じられるものだ。闇夜の空気を伝って、デブデブ130とホン・イアンの吐く息の音が聞こえてきた。僕の息の音も聞こえる。僕らは三人とも白い息を吐いているはずだけれど、それは闇に塗り込められて見えなかった。

「ジフンさん、僕、怖い。暗すぎるよう」

デブデブ130がひそひそと囁いた。

「明るいほうがもっと怖いかもしれないぞ。後ろにいるゾンビどもが見えるだろうからな」

僕が言ってやった。

「ちょっと130、あんたね、今度ブツブツ言ったら最後、ずーっと後ろのほうを歩かせてやるからね」

ホン・イアンが小声でつけつけと言った。デブデブ130は黙った。僕は、歩けば歩くほど、世界が収縮していくような気がしていた。宇宙は広大だ。なのに僕の世界は、たかだか懐中電灯が照らしだすちっぽけな円の中だけだ、というような。それがいっそ気楽だった。小さくなった世界は居心地がよかった。あの小さな円を見ながら前に進みさえすれば、それでいい。何にも考えなくていい。イ・ギョンムの踵を見つめながら、ただ歩を運びさえすれば。

コリオ村に入ったようなのに、依然として明かりは見えなかった。それとも軍部隊の作戦のために、明かりはいっさい点けられないことになっているのだろうか。明かりがないので、どこからがコリオ村なのやら見当がつかなかった。ことによると、まだコリオ村に着いていないのか……。もしかしたら、まだ家から数十メートルぐらいの地点にいるのかもしれない。

それからかなり歩いたと思う。顔を上げると、遠くのほうに小さな明かりがいくつか見えた。それがここからどのぐらい離れているのかはわからなかったけれど。闇の中では距離感も鈍るのだ。遥かな宇宙の星々が、まるですぐそこにあるかのように鮮明に見えるのも、みんなこの闇のせいに違いない。闇に閉じ込められた不安な心が、明かりの明度を上げるのだ。明かりが見えてきたとはいえ、僕はほっとしたりはしなかった。いつの頃からか僕は、近くに見える明かりというものを信用しなくなっていた。明かりはいつも、僕の予想より遠くにあったから。僕はもう、明かりを見て安心したりはしない。僕は失望したくなかった。もうこれ以上、どんなことにも。

「着きましたよ」

闇の中からイ・ギョンムの声が聞こえた。いったいどうやったら、この暗闇の中、道に迷うことなく目的地に着けるのだろう。万物が平面に見えるからだろうか。それとも闇に慣れた後で、ゾンビにでもなったのだろうか。僕はイ・ギョンムの踵を照らしていた懐中電灯を上に向けて、闇の中を探ってみた。僕らは一軒の家の前にいた。壁のあちこちを照らしてみて、ようやく気づいた。ホン・ヘジョンの家だった。

15

イ・ギョンムは食卓に手を当てて、しばらくのあいだ沈黙していた。彼は両手の手のひらを食卓に強く押しつけていた。冷たい大理石からホン・ヘジョンの温もりを感じ取ろうとでもしているかのように。温もりが残っているはずはない。ホン・ヘジョンが世を去って、すでにひと月近く経っているのだ。ダイニングチェアに座っていると、スタート地点に戻ってきたような気分になった。スタート地点とゴール地点が同じマラソンコースを走ってきたような。ここは、かつて座っていた同じ場所で、時間が流れただけだ。なのに、たくさんのことが変わってしまっていた。

「ここに座っていろんな話をしました」

食卓から手を放し、両手の指を組み合わせながらイ・ギョンムが言った。

「僕らもそうだったな……。ここに座って、ほんっといろんなもの食べましたよ。これ、まだ動くのかな？」

そう言って、デブデブ１３０は食卓の上の電源ボタンを押した。メニューの絵が浮かび上がる。あの頃のままだった。

「太陽電池が内蔵されてるんですよ。バッテリーが切れることはありません」

「あ、そうなんですか。それは知らなかったな」

「そういうことが多いだろうと思いますよ。ヘジョンさんと僕がしようとしていたことを、これからお見せするつもりです。いっさいの価値観を捨てて、ただ見ていただきたいんです。ご覧になって、皆さんがどんな反応をされるか、僕にはうまく予測がつきません。皆さんにもっと辛い思いをさせてしまうかもしれない。それでも僕にはどうすることもできません。ヘジョンさんがしようとしていたことをこのまま覆い隠しておくには、僕の手持ちの布が小さすぎるんです。その小さな布の間から覗く欠片《かけら》だけを見て、ヘジョンさんが誤解されるのは、僕には我慢なりません」

「ずいぶんもったいぶりますね。どんなすごいものを見せてもらえるやら、胸がワクワクするわ。でも、早くしてくださいね。いい加減イライラしてきましたから」

斜に構えたふうにダイニングチェアに座っていたホン・イアンが不機嫌そうに言った。イ・ギョンムはホン・イアンのほうにちらりと目をやると、食卓の上のメニューボタンをあちこち押し始めた。メニューボタンにはコーヒーやお茶といった飲み物やベーグルなどの食べ物の名前が記されているのだが、イ・ギョンムは、それがあたかも文字の記されたキーボードでもあるかのように、ボタンを叩き続けた。

「……何してるんですか？」

デブデブ130が訊いた。

「すいません、もうちょっとだけ……。暗証番号を入力してるんです」

「暗証番号って、何の？」

イ・ギョンムはそれには答えず、次から次へとメニューボタンを押し続けた。彼は今、暗証番号を入れていると言った。としたら、いったいどんなふうに記憶しているのだろう。エスプレッソ、緑茶、カフェラテ、カプチーノ、ベーグル、サンドイッチ、エスプレッソ、カプチーノ、こんなふうに？　それとも何か別の覚え方があるんだろうか。エ緑カプベサンエプ、とか？　イ・ギョンムはボタンを三十個ぐらい押した後で、ようやく顔を上げた。

「終わりました」

イ・ギョンムは「終了」ボタンを押した。すると、どこからか巨大な岩がゆっくり動くような音が聞こえてきた。地球の歴史が始まって以来、ただの一度も動いたことがなかったものが、何らかの力に導かれてゆっくりと胎動を始めている……。そんな感じの音だ。やがて、きいっという音がした。皆口をつぐんだ。その音がどこから聞こえてくるのか、僕らには見当がつかなかった。音は至るところから聞こえてきた。壁から、床から、天井から。僕らが座っている椅子が揺れた。食卓も揺れた。僕らは食卓につかまった。地震の揺れ始めのときみたいに、家全体が細かく震えている。窓ガラスが細く高い音を立てた。

「ジフンさん見て！　これ、動いてる！」

食卓が横に動いていた。振動が僕らの手のひらに生々しく伝わってくる。食卓が横に移動していくにつれ、食卓が元あったところの床に、灰色の隠し扉が姿を現した。床とほとんど同じ色をしているので、そこに扉があるのに最初は気づかなかった。灰色の扉には、数えきれないほどの小さなキズが一面についていたが、それは人の顔に残った傷痕みたいに見えた。食卓の動きが完全に止まると、隠し扉がその全容を現した。食卓を真ん中にして向かい合っていた僕らは、少々滑稽な構図になってしまった。

「こちらへ」

イ・ギョンムが灰色の扉を持ち上げると、中にうずくまっていた漆黒の闇がパッと飛び出してきて、光を吸い込んだ。少しでも油断したら最後、そこに潜む化け物に闇の中へと引きずり込まれてしまいそうだ。

ホン・イアンが首を伸ばして闇の中を覗き込んだ。

「姐さん、気をつけてよ」

「うわ、なんにも見えない。何があるんです、この中に？」

ホン・イアンがしたように、僕も首を突き出して闇の中を覗いてみた。あまりの暗さに位置の感覚も時間の感覚も失って、果てしなく下に落ちていくような錯覚に陥った。死というものは、こんな感じなんじゃなかろうか。こういう真っ暗な空間を、位置や時間の観念もなく、果てしなくさ迷う……。

イ・ギョンムは、ぽっかりと口をあけている穴の中へと降りていった。闇の入口に階段が見える。イ・ギョンムの足首が、まず闇の中に消えた。続いてふくらはぎが、腿が、腰が消えた。そして胸が消え、首が消え、頭まで完全に闇に溶け込んだ。イ・ギョンムの姿は僕らの視界から消え去った。三秒ほど経ったろうか。カチャッという音とともに、イ・ギョンムが消えていった闇の中から光が漏れてきた。

「どうぞ、入ってください」

まず僕が入り、その後がホン・イアン、デブデブ130がしんがりだった。

「うわ、狭いや。ジフンさん、僕、つっかえちゃうかも」

「なら、ゾンビと仲良く待ってるんだな」

「おお！　スルッと入ったぞ！」

階段は長くて急で、その上ひどく狭かった。僕らは体の向きを変えて、蟹歩きで降りていった。イ・ギョンムはここでもやっぱりずんずんと進んでいった。踊り場を過ぎると、また狭く長く急な階段が続く。みんな無言だった。足を踏み外さないようにするのに必死で、口もきけなかったのだ。一瞬とはいえホッとひと息つけるのは、踊り場に着いたときだけだった。いったい何段ぐらい降りたろうか。足腰が強張っていた。百メートル以上続く坂道を、徒歩で下ったときのような感じだった。

イ・ギョンムは階段の最後の一段を降り、鉄製のドアの前に立った。悲壮感さえ漂う表情を浮かべている。今自分のしていることが果たして正しいことなのか。すべて見せてしまっても大丈夫なのか。最後の自問自答をしているようだ。そしてついに心を決めたらしく、イ・ギョンムはノブを回した。

開いたドアから真っ先に飛び出してきたのは音だった。何十種類もの音が入り乱れていた。動物のうめき声、骨が木に当たる音、窓の格子がキイキイいう音、セメントの床を爪で引っ掻く音、泣き声、笑い声、歌声、ガラスのコップがぶつかり合う音……。そういったすべての音が、闇の中で一つに絡み合って飛び出してきたのだ。防音設備の整った部屋だった。イ・ギョンムがスイッチを手探りして電気を点けた。光が生まれ、絡み合っていた様々な音が静まっていった。

僕らが地下室に足を踏み入れると、数十人のゾンビがこちらを見つめてきた。時間が止まったみたいな気がした。僕らは言葉を失くした。ゾンビはゾンビで、ピクリとも動かず静止している。彼らの姿はゾンビと呼ぶには至ってまともだった。確かに損傷はある。左右の手足のうちどれかが取れていたり、目玉がなかったり、体に深い傷があったり、口の中に血をためていたり。けれども、ひどく陰惨に見えるほどではなかった。ゾンビたちは皆信じられないほどおとなしく、化け物というよりは、ひどい傷を負った寡黙な人間のようだった。ゾンビと人間の、ちょうど中間とでも言おうか。

僕の頭の中では数十種類の考えが滅茶苦茶に入り乱れていた。この部屋の始まりと終わりはいったいどこなのか。ゾンビどもはどうして僕らに襲いかかってこないのか。どうしてあんなふうに、焦点の合わないぼんやりした目で僕らを眺めてばかりいるのか……。まとまりのつかない状況に、頭がなかなか付いていけなかった。

「緊張する必要はありませんよ。あいつらが飛びかかったりすることは、絶対にないはずですから」

イ・ギョンムが一歩前に進み出た。彼は僕らを安心させようと、手にしたリモコンをゾンビに向けてボタンを押してみせた。ゾンビたちの声が幾分静かになる。

「ねえねえ、あそこにいる奴、今にも飛びかかってきそうじゃないですか?」

デブデブ130は、怯えて後ずさりしかかった。

「攻撃したりはしません。怖がらなくても大丈夫。ヘジョンさんと僕がしようとしていたことを、お見せしたいと思いまして」

「しようとしてたこと? ゾンビ収集館でも作ろうとしてたんですか?」

「ヘジョンさんと僕は、ゾンビたちを自由にしてやりたいと思ってたんです」

「何ですって? なんでゾンビに自由が必要なんです?」

「ここにいるゾンビたち、それとドアの外で僕らを待ってるゾンビたちはね、みんな基地から脱出してきた……と言うか、厳密に言うとヘジョンさんと僕が脱出させた連中なんです。僕らが自由にしたんです」

「それ以前は自由じゃなかったと?」

「ええ、そうです。彼らに自由はありませんでした」

「まあ、そうなの。あらホント、自由に見えますね、アイツら」

ホン・イアンはゾンビたちを指差した。彼らは相変わらず僕らを見つめていた。焦点の定まらない目をしているので、見つめているという表現は正確ではないかもしれないが、僕らのほうを向いているのは確かだった。砂鉄が磁石に引き寄せられるみたいに、僕らのほうを向いている。そんなゾンビたちが自由に見えるわけがない。僕はゾンビの数を数えてみた。全部で二十五人だった。

「確かにそう見えるでしょう。ごもっともです。でもね、自由っていうのは相対的な概念です。例えば、十のレベルの抑圧を受けていた人は、その抑圧が六に減ったら四の自由を感じられるでしょう。でも、二ぐらいの抑圧しか受けていなかった人からしたら、その人が自由になったとは思えないでしょうね」

「だから私たちにはゾンビが自由に見えないんだ、と」

「まあ、そうとも言えるってことです」

「つまり、ゾンビの自由を体感したいんなら、ものすごく辛い思いをしなきゃならないってことですね。人間以下の苦痛、人間以下の抑圧、人間以下の幻滅、そんなものを味わわないと。ああ、それで母、ホン・ヘジョン女史は、苦しみながら死んでいかれたわけですね」

「そういう皮肉な言い方は感心しませんね」

「皮肉なもんですか。本心ですよ、本心。ホン・ヘジョン女史はね、苦痛を好んだんですよ、常にね。それは……そうか、自由を感じたかったからだったんだ。ゾンビみたいな化け物の自由をね。ははあ、となると、私をひどく抑圧したのもそのためだったのね」

「イアンさん、ストップ」

「どうして？　あの人がヘンなことばっかり言うからでしょ」

「イさん、ゾンビたちを脱出させたって、どういうことですか？　さっき確かにそう言いましたよね。ヘジョンさんと一緒に部隊からゾンビを脱出させたって」

「ええ、言いました」

イ・ギョンムは何か言いかけてやめ、前歯で下唇を嚙んだ。顔を覆った髭がぴくぴくと震えていた。

「電波チェックの仕事をしているうちに偶然ゾンビの存在を知り、軍がゾンビを管理していることを知りました。これはいったいどういうことなんだろうって興味が湧きました。最初は単なる好奇心だったのに、少しずつ雪の塊が大きくなっていったんです。僕が坂の下に向かって転がしたのは、ちっぽけな雪の塊だった。でも、その塊に小さな事実や真実がどんどんくっついていき、ついには僕一人では背負えないほどの大きさの真実になってしまった。知らなかったほうがよかったのかもしれない、そんな事実を知ってしまって苦しんでいるとき、ヘジョンさんに出会いました。ヘジョンさんもゾンビの痕跡を捜し回っていました」

「母がゾンビどもの存在を知ってたってこと？」

「ええ、軍部隊内にゾンビがいるってことを、僕よりずっと早くから知ってました。どうして知ったのかはわかりませんけれどね。ヘジョンさんと僕は、情報をやり取りするようになりました。ヘジョンさんは、それまでに集めたゾンビに関する情報を僕に教えてくれました。基地にゾンビが何人ぐらいいるのか、そのゾンビたちが何に使われるのか、どこから次々とゾンビを連れてくるのか……。推測に過ぎない部分が多かったのは確かですが、そのほとんどは有用な情報でした」

「イさんは何を提供したんですか？」

「機械です。ゾンビたちを探し出せる機械」

「そんなものがあるんですか?」

「電波チェックの機械の設定を変えれば、ゾンビたちの発するサインを捉えられるようになるんですよ。チェック機の調子が悪くなったとき、あちこちいじっていてわかったんです」

「ゾンビのサインですって? どんな?」

「さっき言いましたよね。設定さえ変えれば、それまで見えなかったたくさんのものが見えるようになるって。ゾンビの出す声にはね、人間には聞こえない音域のものもあるんです。それに機械の周波数を合わせておけば、彼らの声がキャッチできる。それによって、彼らの位置が把握できるってわけです」

「ウウエウェウェエエっていう声で位置がわかるってことですか?」

「ゾンビたちが出すのはそんな声ばっかりじゃありませんよ。いろんな声を出します。僕らの耳では聞けませんけどね」

「軍は、ゾンビを使って何してるんです?」

「うーん……まだ確かなことはわかってません」

「それもわかってないのにゾンビたちを脱出させたんですか?」

「だいたい推測はしてますが、確認はできてません。何か、様子が少し変わって来てたんです。急にセキュリティが厳しくなって、ゾンビたちのサインがなかなか捕まらなくなった。どうも、何か新しいバリアみたいなものが作られたようでした。それで、とりあえずゾンビたちを脱出させたわけです。ところがその過程で、ヘジョンさんと僕の存在が奴らに気づかれたらしくて」

「それって……じゃあ母は殺されたって言うんですか？」

ホン・イアンが突然叫んだ。ぼんやりした目で僕らを見ていたゾンビたちまでビクッとするほどの大声だった。ホン・イアンの声は、外に漏れていくことなく地下室に籠った。どんな音も完璧に遮断する地下室だった。中の音が外に漏れ出さないばかりか、外の音が中に入ってくることも、とうてい不可能そうな空間。二つの長テーブルがあるだけで、ほかには何もない地下室は、思いがけないことに暖かかった。一つの空間に三十人も集まっていれば暖かいのが当然だとはいえ、そのうちの二十五人はゾンビなのだ。血が流れておらず、心臓も動いておらず、体温もない。それとも温もりというものは、ゾンビであれ人であれ、ともかく大勢が一緒にいるというだけで感じられるものなのだろうか。暖かいのはいいけれど、臭いのほうはどうにも堪《たま》ったものではなかった。肉と果物を一緒くたにして一か月ほど放っておいたらこんな臭いがするだろうか。嫌な甘みの混じった濃厚な臭いだった。

「それは僕としても、なんとしてでも知りたいところです」

イ・ギョンムが言った。声は低かったが、断固とした口調だった。

「表にいるゾンビは何なんです？」

「あの連中は、最近脱出させた奴らなんですが、まだ貯蔵空間がないんですよ」

イ・ギョンムの口調に、僕は思わず吹き出してしまった。彼の使う言葉や言い回し、口調は、なんとも風変わりだった。貯蔵空間がないだなんて、いったいどこの誰がそんな言葉を使うだろうか。

僕は、ともかく臭いから逃れるためにも、早く地下室から出たくて仕方がなかったが、僕以外の面々は、臭いについて特に反応を示さなかった。鼻の利くデブデブ１３０まで、どういうわけか何も言わなかった。

遠くから、巨大な動物が低く唸っているような音が聞こえてきた。それでも、誰の耳にも届くぐらいの音だ。グルル、グルルと鳴いている。僕らは顔を見合わせた。

「ねえジフンさん、何だろ、あの音」

「俺にわかるわけないだろ」

「トラックのエンジン音ですね」

「誰か来ることになってるんですか？」

「うーん、軍人たちかもしれません。とりあえず食卓通路を閉じないと」

イ・ギョンムは機敏な動作で階段を駆け上がっていった。彼が踊り場でスイッチを押すと、きいっという音とともに、僕らが降りてきた通路が消えた。ドアが開くときほどの大きな音はしなかった。通路が閉じると同時に、辺りは真っ暗になった。地下室に明かりが点いていたおかげで、どうにか周囲を見分けることができた。イ・ギョンムは閉じた天井に耳を当てた。音は聞こえないだろうが、誰か来たならば、振動は感じられるはずだ。イ・ギョンムがまた地下室に降りてきた。

「数が多いところを見ると、やっぱり軍人たちみたいです」

「こんな時間に何しに来たんでしょう」

「おそらく僕を探してるんだと思いますよ」

「探してるって、なんで？」

「ゾンビ絡みでしょう。とりあえず、ここで待ってみましょう。通路からは声が漏れる心配がありますし、地下室の中にいるほうが安全でしょう」

「家の外のゾンビたちは？」

「もう捕まってますよ、きっと。運がよければ逃げのびてるかもしれませんが」

僕らは地下室のドアを閉めた。臭いがぐっときつくなった。閉ざされた地下室の中では逃げ場がない。最初にドアを開けたときは、どうして臭いに気づかなかったのだろうか。ゾンビたちが集まっているという衝撃的な光景を目の当たりにして、しばし嗅覚が麻痺していたのだろうか。僕は、臭いのことを言い出そうかどうしようか悩んだ。臭いについて考え始めてしまうと、みんなもっと居づらくなるだろうから。でも結局、僕のほかに誰もこの臭いに気づいていないのか気になって、訊いてみることにした。

「なんか臭わないか？」

「ニオイ？　どんな？」

デブデブ130が、鼻をくんくんさせながら僕を見た。

「これだよ、この……なんか腐ってるみたいな。イアンさんも感じません？」

「うーん、ちょっと変な臭いがするにはするけど……物が腐ってるにおいかどうかは……うーん」

「僕の鼻がヘンなんでしょうかね？」

「ジフンさんて、ほんと鼻がいいんだね。もしかして前世ではさあ、ゾンビのにおいを追うゾンビハンター犬かなんかだったんじゃない？」

「イさんは平気ですか？」

「僕はそりゃ、ゾンビとしょっちゅう一緒にいるから……」

「そう言われてみると、何かちょっと臭うような気がしてきたなあ」

「ほんと。臭いがどんどん強くなってく気がする」

「そっか。じゃ、考えるのやめましょう。何の臭いもしないってことで」

僕らは床に座り込んだ。臭いは床のあたりで蠢いていた。腰を下ろすと、臭いがパワーアップした。床に付着していた種々の臭いが、僕の体を這い登ってくるような気がする。尻と腿に染みついた臭いがゆっくりと僕の体を伝い、腹と背と首を通って全身にまとわりつき、しまいに鼻に入ってくるような。僕は立ち上がった。臭いについてはもう口にする気はない。みんなはもう臭いのことなんか忘れているみたいだった。ゾンビたちはゾンビたちなりに、イ・ギョンムとホン・イアンとデブデブ130も彼らなりに、何かが通り過ぎるのを待っていた。それが何であれ……時間であれ、軍人であれ、運命であれ、じっと座って。僕はゾンビたちから距離を置き、できるだけドア寄りのところに立っていた。壁に顔をペタリとつけると、セメントの冷気が頬骨と顎に伝わってきた。冷たいセメントからは何の臭いもしてこない。そんな無味乾燥なところが好ましかった。

上階から人の足音が聞こえてきた。足音の主は複数だった。音は四方から響いてきた。そのうちの何人かは、まるでタップダンスでも踊っているかのように、一糸乱れぬ足音を立てている。僕はセメントの壁に耳をつけた。様々な音が入り混じっていて、始めのうちは、聞きたい音をそこから抽出することがなかなかできなかった。でも一生懸命耳を澄ませているうちに、僕の耳は一階の音をはっきりと受信し始めた。ラジオのチャンネルがぴったりと合ったときみたいに。四方に散って、曖昧にしか聞こえなかった声が、まるで壁にぴったりくっつけたじょうごに耳を当てたみたいにくっきりと聞こえてきた。

「台所のほうで何か音がしなかったか？」

「異常ありません」

「絶対にどこかにいるはずだ。家じゅう隈なく探せ」

足音は、遠くなったり近くなったりを繰り返した。目を閉じてセメントの壁に顔をくっつけていると、音の遠近感がはっきりしてきて、一階の人々の動きが手に取るようにわかるようになった。

「ジフンさん、なんか聞こえる？」

デブデブ130が尋ねた。

「ああ、結構よく聞こえる。ときどき途切れるけどな」

「どんな話してます？」

「俺たちのこと、探してるみたいだな」

「この地下室は絶対に見つかりませんよ。ご心配なく」

イ・ギョンムが言った。

「ジフンさん、お腹すきません？　考えてみたらさあ、ホント哀しいよね。あのドアのすぐ上に、サイコーの食卓があるってのにさ、それを使えないなんて」

「そんなに腹が減ってんのか？　なら、ちょこっと出てって、大好物のベーグル一つ、食ってこいよ」

「ベーグル一個のために壮烈に戦死しろって？」

「パンか、人生か」

「そんなのパン食べる人生に決まってんでしょ。ところでさ、ここの音って上に聞こえないよね……？　音って、上から下へと降りてくるものなのかなあ？　ねえねえジフンさん、一階で壁に耳当てたらさ、僕らの話し声も聞こえるかもしれないよねえ？　でも、遠くから見たら笑えるだろね。一階と地下室で、壁に耳を当ててる二人の男……」

「しっ！　上でなんか話してる」

僕はセメントの壁にぴったりと耳を押し付けた。音と一緒に冷気が耳の中に入り込んでくる。僕は壁に両手をついた。そうすれば、もっとよく音が聞こえるような気がして。壁を通して伝わってくる声を、僕はひと言も漏らさず聞いた。囁き、歓呼、感嘆の声を全部聞いた。

「ジフンさん、何の話してるの？　なんか声が聞こえてくるみたい。ここ、見つかっちゃったの？」

「雪が降ってるって」

「え？」

「詳しいことはわかんないけど、外はいま雪だってさ」

「ほんと？」

地下室の床に座っていたホン・イアンとイ・ギョンムも、雪が降っていると聞いて、体をピクッとさせた。デブデブ130は僕の隣にやって来て、壁に耳を当てた。そうすれば、外の雪が見えるとでも言うように。

「ねえ、何の音もしないよ」

「みんな雪を見てるんだろ」

一階からは何の音も聞こえてこなかった。話し声も、足音も、秘密のドアを探して壁を叩く音も。みんな雪を眺めているのだろう。どれぐらい降っているんだろう。どんな雪なんだろうか。雪片の大きさはどれぐらいなんだろう。僕らは想像した。地下室で、見えない雪を思い描いていた。

「ジフンさん、雪なんて久しぶりでしょ？」

「ああ、そうだなあ。十年以上見てないような気がする。イアンさんは雪、好きですか？」

「雪が嫌いって人もいるのかしら？」

「降った後で汚くなるじゃないですか」

「それは雪のせいじゃないでしょ、地面が汚いからよ。ジフンさんは雪、あんまり好きじゃないんですか？」

「いえ、好きですよ」

「雪、見たいわね」

「うん、僕も見たい」

ゾンビたちは、何ら反応を見せなかった。相も変わらず、焦点のぼやけた目で僕らを眺めている。雪が降っているのを見たら、ゾンビたちはどんな反応を示すのだろうか。ゾンビたちが雪の中を犬みたいにぴょんぴょん跳ね回る場面を想像してみる。なかなか悪くない光景だった。

「ゾンビって好きなんですか、雪？」

僕はイ・ギョンムに訊いてみた。地下室の壁にもたれて座っていたイ・ギョンムは、一方の口の端を吊り上げて笑った。宇宙ってどれぐらい大きいの？　と尋ねる子どもを見る大人のような笑みだった。

「大好きですね。空に向かって一所懸命手を伸ばしますよ。落ちてくる雪をつかまえようとしてね。そんな姿がまるで子どもみたいなんですよね」

「うーん、そう言われても……なんか背筋がぞわぞわしちゃうなあ。あいつらが手を伸ばしたからって、可愛らしく見えますかねえ？」

ゾンビたちを振り返ってデブデブ130が言った。

「厳密に言えば、好きなんだとは言えないでしょうね。何か知らんがやたらと目の前に落ちてくるんで、それをつかもうと手を伸ばしてるだけなんでしょうから。それでもね、そんな姿見てると可愛いなあって思いますよ。歪んだ顔に穴ぼこだらけの体で足を引きずってるような連中が、よたよた雪を追っかけてるんです。それがまた、えらく幸せそうに見えるんですよ。なんにも考えないで雪を追いかけまわしてるあいつらがうらやましくなります」

「はあ、うらやましい……あいつらがねえ」

ホン・イアンが嫌味っぽく応じた。

「こいつら、みんな名前があるんですよ」

イ・ギョンムがホン・イアンに言った。ホン・イアンは無愛想な顔でイ・ギョンムを見た。

「そりゃ、あるでしょ。元々人間だったんだから」

「人間だったときの名前じゃなくて、ゾンビとしての名前もあるんです」

「ゾンビになってから、自分で自分の名前を付けたって言うんですか？」

「いえ、それは。ヘジョンさんと僕とで付けたんです」

「それじゃ、正式な名前とは言えないわね。名前なんて、なんで必要なんです？」

「呼ぶときに必要でしょう」

「ゾンビを呼ぶことなんてあるんですか？　呼んだところでどうせわかりゃしないのに」

「わかってるんじゃないかなって思えるときもありますよ、ときどき」

「わかるもんですか。よくご存知でしょう？」

「まあ、それは。でもね、それでも呼んでしまうんです。呼び続けてれば、いつかわかるようになるかもしれない」

「なら、一番、二番、三番みたく呼べばいいじゃないですか」

「人にそんな名前つけられませんよ」

「ビョーキだわね。それも重症。ねえイさん、あそこ。あの、目玉が片っぽブラブラしてて、口パカッと開けてるヤツ。あの化け物が人に見えるっていうのよね？　アイツは何ていうんです？　教えてくださいよ。私がいっぺん呼んでみますから。こっち向くかどうか試してみましょうよ」

「オッドアイです」

「何ですって？」

「それ、オッドアイですよ」

「それ、人間の名前じゃないでしょ？」

「人間じゃありませんからね。ヘジョンさんも僕も猫好きなんで、アイツら全部に猫の名前を付けたんです」

イ・ギョンムがオッドアイと呼んだゾンビは、左右の目が違う色をしていた。片方はブラブラしていてよく見えなかったが、もう片方はブルーだった。

「それじゃ、あいつは？」

ホン・イアンが、少し離れたところに立っているゾンビを指差した。

「あいつはシャムです」

「あれがシャムに似てるって？」

「姐さん、似てますよ。すらっとしてて、目のあたりが黒っぽくって」

「あいつはアビシニアン、あっちはクーン、あの右端のはチンチラ……」

イ・ギョンムは、ゾンビたちの名前を一つひとつ教えてくれた。僕は猫にはあんまり詳しくないのだが、デブデブ130の解説によれば、ゾンビたちの姿と猫の名前は、ほとんどが絶妙に一致しているということだ。何年か前まで猫を飼っていたという話は聞いていたけれど、イ・ギョンムの口から出る名前を洩れなく知っているところがまたさすがだった。デブデブ130はイ・ギョンムが名前を言うたびに、向かい側から「ああ、うんうん。似てる似てる」と合いの手を入れた。

上階でドアを閉める音がした。外で雪を見ていた面々が中に入ってきたのか、中で雪を見ていたのが外に出ていったのか。僕は壁に耳を当てた。何の音も聞こえなかった。ぱりん。どこかで凍ったパイプが溶けるような音がして、壁を伝って広がっていった。明らかに人の立てる音ではなかった。

僕らは押し黙って、ほかに何か音が聞こえないか、耳をそばだてた。完璧な沈黙の時間が続く。上階からは何の音も伝わってこず、部屋の中でも音を発する者は誰一人としてなかった。ゾンビたちもまったく音を立てなかった。時折何やらつぶやくような短いうめき声があがることはあったが、イ・ギョンムがリモコンを押すと、たちまち静かになった。そうしてどれぐらいの時間が過ぎたろうか。二十分？　三十分？　それとも五分くらいだったかもしれない。時間の感覚がまったくつかめなかった。

「誰もいなくなったみたいだ」

「ねえジフンさん、罠じゃないかなあ。外で待ち伏せしてるとかさ」

「だからって、ずうっとここにいるわけにいかないだろ」

「外で僕らのこと待ち構えてる気がする。僕らが出てったとたん、銃で撃ってくるかもしれないよ」

「俺らがゾンビかよ？　撃つわけないだろ」

「だって、咄嗟には見分けつかないよ。なんかジフンさんがだんだんゾンビみたく見えてきた」

「ああ、そうかよ。じゃ、軍人どもがいるかいないか、お前がこっそり確かめてきな」

「えっ、僕が？　何で？」

「お前なら、咄嗟のときだろうと何だろうと絶対ゾンビにゃ見えないからさ。ゾンビにしちゃ太り過ぎだ」

「でもさジフンさん、ゾンビにだって太った奴いるよ。見てごらんよ、あいつ。かなりデブだよ。それに僕は太ってるからさあ、目につきやすいと思うんだ。それじゃかえってよくないでしょ？　あのさ、あちら。ゾンビの責任者の方が行ってみるべきなんじゃないの？」

隅に座っていたホン・イアンが立ち上がった。

「ジフンさん、私が行ってくるわ。どうにも息苦しくって、ここ。母の家なんだし、私が出てって見つかったとしてもヘンには思われないでしょうよ」

「ダメですよ。イアンさんは行っちゃダメです。僕がちょっと様子見てきますよ」

「なら、私も行くわ」

彼女を説き伏せることはできなかった。僕が前を歩き、ホン・イアンは後ろから付いてくることになった。

「僕は、ゾンビたちが勝手に動きださないように見張ってます。ドアを開けるときは、ボタンを押さないで指でじかに開ければ音がしないと思いますよ」

僕を励ますように、イ・ギョンムが言った。僕は、音がしないように気をつけて地下室のドアを開け、階段を上がった。闇の中で、ホン・イアンが僕のキルティングジャンパーのすそを後ろからつかんできた。すそを握るホン・イアンの手に力が入るのがかすかに感じられる。その感覚は、階段を一段上がるたびに現れ、そして消えた。僕がホン・イアンを導いているみたいでなかなかいい気分だった。踊り場を過ぎ、ドアが迫ってくると、僕の服をつかむ彼女の手にぐっと力が入った。おかげで僕まで緊張してしまった。外からは依然として何の音も聞こえてこない。

「あっ！」

鋭い悲鳴があがり、一瞬のうちに家の隅々にまで響き渡った。僕とホン・イアンは階段の途中で座り込んだ。どこだ、声の震源地は？

「130の声じゃないですか？」

ホン・イアンが言った。僕は暗い階段を駆け降りた。階段の角のところがおぼろげに見えるので、距離と空間の感覚はつかめた。地下室のドアを開けたとたん、真っ先に目に飛び込んできたのは血だった。

「ジフンさん、あいつが僕を噛んだ！　僕の首を噛んだんだよう」

「何だって？」

「ゾンビが僕を噛んだんだってば！　あのクソ野郎が噛みついてきたんだよう」

デブデブ130は、両手で首の右のほうを押さえていた。指の間から赤い血が滲み出ている。イ・ギョンムはリモコンをゾンビに向けて押し続けていた。ゾンビたちは興奮状態だった。両腕を前に突き出した格好で、獲物を前にした獣みたいに昂《たかぶ》っている。でも、かといって前に踏み出すことはできずにいた。おそらくイ・ギョンムの手の中のリモコンのためだろう。

「いったいどうなってるんですか？」

「ちょっと目を離した隙に……。こんなこと、一度だってなかったのに。いったいどうしてこんなことになったのか……」

「130を嚙んだんですか？」

「そうなんです。ほんとにあっという間のことで……」

「畜生、最初からなんか嫌な感じだったんだ。ジフンさん、僕言ったじゃないか。あの人、信用できないって。初めて会ったときから嫌な気がしてたんだよ」

そのときになってようやく地下室に戻ってきたホン・イアンが、デブデブ130の様子を見るなり両手を口に当てて短い悲鳴をあげた。僕はイ・ギョンムに尋ねた。

「どうしたらいいでしょう？」

「とりあえず注射を打てば、ゾンビになる時間を遅らせることはできると思います」

「ゾンビになるですって？」

「ゾンビに嚙まれたわけですから。じきに変化が始まると思います」

「ジフンさん、どうしよう。僕、死ぬの？」

「大丈夫。何か手立てがあるはずだ」

「ゾンビに嚙まれたんだよ？　どんな手立てがあるんだよう」

イ・ギョンムはポケットから注射器を取り出した。青い色をした液体が入っていた。イ・ギョンムが僕に注射器を差し出した。

「これを打てば、ゾンビに変わるまでの時間を引き延ばせます」

「どれぐらい？」

「一日ぐらいは」

「その後は？」

「手立てがあることはあります」

「ジフンさん、僕、その人信じられない。それが薬なのか毒なのか、わかったもんじゃないよ」

僕は躊躇《ためら》わなかった。躊躇《ためら》っている暇がなかった。デブデブ130の腕に針を刺し、青い液体が見えなくなるまでピストンを押し続ける。デブデブ130は一瞬びくっとしたけれど、抗わなかった。薬を注射する間、デブデブ130は僕の目をじっと見つめていた。ジフンさんの決定に従うよ。ヤツの表情はそう告げていた。薬なのか毒なのかわからないけれど、僕らとしては、この正体不明の青い液体を信じるほかに手立てがない。デブデブ130に青い液体を注射しながら、僕は横目でイ・ギョンムの表情を盗み見た。彼の唇は髭の中に隠れ、目はどこも見ていなかった。彼の表情からは何も読み取れなかった。イ・ギョンムが現れた後、何かが変わった。確かなことはそれだけだった。

16

血は止まったけれど、デブデブ130の動揺はなかなか収まらなかった。軍人が一人残らずいなくなったのを確かめて一階に戻ってきてからも、デブデブ130はおとなしく座っていなかった。リビングの中をあちこち歩き回り、声をあげ、右手で自分の頭をごんごん叩く。クッションやテレビのリモコンを投げ付けて、悪態をついたりもした。誰に向かって言っているのかはわからなかった。イ・ギョンムに対してか、それとも自分に対してなのか。ゾンビに噛まれた瞬間、余命宣告を受けたも同然なのだから、正気でいられるわけがない。僕らは慰める言葉もなかった。しばらくそのまま放っておくしかない。窓の外はひっそりと闇に沈み、雪はすでに止んでいた。

「ジフンさん、何とか言ってよ！　僕、死ぬんだよね？　このまま死ぬんだよね？」

「とにかく、考えてみようや」

「何を考えるってのさ？　あのデブがゾンビに成り果てたら、さて、どうやって処理するか、とか？　地下室にぶち込んじまえばいいでしょ、考えるまでもないよ。地下室にいる、あのゾンビどもと一緒に腐ってくようにさ」

「そんなこと言うなって。まだ時間はあるんだから」

「時間？　あのねえジフンさん、そんなのどこにあるっての？　時間なんてないよ。もしあったとしてもだよ？　その時間使って、イ・ギョンム、あの野郎が言ってた研究所に行くの？　ワクチン一つ手に入れるために、みんなして飛んで火に入る夏の虫になるの？　そのワクチンだって、検証済みのものじゃないっていうじゃないか。バカバカしいよ。僕一人死ねばいいんだよ。僕が死ねばそれまでなんだって。なのに、なんでみんなそんな不景気な顔してるのさ？　時間があったって何ができる？もうおしまいなんだよ、僕は！」

「お前が死ぬわけないだろ。絶対死なないって。心配するな」

「心配するなって？　ジフンさん、これが見えないの？　この傷が見えないの？　ジフンさん、僕ね、喰らいついてやりたいよ、がぶり！　って。イ・ギョンムの野郎の腕にさ」

「やめろよ。悪意があったわけじゃなし」

「わかるもんか、そんなの」

ホン・イアンはソファに腰を下ろしたまま、ひと言も口をきかなかった。イ・ギョンムもリビングの隅の低い椅子に腰かけて、うつむいたまま黙りこくっていた。死を前にした者にかけてやれる言葉はあまりない。死んだりするもんか。これは愚かな慰めだ。どうか安らかに……。これはあんまり残酷だ。最後まで付いていてやる。一緒にいられるだろうか、最後まで。デブデブ130の体にはもうじき変化が起こるだろう。血を吐き、髪の毛が抜け、目玉が落ち、正気を失い、人間としての心を失い、骨が曲がり、関節がはずれ、腕が捩《よじ》れ、舌が飛び出し、歯が抜け、肉が腐り、膿を流し始めることだろう。最後までそばに付いていてやれるだろうか。僕は自信がなかった。

僕ら三人は、それぞれの場所でじっとしていた。リビングをあちこち歩き回っていたデブデブ130も、窓の外が明るくなってくる頃にはソファに腰を下ろして黙り込んだ。四人の沈黙がリビングの四隅に積もっていった。みんな言いたいことはあったのだけれど、言い出せなかった。積もり積もった言葉のうち、どれを口にすべきかわからなかったのだ。選びそこなったら最後、すべてが崩れてしまうかもしれないから。

「ジフンさん、僕ね、死についてときどき想像してみたりしてたんだ」

デブデブ130が沈黙を破った。

「それって想像できるもの?」

ホン・イアンがぶっきらぼうに言った。

「できるさ、もちろん。なんにも見えない真っ暗な夜だよ。あんまり暗いんで、闇の中の影もなく、闇の中の闇もなく、ただただ暗い。完璧に。自分の手すらまともに見えないくらいだから、僕が僕に触ってみても、僕が実在するのかどうかわからない。見えないから感触もないし、僕が僕の手に触っても、はるか遠くの星を触ってるみたいな茫洋とした気分になるんだ。そんなとき、遠くのほうから聞こえてくるのが……」

「ご飯よ」

「ちょっと、姐さん」

「あんたがあんまり自分の世界に浸ってるからさあ。で? どんな音が聞こえてくるっての?」

「かすかな打楽器の音」

「打楽器の音?」

「行進するときに打ち鳴らすやつあるでしょ? バチをこう、反動でもって弾いてさ、チャルルル、チャルルル、こんな音出すやつ。それが一定の間隔で聞こえてくるんだ。僕はね、両手を前に突き出して手探りしながら、打楽器の音を羅針盤代わりに、音のするほうへと歩いてくのさ」

「それが死とどんな関係があるって?」

「僕が想像する死っていうのが、そういうのなんだよ」

「あのねえ、死がそんなんだったらさ、私なんか百回以上死んでるわよ。私の耳には今も打楽器の音が聞こえてるわ」

「そんなんじゃないってば」

「バカなこと言ってんじゃないわよ。あのね、人はねえ、みんな自分の死は特別なものに違いないって思うの。でもね、この世に特別な死なんてものはないの。何故だかわかる? 死んだらそこでおしまいだからよ。死んだら忘れ去られるのよ。そうなったら、何だろうとみんなおんなじよ。そしてね、おんなじになっちゃったら、もう誰も思い出せなくなるものなの」

「姐さんてば、なんてこと言うんだよお。死を目前にした人に向かってさあ」

「なんであんたが死ぬのよ」

「じゃ、死なないっての?」

「死ぬなんて考えちゃダメ。助かるわ。あんたは間違いなく助かる。心配すんじゃないの」

ひとしきり言い合っていたデブデブ130とホン・イアンも、また黙り込んでしまった。

ホン・イアンは膝の間に顔をうずめ、髪を掻きむしった。デブデブ130の不安をさらに掻き立てかねない仕草だった。デブデブ130とホン・イアンのやり合いの後、おかしなことに僕の心は落ち着きを取り戻し始めた。僕の耳にはホン・イアンの言葉が繰り返し響いていた。

彼女の言うことは、正しい。特別な死なんてない。それがあるかもしれないと考えるがゆえに、人は死に憧れ、怖れる。でも、この世に特別な死なんてない。死とは単なる消滅であり、ゼロになることだ。母の死だって、兄の死だって、ホン・ヘジョンの死だって、僕にとっては多少特別だったかもしれないが、彼らにとっては特別なものではない。僕だって、じきに彼らの死を忘れることだろう。それらはありふれた出来事になり、あっけなく忘れ去られていくだろう。なんとかして生き抜かなければならない。ゼロになることなく、あっけなく消滅することなく、なんとしてでも生き延びるのだ。デブデブ130を死に向かって送り出したくなかった。なす術もなく、母の目をじっと見つめていたあの日、僕はすべてをいともあっさりと手放した。もう二度とあんなのはゴメンだ。ホン・イアンもデブデブ130に、そんな気持ちを伝えたかったんじゃないだろうか。

「さ、夜も明けたことだし、何か手を打ちましょう」

僕はイ・ギョンムに言った。ホン・イアンが膝の間にうずめていた顔を上げた。イ・ギョンムが言っていた研究所に行ってワクチンを手に入れるのが、今のところ唯一の方法だ。問題は、そこの場所がわからないということ。それと、場所がわかったとして、ワクチンを入手するのがまたたやすいことではないということだった。そのワクチンがデブデブ130を救ってくれるかどうかは、その次の問題だ。

「研究所の場所を割り出すのは難しいことじゃありません」

イ・ギョンムが言った。

「いい方法があるんですか?」

「チェさんの車にはまだ、電波チェック機が付いてるでしょう? ほんのちょっとそれに手を加えるだけで、ゾンビたちの発するサインを捉えられるようになります。研究所にはゾンビたちがうようよしてるはずですから、難なく見つけられるでしょう。問題はそこからどうやってワクチンを持ち出すかです」

「いったいどんな実験をしてるんですか？　ゾンビを使って」

「ヘジョンさんと僕が探っていたのが、まさにその答えですよ」

「つまり、まだわかってないんですね？」

「それを探り当ててたら、僕は今、ここにいなかったと思いますよ。一つ確実に言えることは、あの人がゾンビになるのを防ぎたければ、ワクチンが要るってことです」

「わかりました。それ以外のことはおいおい考えることにしましょう。僕が行きますよ。電波チェック機の設定変えるのにどれぐらい時間かかりますか？」

「十分もあれば充分です」

家から出たとたん、冷たい風が全身を包みこんだ。イ・ギョンムが言っていたように、軍がゾンビたちを使って何らかの実験を行っているならば、そして彼らがワクチンを保有しているというならば、そうそうあっさりワクチンを寄越すわけがない。道は険しい。それは火を見るより明らかだ。でも、分かれ道で一方を選ぶのよりも、険しい一本道を進むしか選択の余地がないほうが、むしろマシな気がした。まるで霧が晴れたように頭がはっきりし、感覚が冴え渡る。この世に答えの出せない問題なんてない。そんな気分になった。僕の後を付いて出てきたデブデブ130が、僕の肩をつかんだ。

「ジフンさん、ねえってば、本気で行くつもり？」

「心配ないって、泣きみそ坊や。パッパと行って、ワクチンたんまりせしめてくるからな。泣かないでお姉ちゃんと仲良く遊んでるんだぞ。あんまり退屈だったら、地下室にゾンビがいっぱいいるから遊んでもらいな」

「ああもう、ふざけないでよ！　どこに行くっていうのさ？　僕のためになんでそんなことまでするんだよう。いいんだってば。そんなこと、しなくていいってば。きっとほかに方法があるよ。そうだ、ケゲルのおじさんに聞いてみたらどうかなあ？　何かあったら俺に言えって言ってたじゃない。何かいい方法、知ってるかもしれないよ」

「行かなくていいって？　何言ってんだ、お前。さっきは狂ったみたいに死ぬ死ぬってわめいてたくせに……。あのなあ、お前のためじゃないんだよ」

「僕のためじゃないって？　ならどうして行くの？」

「俺のためにだ」

「ジフンさんのため？」

「ちょっと確かめたいことがあるのさ」

「確かめるって、何を？」

「無電波のブラックホールの果て。それがどこなのか、この目で見たいんだ」

「何のこと？」

「無電波のブラックホールの中を歩いてるときさ、どんなに目を凝らしても出口が見えなかったんだ。それがさ、何だかそっちのほうに出口がありそうな気がしてきてさ」

「ウソだ」

「なんでウソだって思うんだ？」

「だって、ウソだもの」

「ウソじゃないって」

「ホントにそこに出口があるって思うの？」

「出口はなかったとしても、出ることはできるだろうさ。行って、確かめてくるよ」

「ジフンさんてさ、変わったよね。自分でわかってる？」

「俺が？」

「うん。すっごく変わった。ここ最近、異常に明るいよ。初めて会った頃はさ、あんまり暗いんで、夜になると顔が見えないくらいだったのに、今は明るすぎて影も見えないよ」

「太ったんだろ」

「それとこれと、何の関係があるのさ？」

「太るとな、顔の輪郭がぼやけるだろ？　つまり影がなくなるってわけさ。お前、自分を見てみろよ。影がないだろ？　太ってて」

「ほらほらほらあ。そんな冗談も言うようになってさあ」

「俺はもともとこうなんだよ。ちょっと口を休めてただけさ」

「ジフンさん」

「うん？」

「行かないでよ。僕のせいでジフンさんがどうにかなっちゃったら、僕、一生……」

「馬鹿だな、お前。一生ったって、たった一日だろうが。それに、お前のためじゃないって言っただろ？　俺のためだ。お前、知らないだろ。俺がどんなに身勝手なヤツなのか。俺はな、お前なんかが想像もつかないぐらい身勝手な人間なのさ。どれぐらいか教えてやろうか？　俺はな、希望なんてものはよくわからん。希望ってのはな、ほかのヤツと共有するものだからさ。んなものには興味なし。俺の中にあるのは欲望だけさ。日々の欲望のおかげで俺はこれまで生きてきた。あれが欲しい、アイツを俺のものにしたい、あれもこれもみんな欲しい。そんな欲望に駆り立てられたからこそ、俺は生きてこられたのさ。いつの頃からか、そんな欲望さえも失っちまってたけど、お前とヘジョンさんに会って取り戻せた。欲望ってのがどんなものだったのか、思い出したんだ。いま俺の内にあるのはな、身勝手な欲望だけだ。いいか？　だから俺は絶対に死なない。いや、死ねない。生きたいって欲望、こんな強く感じたこと、これまでになかったからさ」

デブデブ130は、もう何も言わなかった。僕が言わんとしていることを理解したようだった。

デブデブ130に言ったことは、全部本当のことだった。若干の誇張はあったものの、ホン・ヘジョンとデブデブ130とホン・イアンに出会って、失った何かを取り戻したのは事実だ。デブデブ130とのやり取りで、それが欲望だったと気づいた。いつの頃からか、何か新しいものを手に入れたいとか、人や物を完全に自分のものにしたいなどと思うことがなくなった。きっかけはおそらく兄の死だったろう。一人の人間が生きているのか死んでいるのかを分ける基準は、必ずしも心臓の鼓動だけではない。欲望も、その基準となり得る。となると、この間の僕は、生きてはいたけれど、ゾンビとさほど変わるところがなかったと言えるだろう。

このひと晩の間、実にたくさんのことがあった。なのにコリオ村は静かだった。これまで何事も起こったことはなく、これからもまた起きることはないとでもいうように、静けさの中にひっそりと沈んでいた。僕はイ・ギョンムと連れ立って、コリオ村の反対側の方角に当たる僕の家に向かった。太陽の下で見るイ・ギョンムの顔は、とても生きた人間には見えなかった。家へと向かう道にも人影はまったくなかった。何かが起こっている。そしてそれが、僕を取り巻くすべてのことを変化させている。それだけは確かだった。

イ・ギョンムがバンの電波チェック機をいじっている間、僕は家に入って荷物をまとめることにした。とはいえ、どうしたらいいのかわからない。何を持って行ったらいいんだろう。下着を着替えるような精神的な余裕はないだろうし、食べ物を持っていくというのも何だし、ゆっくり座って日記をつける時間もないだろうからノートもいらないだろう。僕はリビングの真ん中に立って、家の中をぐるりと見渡した。役に立ちそうなものは、何一つとして見当たらない。僕はキッチンに行き、包丁を手に取ってみた。持っていったところでたいして役に立つとは思われなかった。階段の上り口に置かれた折れたバットが頭に浮かんだ。この家の中で武器になるものといったらそれだけだ。折れて先の尖ったバットは持ちやすく、突くのにも殴るのにも具合がよかった。僕はバットを手に取り、びゅんびゅんと振り回してみた。銃を持った軍人たちを相手にするのにバットを持っていくのはどこか滑稽だったが、何かを手にしたことで、自信が湧いてきた。

「終わりましたよ。簡単でした」

ドアから顔だけ覗かせて、イ・ギョンムが言った。

「もう終わったんですか?」

「言ったでしょう? ちょっと手を加えるだけだって。さあ、行きましょう」

「行きましょうですって? イさんも行くんですか?」

「当然でしょう。一人で行かせるとでも思ってたんですか?」

「大丈夫ですよ、一人で」

「チェさんのためじゃありません。ヘジョンさんのためです。ヘジョンさんとの約束を守るために行くんですよ」

「約束って?」

「それは行ってみないことには……。道々お話しますよ。エンジンかけておきますね」

イ・ギョンムは外へ出ていった。僕は二階に上がった。もう二度と帰ってこられないかもしれないと思うと、家の中のすべてのものが、ともに暮らしてきた命あるもののように感じられる。僕は、ホン・イアンが使っていた部屋を覗き込んだ。痕跡といえるようなものはなかった。机の上に置かれているのはデジタルカメラだけだ。電源を入れて、ホン・イアンが撮った写真を見た。墓地と十字架と凍りついた地面と灰色の空が繰り返し画面に現れた。それをつなげて、「人類の終末」みたいなタイトルを付けたらピッタリきそうだった。

僕の部屋にあるもののうち、持っていくようなものといえば、ホン・ヘジョンのノートしかなかった。ノートのページをパラパラとめくってみる。ホン・ヘジョンは、ページを文字で埋め尽くしていた。絵や設計図のようなものも所どころ目に付いた。誰かを描いたスケッチもあった。どうということもないノートなのかもしれない。持っていくべきか、置いていくべきか。しばし悩んだ後で、持っていくことに決めた。そこにどんな内容が記されていようと、僕が先に見たほうがいいような気がして。ホン・イアンに渡すか処分するかは、その次に決めればいいことだ。事件の糸口のようなものが書かれているかもしれないし。

ノートの前のほうはメモやスケッチが多かったが、後ろのほうは写真でいっぱいだった。写真が何枚もテープで貼り付けてある。ノートが分厚いのはそれらの写真のせいだった。女性の写真だ。その人は無愛想な表情でこちらを見つめていた。こちらに誰がいようと気にしないといった表情だ。若い頃のホン・ヘジョンだろう。二枚目の写真を見ようとページをめくろうとしたとき、ドアが突然がちゃりと開いた。僕は仰天した。他人の日記帳を盗み見ているところを見つかったみたいに。

「何を驚く？」

ケゲルだった。ホン・ヘジョンのノートを上着のポケットにこっそりしまって、僕は振り向いた。

「今日は、何か……？」

「何だ、そのバットは？」

ケゲルが机の上のバットを指差した。

「そのバットは何だと訊いてるだろ？」

「何かご用ですか？」

「だから、そのバットは何なんだ？　それで俺を突き刺そうってのか？」

「何かご用でも？」

「まーったく強情なヤツだな。何があったんだ、昨日は？」

「何があったかですって？」

「隠そうなんて思うなよ。だいたいのところは聞いとる」

「なら、そこから推測したらいかがです？」

「なんだと？　からかっとるのか、俺を」

「そんなつもりありませんよ。そんな時間もないですし」

「何だ？　急ぎの用でもあるのか？」

「で、何かご用なんですか?」

「ゼロがいなくなった」

「え? 誰が?」

「ゼロ。俺といつも一緒にいた奴だよ。お前さんも会ったろう」

「で、どうして僕のところへ? 僕が隠してるとでも?」

「昨日、軍人たちが現れてからだ。その頃からゼロの姿が見えん。心当たりは隈なく探した」

「その口ぶり、なんか飼い犬でもいなくなったみたいですね」

「ゼロはな、俺のそばを離れたことがないんだ。ただのいっぺんもな。一人じゃなんにもできないヤツなんだよ」

「ああまったく、そんな泣きべソかかないでくださいよ。あの人だってもういい大人なんですし、じきに出てきますよ。部隊には連絡されたんですか?」

「したともさ。何もわからんとさ」

「それ、確かですか?」

「確かかだと? 何がだ」

「軍が絡んでないのは確かなのかってことです」

「絡んでると思うのか?」

「訊いてみただけですよ」

「お前、何か知っとるのか?」

「知りませんよ」

「おい、言えよ、何か知ってるんなら」

そのとき、下からイ・ギョンムが呼んだ。

「ジフンさん、もう出ないと。急いで！」

僕は、ケゲルにかまわず一階に降りた。イ・ギョンムはケゲルのことを知っているようだったが、ケゲルのほうは、イ・ギョンムの顔をまじまじと見つめるばかりだった。その面変わりしたさまを見て、かつての姿を思い浮かべるのは難しかったろう。

「どこかでよーく見た顔だが……」

「僕ですよ。イ・ギョンムです」

「誰だって?」

「イ・ギョンムですよ。電波キチガイ」

「ああ、電波キチガイ。お前さんがここに何の用だ?」

ケゲルは、イ・ギョンムの顔をじろじろ眺めまわしながら握手を求め、その変わってしまった顔を観察していた。ケゲルはイ・ギョンムのことを電波キチガイというあだ名で呼んでいるようだが、まさにピッタリだった。以前のイ・ギョンムに付けられたあだ名なのに、今の髭もじゃの外見とどんびしゃりだ。今のイ・ギョンムを見てつけたかと思ってしまうほどに。

「お元気でしたか?」

イ・ギョンムがバツが悪そうな笑みを浮かべて訊いた
「うん?　元気だったかって?　そうさな、元気とは言えんが、お前さんよりはマシみたいだな」

「ははは、その口ぶり、相変わらずですね」

「俺の口ぶりがどうだって？」

「面白いってことです。初めてお話するみたいに新鮮ですよ」

「ホン訳の葬式の前に会社に電話したんだが、誰も連絡先を知らなかったぞ。ホン訳はさぞ寂しかったろうな、あんなに親しくしてたってのに。ホン訳が死んだのは知っとるな？」

「ええ、知ってます」

「で、出発するって？　どこへ行くんだ？」

「ちょっと用事がありまして」

「お前さんら、知り合いだったのか？　仲良く連れ立ってどこに行こうってんだ？」

放っておけば、日が暮れるまで質問責めにされかねない。ケゲルと質問ごっこをして遊んでいる暇はない。イ・ギョンムは、ケゲルに対しては言いたいことが言いにくいようだった。人と人の関係というものは、ひとたび出来上がってしまうと、そうそう変えられないものだ。イ・ギョンムとケゲルの関係も、何らかの出来事をきっかけに構築されたはずだ。その出来事のために、イ・ギョンムはケゲルが苦手になったのだろうし、ケゲルはイ・ギョンムに対して他人行儀にならざるを得なかったのだろう。

「急ぎの用事がありますんで、今日はこれで失礼させていただきます。ゼロさんはじきに戻ってくると思いますよ。ご心配なさらず」

「なんでそれがわかる？　何か知ってるんだったら教えてくれと頼んでるだろ？　お前さん、まだなんも答えとらんぞ」

「知りませんよ、なんにも」

「そうは見えんがなあ」

「ほんとに知りませんって。イさん、行きましょう」

僕はケゲルをその場に残して、イ・ギョンムと一緒に家の裏手に停めておいたバンの方へ向かった。イ・ギョンムの顔は、ケゲルに出くわしてからずっと紙のように固く強張っており、何やらあれこれ考え事をしているふうだった。以前どんなことがあったのか、今何を考えているのか。気になったけれど、尋ねることはしなかった。イ・ギョンムが先に話しかけてきた。

「ジフンさん、ケゲルさんと一緒に行ったらどうでしょう?」

「一緒にですって?　部隊にですか?」

「ええ」

「何のために?」

「あの人は、部隊への出入りが顔パスなんです。一緒に行けば、ワクチンを手に入れるのがはるかに楽になるはずです」

「それはそうかもしれませんけど、なぜ僕らがそこに行くのか話せないじゃないですか」

「ほかの口実をつくるんですよ」

「どんな?」

「軍の敷地内で電波チェックをすることになってるんだけれど、一緒に行かないかって誘ってみるんですよ」

「僕らは入れないじゃないですか、基地に」

「許可証を持ってるかのように話すんです」

「ないじゃないですか」

「許可証がなくたって、ケゲルの言動次第では入れるかもしれません。許可証を見せろと言われたら、探すふりだけするんです。入れなかったらどうするか、それはそのときに考えましょう」

「ケゲルが行きますかね？」

「おそらく。道すがらゼロを探すこともできるでしょうし、なによりおせっかいな性格だから、断るはずがありませんよ」

「一緒に入るんですか、基地の中に？」

「いえ、僕は入れませんよ。途中で降ります。連絡はコイツで取れますから」

イ・ギョンムが時計を差し出した。なんてことのない普通の時計に見える。黒の革バンドにシルバーのケース、ベゼルが少し出っ張っていてインデックスは大きく、文字盤はブルー。世界じゅうどこに行ってもありそうな時計だ。

「緊急時には下のボタンを押してください。ジフンさんの位置は僕のほうで検索できますから、状況が許す限り助けます」

「誰も助けようのない状況だっていう可能性が高いでしょうね？」

「可能性で言ったら……そうでしょうね」

「可能性以外なら？」

「運ってものもありますから。ジフンさんは、これまで運はいいほうでしたか？」

「このところの状況を思うと、まだ生きてるってだけでも運がいいと思わざるを得ないようですけどね」

「その通りです。運がいい人だけが最後まで生き残れるんですよ」

「最後まで生き残る自信はないなあ。どこが最後なのかもわかりませんしね」

「ジフンさんの運がどこまでだったのかは、死んで初めてわかるんですよ」

「運ってヤツと付き合えるのは、生きてる間だけってわけですね」

「生き残れますよ、大丈夫。運ってのはね、寿命がずいぶんと長いものですから」

僕らの予想は当たった。話を切り出すやいなや、ケゲルは車に乗り込んできた。ケゲルと一緒なのは気詰まりだったけれど、どんなに小さなメリットでも確保しておくのが今の状況では得策だろう。

僕が運転席に、イ・ギョンムが助手席に座る。ケゲルは助手席に座りたがったが、それだけはごめんだった。隣に座られて、うるさくされては堪《たま》ったものじゃない。久々に座った運転席は、どれもこれもが不自然に感じられた。アクセルは、元あった場所より少し右に寄っているような気がしたし、ブレーキペダルとの距離も近すぎるような気がする。以前の感覚を取り戻そうと、僕はブレーキとアクセルを代わるがわる踏んでみた。

「何で出発しないんだ？」

ケゲルが後部座席から首を突き出して言った。

「しますよ、すぐに」

僕が答えた。

「何だ？　何かあったのか？　車が故障したか？」

「とんでもない。今すぐ出発しますから、ご心配なく」

僕はサイドミラーを調整し、シートを少し後ろにずらした。どうも何か勝手が違う。ルームミラーを調節していたら、ミラーの中でケゲルと目が合った。ケゲルは後部シートの真ん中に座っていた。

「横にずれてくださいよ。そうやって真ん中に座ってられると、後ろがよく見えないんですよ」

「後ろはまた何のために見るんだ？　前だけ見て走れ」

「どうしても、そこに座らなきゃいけませんか？」

「俺はな、車に乗ったら前を見ないことには気がすまないんだ。でないと、なんとなく不安でな。なんなら助手席に座らせてもらってもいいぞ」

「電波チェックはね、助手席の人がいろいろやらないといけないんです。だからイさんが座らないとダメなんだって言ったでしょう？」

「もともと一人でやってた仕事じゃないか。違うか？　何を今さら二人でやらにゃならんのだ？」

「はいはい、いいですよ、そのまま座ってて下さいな」

「なんだ、その言い方は。大目に見てくださるってか？　年寄りを敬うってことを知らん奴らだ」

「お偉い方々はですね、後ろに座るものなんですよ」

「何を言っとる。お偉い方々はな、自分が座りたいところに座るのさ」

「はいはい、申し訳ありませんね。出発しますよ」

ルームミラーはケゲルの顔に完全に占領されていた。ほんのわずかの隙もなく。いっそ取り外してしまいたいと僕は思った。ケゲルの顔しか映っていないルームミラーなんて、あったところで百害あって一利なしだ。僕はエンジンをかけ、電波チェック機の電源を入れた。会社のロゴが浮かび上がる。これを目にするのも久しぶりだ。普通なら、ロゴが消えた後に地図が現れ、僕の現在位置が表示されるのだが、今日は数字が現れた。まず10という数字が表示され、20になったと思ったら30に、続いて

40になる。そして100が表示されたとたん、画面が白くなった。まるで明暗の反転した写真を見ているようだった。レントゲン写真のようでもある。

「モードが変わったんです」

イ・ギョンムが、ケゲルに聞こえないよう声を潜めて説明した。イ・ギョンムが電波チェック機の右側についたボタンを押すと、画面の下のほうに「Scanning」という単語とともに小さなグラフが現れた。

「サインを捕らえてるんですよ。ELTEの基地局を利用して、僕らの耳には聞こえない周波数の音を拾うんです」

スキャニングが終わると、画面に黒い点が現れた。小さな点が狭いエリアに集まっている。思春期を過ぎたばかりの少女の顔に浮いたそばかすを拡大したみたいだ。

「この点が何を示してるのかはわかりますよね。さあ、出発しましょうか」

イ・ギョンムが安全ベルトを締めながら言った。僕はサイドブレーキを下ろし、アクセルを踏んだ。そばかす少女を訪ねての旅立ちだ。僕がいるところとそばかす少女の距離は、そう遠くなさそうに見えた。イ・ギョンムはそばかすの多いエリアを目的地に設定した。僕は、ナビゲーションが示すところに向かって車を走らせさえすればよかった。

車庫を出て道路に入り、五十メートルほど走ったところで、誰かが後ろから駆けてくるのに気づいた。走ってくる人物は、追われているようにも、誰かを捕まえようとしているようにも見えた。誰なのかは遠目にも明らかだった。髪が揺れている。右に左に波うつように。つい見とれてしまいそうだ。僕はブレーキを踏んだ後、降りるのも忘れてホン・イアンの髪が波うつさまを見ていた。あんなふうに走る姿なら、何日見ていても飽きないだろうなと思った。まあ、その前に、ホン・イアンの心臓のほうが破裂してしまうだろうが。

ホン・イアンは、苦しげな表情がはっきり見えるぐらいの距離まで迫ってきた。僕はそのときになって、ようやく我に返った。僕はバンから降りて、ホン・イアンのところへ行った。ホン・イアンは鼻の頭を赤くしていた。

「どうしたんです?」

ホン・イアンは息が切れていて、返事ができなかった。僕は待った。彼女は腰をかがめて右手を膝に突き、はあはあと息を弾ませている。左手では僕の腕をつかんでいた。ここまで吸えずにきた息をぜんぶ吸い尽くすまで離さないぞとでも言うように、がっしりと。僕はホン・イアンの手を握った。

「はあ……行っちゃったかと、思って、焦っ……ちゃった」

「何かありました?」

「一緒に……行こうと思って」

「一緒にってどこへ?　130はどうするんです?」

「130?　こっちに、向かってきてる、はずですよ。死ぬ気になって走っちゃった。ああ、どうにか生き返った。走ったのなんか久しぶり。気持ちいいもんですね」

「一緒に行くって……?」

「地下室に誰かいると思うと、なんか落ち着かなくって。それに、130がすっごく不安がってて。私に突然噛みついちゃうんじゃないかって、自分が」

話をしているうちに、駆けてくるデブデブ130の姿が遠くのほうに現れた。駆ける、と言ったけれど、実際のところ、スピードからいったらお世辞にも駆けているとは言えなかった。デブデブ130としては最善を尽くしているのだろうが、いくら経っても、こちらとの距離が縮まってこない。いいかげん待ちくたびれてきた頃、デブデブ130はようやくゴールインした。ゾンビに嚙まれた首には白い包帯を巻いていたが、それがヤツの姿をいつもよりもっとコミカルに見せていた。サンタのおじさんのしょっている袋の口のところを、白い包帯で結わえてあるみたいだ。

「ジフンさん……僕ね……」

「いいって。話は聞いた。全部聞いたから、しゃべろうとするんじゃない。まず息をしろ、息を」

デブデブ130はその場にへたりこんで、ぜいぜいと息をした。首のあたりが鬱陶しいのか、包帯と首の間に手を突っ込んで緩め、息を吸い込む。もの言いたげにときどき僕を見上げてきたが、荒い息が洩れるばかりで言葉にはならなかった。バンの中から、出発しないのかとケゲルが叫んだ。

「あのジイサンは、なんでまたあそこに乗ってるの？」

バンに目をやって、ホン・イアンが訊いてきた。

「部隊の中に入るときに役に立ってくれそうだからですよ。まあ、IDカード代わりってとこですかね。イさんのアイディアで」

「もっと静かなIDカードだったらよかったのにねえ……」

「確かに。じゃ、到着まで猿ぐつわでも嚙ませときますか」

「まあ、よく言うわね。ジフンさんがそんなことできるわけないでしょ」

「できますって、やろうと思えば。ところで、ホントに一緒に行くんですか？　できれば待っててもらえたらと思うんですけど、イアンさんには」

「だって、130が一緒に行けば、少しでも早くワクチン打ってあげられるでしょ？」

「それは、そうでしょうけど」

「私ひとり残るってのも何だし」

「大丈夫ですって。心配しないで待ってらっしゃい」

「そんな騎士道精神みたいなの、ジフンさんには似合いませんよ」

「どうしてもって言うんなら、130だけ連れてきます。イアンさんはお留守番お願いしますよ」

「もしもし、チェ・ジフンさん？　欲望だの希望だの、そんなことさんざん言ってたわよね、さっき。私、全部聞いてたんですよ。自分だけカッコつけないでくださいね。希望なんてもの、よくわからないって言ってましたね。教えて差し上げましょうか？　周りの人たちがみんな死んでいなくなるとしても……このままだと自分のそばに誰も残らないかもしれないとしても、それでも生きたいって思うこと。なんとしてでも最後まで生き残りたいって思うこと。それが希望ってものなんですよ。私一人、ここに残れですって？　ジフンさんとあのおデブが死んだって知らせを、この世から消えちゃったってことを、人づてに聞けって言うの？　誰かが死んだのを人から知らされるの、もう絶対イヤなんです。どうせ死ぬなら、私の見てる前で死んでってことですよ」

「なんで死ぬんです、僕が」

「じゃ、死なないで。一緒に生き残りましょうよ。これで話はつきましたよね？」

「わかりましたよ。一緒に行きましょう」

地べたに座り込んで僕らの話を聞いていたデブデブ130が、そろりと立ち上がった。何か言いたげな様子だったが、鼻息を荒くしているホン・イアンの顔色を窺うと、そろそろと車に向かっていった。

「ねえジフンさん、全員座れるかなあ、ここに。こんなことなら、ダイエットしとくんだった」

メンバーの座る位置を多少調整する必要があった。結果、ケゲルは助手席におさまった。デブデブ130を助手席に座らせると、ホン・イアンとケゲルが並んで座ることになる。これは、二羽の闘鶏を同じ小屋の中に入れるようなものだ。ホン・イアンを助手席に座らせると、場所が狭いとケゲルが文句を言った。デブデブ130とホン・イアンの二人がなぜ一緒に行くんだとしつこく訊いてくるケゲルにうんざりして、結局助手席に座らせることにしたのだった。

「うんうん、やっぱりここだ、ここ。俺はどうも、ここに座らにゃ落ち着かんのだ」

ケゲルはシートを前にずらした。後ろに座った人たちへの気配りだ。席が決まっていざ出発、という前に、ラゲッジでこんこんと眠っていたハグショックの電源を入れ、ストーンフラワーのアルバムをターンテーブルにセットした。ケゲルの口に猿ぐつわを嚙ませるための手段だ。バンが走りだすと、音楽が流れ出た。ドラムの響きが胸を打つ。ケゲルはボリュームを下げろと言ったが、僕とデブデブ130とホン・イアンが声を合わせて歌うのを見て、口をつぐんだ。僕らは首を振ってリズムをとり、ボーカルに合わせて小さな声で歌った。ケゲルは黙って窓の外を眺めている。窓ガラスに映ったケゲルは、かすかに笑みを浮かべているように見えた。

誰も傷ついてほしくない。お前はお前の道をゆき、俺は俺で生きてゆく。そうやって傷つくことなく生きていけば、いつかどこかですれ違う日が来るだろう。たとえほんの一瞬でも。

イアン・デイビスはそう歌っていた。この歌詞を訳してくれているホン・ヘジョンの声が、歌にダブって聞こえてくるような気がした。ホン・イアンもデブデブ130も、ホン・ヘジョンの声を聞いていたろう。イアン・デイビス、ホン・ヘジョン、ホン・イアン、デブデブ130、そして僕の、みんなの歌のようだった。バンが揺れたが、ハグショックはその衝撃を完璧に包み込んで、美しいサウンドを車の中いっぱいに響き渡らせた。

後部シートの中央にデブデブ130が座り、僕の後ろにはホン・イアン、ケゲルの後ろにはイ・ギョンムが座っていた。僕はルームミラーに映ったイ・ギョンムの顔を見た。イ・ギョンムは、デブデブ130の巨体に押されて端のほうに追いやられていた。それでも表情は変わらない。眉も目尻も髭も顎も、微動だにしていなかった。さすがに音楽は聴こえているだろうに、まったくの無表情だった。顔の筋肉に、一種のハグショック機能があるんじゃなかろうか。イ・ギョンムの表情は、外部からのどんな刺激にもまったく乱れることがなかった。

「この画面には何が映っとるんだ？　何なんだ、この黒い点々は？」

一曲めが終わり、車内が静寂に包まれたとき、ケゲルが訊いてきた。ケゲルが指差している所は僕らの目的地ではなかった。僕らの現在地の近くに黒い点がいくつも浮かんでいる。僕らの周囲にゾンビがいるという印だ。僕は辺りを見回した。何も見えなかった。

車は公園墓地を横目に走っていた。僕はルームミラーの中のイ・ギョンムを見た。イ・ギョンムは、デブデブ130の肉の間から首を突き出した。

「周辺の電波の感度を表示してるんです」

「答えは別のとこから聞こえたな。さ、いいか、お前たち。窓の外をよーく見てろよ。ゼロの姿が見えたらな、すぐに俺に言うんだぞ」

ケゲルが続けて何か言おうとしたとき、「ワン、ツー、スリー、フォー」というイアン・デイビスの声とともに次の曲がスタートし、車内いっぱいに響き渡った。ケゲルの声が割り込む隙はなくなった。ケゲルは再び窓の外に目を向けた。運転しながら、僕はケゲルに悟られないように電波チェック機の画面を盗み見た。点は多くはなかった。所どころに見えるだけだ。僕が走る道の脇を点々がかすめ過ぎていく。僕は、できることならイ・ギョンムに訊いてみたかった。あれもみんな、ゾンビのサインなんですか？　共同墓地の土の下に埋められてるゾンビがいるんですか？　あれが彼らの発している声なんですか？　彼らはじゃあ、地面の下でじっとしていて、夜になると外に出てくるってわけですか？　質問は積もるばかりだった。ルームミラーに映ったイ・ギョンムは窓の外を眺めていた。ケゲルとイ・ギョンムの目に映っているものは、ほとんど同じだったろう。

「墓のＧＰＳ」……そんな言葉が思い浮かんだ。どんな意味なのかは僕にもわからない。ただ、ふと頭に浮かんだのだ。おそらくそれは、死者の位置追跡機のようなもの。生きている者の位置ではなく、死んだ者がどこに埋められているのかを表示する……。でもそんなもの、なんだって必要なんだ？　死者の位置がわかったからって、それが何になるのか。人は絶えず死ぬけれど、この地球上の土地は限られている。それも問題だ。それでもなんとなく、死者を思いやる手立てとしては悪くないのでは、という気がした。人に魂というものがあって、それが死んだ後もこの世をさ迷うということがあり得るならば……それで、その魂に名札みたいなものを付けて、いま宇宙のどこをさ迷っているのか位置確認ができるというのなら……僕はなんとしてでもその機能を使ってみたい。僕と知り合いだった人たちは宇宙のどの辺りをさ迷っているのか、その場所の見当をつけることができたら、寂しさがぐっと薄まりそうだから。運転しながらも、僕の目はしきりと点のほうに引き付けられた。共同墓地が後ろに遠ざかると、黒い点は見えなくなった。僕らはそばかすを目指し、ひた走った。

17

遠くに基地の正門が見えてくると、イ・ギョンムがデブデブ130に押さえつけられていた体を起こした。

「僕はここで降ろしてください」

「何だって？　一緒に行かないのか？」

ケゲルが尋ねた。

「僕はここで電波チェックするんですよ。ジフンさんは基地の中で」

「車がないじゃないか」

「心配してくださるんですか？　ありがとうございます」

「心配だと？　俺が何だってお前さんの心配なんざせにゃならんのだ？　歩き回りゃ運動にもなるし、いいことじゃないか。なら、また後でな」

デブデブ130とホン・イアンは状況を察したようだ。イ・ギョンムが車から降りると、デブデブ130が右のほうに尻をずらした。車が狭いためか、それともゾンビに噛まれた傷が痛むのか、デブデブ130は脂汗を流し続けていた。

基地の入口を通過する方法については、イ・ギョンムの予想が全面的に当たった。助手席に座っているケゲルの顔は、ほとんどＩＤカードだった。警備兵たちに至っては、ケゲルに向かって笑みを見せたりもした。ハンドルを握る僕と後部座席の二人に対しては、しばし疑り深げな視線が向けられたが、それはケゲルのおしゃべりによって一瞬のうちに僕らからそれていった。

「よう、久しぶりだな。元気にしてたか？　俺か？　ああ、チャン将軍にちょっと用事があってな。こいつら？　見りゃわかるだろ？　ゾンビだよ、ゾンビ。俺がいっぺんにとっ捕まえたのさ。なに、怖がることなんかない。こいつらはな、人を噛むことができんのだ。車の中でコーラを飲もうとしたんだが、栓抜きを忘れてきちまってな。こいつらの歯をちょいと拝借したってわけだ。わかるだろ？　口をこう開けさせてな、コーラのビンをグッと挟む。それから顎をぐいっと押し上げて固定しといて、上に向かってガチャッ。手首のスナップを利かせるのがコツさ。コーラの栓とこいつらの歯と、一緒くたに抜いちまうってわけよ。一匹はまだ歯が残っとるぞ。栓抜きが入用《いりよう》なら遠慮なく言えよ。ははは」

警備兵たちはケゲルの話を聞いてくっくっと笑った。冗談を言い合うような間柄らしい。検問はあっという間に済んだ。武器になりそうなものなんか、ラゲッジの中の折れたバットぐらいだったということもある。警備兵たちはケゲルのおしゃべりにふんふんと耳を傾けながら、基地の入口のバリケードを開けてくれた。許可証を探すふりをするまでもなかった。

「なに考えてるんです、いったい。私たちがゾンビですって？」

ホン・イアンがケゲルに噛み付いた。

「ははは、いいじゃないか。ふと思いついて言ってみたんだが、なかなか気が利いてたろ？　俺の入れ歯じゃコーラの栓なぞ抜けんからな。コーラの栓を抜ける歯がありゃありがたい限りだ」

「ぜんっぜん面白くないですね。あなたが死んだら、その歯でコーラの栓を抜いてやりたいわ。さぞかしスッキリすることでしょうよ。それから、さっきチャン将軍って言ってたわよね。ねえジフンさん、あのイカれたオッサン、チャン将軍じゃなかったかしら？」

「……そんな気がしますね」

僕はケゲルに文句を言う気はなかった。彼のおかげで基地に無事入り込めたことだし、どんなことを言われても我慢する自信があった。ホン・イアンも、ケゲルのおかしな冗談に対して、それ以上咎めるようなことは言わなかった。

「電波チェックにはいくらもかからんと言っとったな？　俺はチャン将軍のところに行ってるからな、さっさと終わらせて来い。あそこにでかい建物見えるだろ？　あれが本部だ。俺はあそこで降ろしてくれ。どっかでゼロを見つけたらな、絶対に連れてくるんだぞ」

誰も答えなかった。早く降りてほしい……そんな気持ちが込められた沈黙だ。みんなの沈黙は、ケゲルへの無言の催促だった。車が本部の前に着いた。ケゲルが降りようとしたとき、ドアが開いてチャン将軍が姿を現した。どっしりしたチャン将軍の体が一段と大きく見える。両腕を振り、がに股で歩いてくるチャン将軍の顔は、陽の光に照らされてぎらぎらと光っていた。

「おお、これはこれは、皆さんおそろいで。こりゃどうしたことです、ケゲルさん？　これはあなたの軍隊ですか？　じわじわと正体を現し始めたってことですかな？」

チャン将軍がケゲルに向かって分厚い手を差し出した。ケゲルの手もそれに劣らず大きかった。二人は背丈も同じくらいあったが、チャン将軍のほうが遥かに巨大に見えた。

「何をおっしゃいます。どうして私が軍隊なんか。将軍の軍隊がしっかり守ってくださってるのに」

「どうでしょうなあ。反乱軍だったりするかもしらん。いくら誠意を尽くしたところで、完璧なる統治なんてものは不可能ですからな。クーデターはいけませんぞ。よろしいですな？　ははは」

「これだけははっきり申し上げておきますよ。私はね、チャン将軍の敵にはなりません。どんなことがあってもね。ですからご心配なく。ははは」

「信じてよろしいですね？」

「もちろんですよ」

二人は握った手を振りながら、そんな冗談を交わしていた。それとも冗談ではないのかもしれない。チャン将軍はケゲルとのやり取りを通じて、どちらの立場が上なのかを誇示していた。ケゲルのほうがチャン将軍よりも十歳は年長のようだが、生物学的な年齢と権力の大きさは必ずしも一致しないのがこの世の習いだ。

「さあさあ、こんなところに突っ立ってないで、中へどうぞ。おいしいお茶があるんですよ」

「もしかして、私のためにわざわざお出ましに？」

「もちろんですよ。警備の詰所から連絡を受けましてね。わざわざお運びいただいたんですからな、当然お出迎えしなければ」

「この連中はですね、電波チェックだか何だかをするって言うんで連れてきたんですが、お邪魔でしたら、今すぐ帰らせますよ」

「いやいや、面識のない方々でもなし、せっかくまたお目にかかれたんですからな。さあ皆さん、どうぞ中へ」

デブデブ130はホン・イアンの顔を見た。この状況から抜け出せる、極めつけのひと言を期待しているようだ。ホン・イアンはでも、ケゲルとチャン将軍をにらみつけているだけで、何も言わなかった。彼女もまた、僕と同じことを考えているに違いなかった。咄嗟の間にいくつものケースを想定し、頭をフル回転させてその対処法を引きずり出す。ホン・イアンは今、チャン将軍に従って部隊の本部に入るべきか、何としてでもそれを拒否し、僕らだけで行動するほうが良いのか、思いをめぐらせているのだろう。僕の結論は、チャン将軍に付いていくべき、というものだった。なんといっても、それらしい口実が見つからないからだ。なにせ許可証もないのだ。事と次第によっては基地から追い出されるかもわからない。本部の中に入れば、新たな突破口が見つかる可能性がある。チャン将軍が先頭に立ち、ケゲルがその後に続いた。

「姐さん、どうするの」

「どうしようもないでしょ、付いてくしか」

「ところでさ、僕、さっきからここんとこがかゆくって」

デブデブ130が、包帯の巻かれた首を指差した。

「風が通らないからじゃないのか?」

僕は、デブデブ130の首の包帯を引っ張って、傷口のあたりを覗き込んだ。包帯がきっちりと巻きつけられていて、よく見えなかった。

「わかんない。虫がね、喉の内側から外に這い出してくるみたいな感じ。肉を突き破って」

「我慢しろよ。薬のせいだろう、きっと」

「だよね?」

僕らはバンを一階の駐車スペースに停め、建物の中に入った。ラゲッジの中の折れたバットがしきりと頭に浮かんだ。それでも手に握っていれば、気が楽になりそうな気がした。持ってゆくことのできない、唯一の武器。そのバットに関して僕ができることは、それでゾンビをやっつけたんだという子どもじみた自慢ぐらいだが。

チャン将軍のオフィスは、建物の最上階にあたる五階にあった。軍人たちが集まっている作戦室を過ぎ、込み入った廊下を通り抜けて辿り着いたオフィスの室内構造は、至極単純だった。ひと目見た後一年たっても正確に絵に描けそうだ。構造と言うのも大げさなくらいだった。左手の壁には、現在の部隊の状況が示された表が貼ってある。誰が誰の部下なのか、誰がどんな部隊に所属しているのか。たくさんの名前が一目瞭然に整理されていた。そのてっぺんには「チャン・ソンベク」という名が記されている。おそらくチャン将軍のフルネームだろう。右手の壁は、壁というより巨大なホワイトボードに近かった。チャン将軍のものらしい雑多なメモがあちこちに書かれていた。オフィスの中央には、長さが四メートルは下らないと思われる机があったが、その上には書類の山とコンピューターが一台、大海に浮かぶ二つの侘しい島、といった風情で置かれているだけだった。チャン将軍。彼はいったいどんな人物なのか。にわかに好奇心が頭をもたげた。空間というものは、それを使っている人を映す鏡だ。こんな空間で仕事をする人間ならば、役に立たない細々した感情なんかは心の中に貯め込まない人物である可能性が高い。てきぱきと分類し、無駄なものは効率よく捨てるタイプに違いない。

「さあ、どうぞこちらへ。ティー・テーブルはこっちですよ」

チャン将軍が、長い机の端っこのほうから僕らを呼んだ。ボタンを押すと、そこに小さなテーブルが一つ現れた。ホン・ヘジョンの家にあった食卓と似たような形だった。

「ゼロに作ってもらった特別注文品です。コリオ村の普通の食卓とは少し形が違うでしょう？　なにしろ私、お茶好きなものでね、ほかのメニューはいっさいなし。お茶だけ出てくるようにしたんですよ。いろんな種類がありますよ。特にお好みのお茶がなければ、私がお選びしてもよろしいですかな」

僕らはうなずいた。コーヒー、紅茶ならともかく、ちゃんとしたお茶など飲んだことはなかった。お茶をもてなしたがる人間は、多くの場合、その味について薀蓄《うんちく》をたれるのを好むものだが、その微に入り細を穿った説明を聞いていると、何故だかわからないけれど、別の世界に来てしまったかのように居心地が悪くなる上に、彼らが使う用語と僕が感じる味がなかなか一致せずに困惑することが多かった。

「おお、見晴らしがいいですなあ、ここは」

向かい側の壁にはめられた大きな通しガラスにぴたりと体をくっつけ、下を見下ろしながら、ケゲルが言った。

「でしょう？　私はね、重大な決定を下すときはいつも、その窓の前に立ちます。基地全体を見下ろしながら、私に従う多数の兵士たちのことを考えるんですよ。すると、答えはいとも簡単に出る」

食卓の上のメニューボタンを押しながら、チャン将軍が言った。

ケゲルの言葉通り、見晴らしはよかった。大きな基地の輪郭を見ることができた。遠くマオ山が見え、その手前に様々な大きさの基地の建物が整然と並んでいた。所どころに大きな練兵場が見える。三、四か所ぐらいあるだろうか。

「大きな団地みたいですね」

僕はつぶやいた。なかば独り言だった。

「うん、私もそう思いますよ、ときどきね。まったくよく似とる」

チャン将軍が答えた。チャン将軍が淹れてくれたお茶は、その味といい香りといい、これまで一度も味わったことのない代物だった。食道に流れ込むときに、舌のつけ根の部分に酸味が感じられた。食道から胃腸へと落ち込む崖のきわで生き残った、地獄を経験して戻ってきたお茶の味とでも言おうか。

「何とも言えん、独特な味でしょう？　何から作ったお茶だと思います？」

またもやチャン将軍の質問ぐせが出た。僕らは食卓を囲んで座り、互いに顔を見合わせていた。そんな問いについて真剣に考える者はいなかったし、また考えたところで正解を出せるとも思えなかった。

「どうです？　見当もつかんでしょう。マオ山でしか育たない野生の草で作ったお茶ですからな。これはですな、実は毒草です。食べられない草なんですよ。これでお茶を作るのに、どれだけの時間を費やしたことか。煮立てたり、炒めたり、乾燥させたり、茹でてみたり……様々な方法を試した末に、ようやく作りあげたお茶なんですよ。私はね、この味と香りに魅せられている。ほかのお茶では絶対に味わえない。これを飲むたびにね、死を経験するような感じなんですな、これが」

「わかりますよ、将軍のおっしゃる意味。まるで何か、腐ったみたいな後味が残りますな」

ごくりとお茶を飲み込んで、ケゲルが言った。

「死んで、生き返るってわけです。飲むたびにね。死んで生き返り、また死んで、生き返る。でね、このお茶に、私が何と名付けたと思います？　復活茶ですよ」

「おお、絶妙ですな」

「ああ、そういえばケゲルさん、ゼロの姿が見えないとか？」

「あ、ええ、そうなんですよ。実はですね、そのことでお力をお借りしたくて参りました」

「喜んでお貸ししますよ。捜索チームを組ませて隈なく探してみるとしましょう。なに、すぐ見つかるでしょうよ。心配ご無用」

「将軍がお力をお貸しくださるんなら、何も心配することなどありませんな」

「どうです、今年のダイトは？　順調ですかな？」

「そうですね。まだ十か月以上ありますが、混戦が予想されますな。ホン・ヘジョンさんのことが予想外でしたが」

言ってからしまったと思ったのか、ケゲルがホン・イアンの顔色を窺う。ホン・イアンは淡々とした表情だった。チャン将軍は、そんなホン・イアンの顔をまじまじと見た。

「そちらのお嬢さんがホン・ヘジョンさんの娘さんでしたな？　よく似てらっしゃる」

「似てると言われると、嫌がるんですわ」

ケゲルが応じた。

「人が人に似る。考えてみれば不思議なことだと思いませんかな？」

チャン将軍が、ホン・イアンを見ながら言った。

「なら、犬に似てたら正常だと？」

ホン・イアンが皮肉な調子で混ぜっ返した。

「やれやれ。そう言えば、この間も言いたい放題でしたな。そうカリカリしなさんな。尚更お母さんそっくりに見えますぞ。うちで子どものことをじっくり観察してますとね、実に不思議な気分になるんですよ。私に似てるってのがね。目、鼻、性格、癖……。いったいどうして似るんだろう。見れば見るほど不思議な気がするんですなあ、これが」

「似ざるを得ない人間のほうは辛いわけですよ。そのせいで、もっとね」

「人間って奴は、進化というものをするでしょう。それは前より良くなることだから、良いところだけ似るってことじゃないですかね」

「すべての人間が、一人ひとり進化するわけじゃないと思いますよ、将軍。平均的に見て前に進んでるってことでしょ。その平均値を引き下げてるのがそちらみたいな人たちってわけで」

「ああ、まったくもう……。ひどいことをおっしゃいますなあ。さてさて、用事があるってことでしたな。また今度、お茶でもご一緒するとしましょう。ケゲルさんにはよろしければもう少しお付き合いいただいて。ところであちらの御仁は、なんだってあんなに汗をかいてるんです？　この部屋はそんなに暑くないはずですが……」

隣に座っていたデブデブ130の顔を覗き込むと、汗だくだった。傷のせいで、具合が悪いようだ。ゾンビウイルスには人の体温を上げる作用があるのかもしれない。デブデブ130が大きな手で顔の汗を拭った。ホン・イアンが手を貸して、デブデブ130を立ち上がらせた。デブデブ130の顔は赤く火照っていた。額に手を当てて、熱を測ってみるまでもない。ストーブ兼懐中電灯としても使えそうなほどの熱気と光度だった。

チャン将軍は、ドアの前まで僕らを見送りに出てきた。そのとき。僕は無意識に、壁に立てかけてあったゴルフクラブに手を伸ばした。僕の目にはそのときゴルフクラブしか映っていなかった。ゴルフクラブのグリップの部分だけ拡大して見せられたように。チャン将軍はドアを開けようとしていたため、僕に背中を向けていた。僕は気づかれぬよう、ゴルフクラブをしっかりと握った。グリップが手にぴったり吸い付いてくるような気がした。ゴルフクラブを両手で握りしめ、チャン将軍の頭めがけて振るう。かきーん。軽快な音が聞こえた。時速およそ百三十キロのカーブを正確に捉えたときみたいな。チャン将軍の左の膝がガクリと砕け、その場にバッタリと倒れた。その間、わずか三秒から五秒。でも僕の感覚としては、十分ぐらい経ったような気がした。もしもそのときのことを説明しろと言われたら、五分ぐらいはぶっ通しで話し続けられると思う。ホン・イアンとデブデブ130の表情、チャン将軍の頭から噴き出す血、僕の指先に伝わってきた電気ショックのような振動（おそらく二百二十ボルトぐらい）、チャン将軍が床に倒れるのとともに、舞いあがった埃の形状……そんなことを息つく暇もなく。僕がゴルフクラブを取り落とすのと同時に、ホン・イアンとデブデブ130が我に返った。

「ジフンさん、どうしちゃったの？　なんだってこんなこと……」

僕は答えられなかった。指先に微かな振動の名残が感じられた。僕は両手を宙に突き出し、強く振った。かすかに残った振動を振り払いたかったのだ。

「ジフンさん！」

デブデブ130が大きな声でもう一度呼んだ。僕の頭がどうにかなってしまったのかと思ったようだった。

「俺は正気だって。心配するな」

「この人、死んじゃったんじゃ……？」

「大丈夫。気絶させただけだ。チャン将軍が一緒なら、ワクチンを手に入れやすくなるだろ?」

とは言ったが、実は自信がなかった。気絶する程度に殴るなんて芸当が、果たして僕にできるものだろうか。僕は力いっぱいゴルフクラブを振るった……。とはいえ、しょせんは僕の力だ。人なんか殺せるわけがない……。

デブデブ130は、相変わらず汗を流し続けていた。ホン・イアンはひざまずいて、チャン将軍の状態を確認した。息はしていたが、なにしろゴルフクラブで頭をまともに殴られたのだ。脳に何らかの問題が生じた可能性はある。でも、どうなろうが知ったことではない。僕は思った。死にさえしなければ、それでいい。記憶喪失にでもなれば、今よりむしろ好ましい人生を送れるかもしれないし。彼の人生に介入する気はさらさらないが、これを機に新しい人生を送れるようになるのなら、そのほうがいいんじゃなかろうか。

「何か紐みたいなものないかな? いつ気がつくかわからないから、とりあえず縛っとこう」

僕はデブデブ130にそう言い、自分も紐を探した。僕は気が焦り、動揺していた。ケゲルはテーブルの前の椅子に微動だにせずに座り、ただ僕を見守っていた。何が起こっているのか頭の中で状況を整理しようとしている表情だった。机の引き出しに電線が入っているのを見つけ、それでチャン将軍の手を後ろ手に縛った。そのとたん、ケゲルは口出しを始めた。

「何をやっとるんだ? いったい何のつもりだ? その人が誰なのか、知らないわけじゃなかろうな?」

「もちろん知ってますよ。最高にいけ好かない野郎ですよ」

我知らず、乱暴な口調になっていた。自分の口から出たその言葉を自分自身の耳で聞いて、僕は初めて自覚した。チャン将軍に対してそんなにも大きな敵意を抱いていたということを。敵意というよりは、苛立ちか。チャン将軍に初めて会ったときから、彼の考え方や意見に反感を覚えるというより、その話し方に僕はイラついた。苛立ちが心の中のコップに一滴ずつ落ちて溜まってゆき、ゴルフクラブを目にした瞬間、溢れ出したのだ。僕の口から出る言葉を聞いて、ホン・イアンとデブデブ130が当惑していることに、僕は気づいた。僕がそんな口をきくなんて、これまでになかったことだから。

デブデブ130が僕の右肩に左手を置いた。ずっしりとした肉厚の手で、僕の肩を包み込むように。たったそれだけのことで、心が安らいだ。僕の心の中から噴き出そうとしていたもの。それをデブデブ130のぶ厚い手がやんわりと押しとどめてくれたのだ。厚い布団にくるまれたときの、なんとも言えない安堵感と似ていた。

「ワクチンだと？　何のワクチンが要るっていうんだ？」

ケゲルが訊いてきた。

「130がゾンビに嚙まれたんですよ。僕らはね、ワクチンを手に入れるために来たんです」

僕が答えた。もはや隠す必要はない。

「デブ公が嚙まれたって？　なんでそれを早く言わんのだ？　いつゾンビになるかわからんってことじゃないか。こいつ、初めて見たときから、どうも胸騒ぎがしたんだよ。おいデブ、お前な、肉づき良過ぎなんだよ。見ろ、そのうなじ。ゾンビどもが嚙みつきたくなるのもムリないわ。首に肉の塊くくりつけて、ライオンに向かってくのとおんなじだ」

「遅延剤を打ったから、しばらくは大丈夫だと思いますよ」

「遅延剤だと？」

「変化を遅らせる薬ですよ」

「えい、そんなものあてになるもんか。こいつはな、体が普通の奴の倍はあるんだぞ。薬だって倍量なきゃ効かんだろうが」

「一緒に行ってくれなんて頼みませんから、ご安心を。お節介はご無用ですからね」

「そのワクチンとやらが、この基地にあるのか？」

「イさんによるとね」

「あいつはどこに行ったんだ？」

「イさんは軍から指名手配されてますからね。一緒に来るわけにはいかなかったんです」

「指名手配だと？　どうもそんな気がしてたんだ、あの顔つきからいって。それはそうと、ワクチンを探すったって、チャン将軍にあんなことしちまって、どうするつもりなんだ？　おいデブ公、お前、ワクチン打って生き残ったところで、銃で撃たれてあっさりあの世行きだぞ」

「この基地の中にね、ゾンビを使って実験する研究所があるんだそうです。そこでゾンビたちの生体実験をしてるんですって。その証拠をつかめば、僕らのこと、どうこうできないはずですよ」

「それは誰から聞いた？」

「イさんです」

「馬鹿言うな。だいたいゾンビはどこで入手するんだ？　募集広告でも出すってのか？　実験に参加するゾンビ募集って？　死んだ連中使ってどんな実験するってんだ？　みんなたわ言だ。それにな、そんなものが実際にあったとしてだな、そんな途方もない秘密を知っちまった奴を生かしとくと思うか？　お前さんだったら黙ってここから出ていかせるか？」

「だからこそ、チャン将軍が必要なんですよ。生きてここから出るためにね。格好の人質でしょ？」

「せいぜい頑張ることだな。お前さんはな、チャン将軍のことをよく知らんのだ」

「なら、今から知るとしますよ」

僕の中に、どこから湧き出たのかわからない自信が漲《みなぎ》ってきた。銃弾が飛んできてもことごとく弾き返せそうな気分だった。ゾンビどもに首を噛まれたところで、それがどうした、という気分だった。

チャン将軍の腰の拳銃を抜き、弾倉をチェックした。弾丸が八発装塡されている。僕は拳銃をジャンパーのポケットに入れ、倒れているチャン将軍の尻を足で蹴とばした。反応がない。今度は背中を蹴った。ホン・イアンが、急須の中に残っていた復活茶をどぼどぼとチャン将軍の顔にかけた。お茶はとっくに冷めていたはずだから、やけどすることはなかろう。チャン将軍が目を開けた。

「うわ、すごい威力。さすがは復活茶ね」

ホン・イアンが笑った。チャン将軍は、目は開けたものの、状況把握にかなりの時間と労力を要した。首を後ろに回し、後ろ手に縛られているのを見て取ると、僕とホン・イアンとデブデブ１３０とケゲルの顔を順繰りに眺めた。

「まさか、ここは天国で、あんた方は天使……というわけじゃなかろうな」

チャン将軍が言った。

「悪魔ですよ。ここは地獄」

ホン・イアンが答えた。

「君らは今、大変なことをしでかそうとしとる。でもな、今ならまだ遅くない。これをほどきなさい。そうすれば、全部なかったことにしてやろう」

チャン将軍が低く言った。

「引き返す気はありません」

僕が答えた。

「人間はな、ときに道を誤ったとわかっても立ち止まれないことがある。どうしてだと思う？　止めてくれる者がいないからさ。私が今、その役割を引き受けてやろうと言っている。止めてもらえるときに、やめたほうが利口だぞ」

「頭を殴ったのは申し訳ないと思ってます。それでなくても自分のことしか考えられない頭なのに、もっと悪化させちゃったんじゃないかと」

「屁でもないわ、あれしき」

「ならよかった。していただきたいことが山ほどありますんで。じゃ、始めるとしましょうか」

僕はチャン将軍の体を引き起こし、椅子に座らせた。彼は傷ついた野生動物の表情を浮かべていた。鹿かなにかの小動物に嚙みつかれて、プライドに傷を負った虎。必死で泰然としたふりをしていたが、それまでの自信満々で傲慢な表情は跡形もなかった。

「私がお役に立てることはなさそうですな、将軍。将軍の敵にはならないと申しましたが、こういう場合……味方になるわけにも参りませんので。私はいっそ、この場に存在しないものと考えていただけると……」

ケゲルがチャン将軍のほうを見て言った。チャン将軍は、了承した、というような表情を浮かべた。

「では、第一の質問です。基地の中にある研究所で、ゾンビの生体実験をしてるって情報があるんですが、事実ですか？」

僕が訊いた。

「言葉は正しく使わんとな。生体ってのは生きてる体だ。ゾンビどもが生きてるか？」

チャン将軍が応じた。

「ああ、確かに。言われてみればその通りですね。じゃ、死体に変えましょうか。ともかく、そんな研究所があるんですか？」

「なぜ私がそんな質問に答えなければならんのだ？　理由を説明してくれるかな？」

僕は、チャン将軍の頰を平手打ちした。ビリリッ。指先にまたもや電気が走った。ゴルフクラブで頭を殴られるより、顔を拳で殴打されるより、百倍は不愉快だったことだろう。チャン将軍の目が大きく見開かれた。

「これが僕の理由ですが」

「さほど切実じゃなさそうだな」

「お望みでしたら、もっと切実な理由をお教えしますよ」

「女みたいに平手打ちなんぞしやがって。拳で思いっきり殴ったらどうだ？」

僕はもういちどチャン将軍の頰を打った。同じ側だった。

「僕がちょっと、女みたいなところがありましてね」

僕は笑いながら言った。チャン将軍の顔がゆがんだ。

「私が君の頰を打つときがきたらな、皮膚が裂けるまでやってやるぞ」

「どうぞご自由に。でも今はまだ、そのときじゃありませんよ。答える気になったら、そうおっしゃってくださいね」

僕はまたチャン将軍の頬を打った。やはり同じ側だった。チャン将軍の顔が横を向き、すぐにまた元通り前を向く。僕とチャン将軍以外、口を開く者はなかった。二人の間を流れる電気があまりにも高圧なので、ほかのところのスイッチはみな下ろされている。そんな感じだった。チャン将軍の頭のてっぺんと額の間に刺青が見える。漢字で「生」と入っていた。この上なくチャン将軍に似合いの言葉だ。チャン将軍はぎこちない笑みを作った。

「望みは何だ?」

「答えですよ」

「研究所があるとしたら?」

「それじゃ、答えになってませんよ」

「あるとして、次の質問は何だ?」

「次の質問は、答えてくれたらお教えしますよ」

「わかったよ。基地内にそういうような研究所は、ある。次の質問は?」

僕は、チャン将軍の瞳が揺れるのを見た。チャン将軍はその瞬間、何かを考えた。その考えがチャン将軍の頭の中から流れ出て、瞳をよぎったのだ。チャン将軍は何を考えているのか。僕は頭を捻《ひね》った。チャン将軍の目の奥深く入り込み、そこから頭まで這っていって、その考えを突き止めたかった。

「そういうような研究所、っていうのは何です?」

僕がまた尋ねた。

「訂正する。君が言った通りの、その研究所がある。次の質問」

チャン将軍が答えた。口調が気持ち変わっていた。

「結構です。次の質問に移りましょう。その研究所にゾンビウイルス用のワクチンがありますか?」

「ハハハ、結局それだったのか。なら、はじめから言えばよかったのに。ワクチンはやる。だから、早くこれをほどけ。全部なかったことにしてやるから。チェ・ジフン、君が嚙まれたのか? 君が、自分が生き延びるために仰々しく、この人たちを引き連れてやって来たのかね?」

「ワクチンが、あるってことですね」

「もちろんあるさ。これをほどいてくれたら、今すぐここに持ってこさせよう」

デブデブ130が晴れ晴れと笑った。ホン・イアンは首を横に振った。ワクチンを手にするまでは、チャン将軍の縛《いまし》めを解いてはダメだという意味だ。僕の考えも同じだった。ワクチンを持ってこさせるにしても、部隊から無事に脱出するまで縄をほどいてやるわけにはいかない。僕はポケットから銃を出してチャン将軍に向けた。

「さあ、研究所に電話して、ワクチンを持ってくるように言ってください」

「これを解いてくれ」

「ワクチンを手にしたらね」

「信じられないが?」

「僕も、信じられないんですよ」

「なら仕方がない。信ずる者のみ救われる。ともに信じれば一緒に生き残るし、信じられないんなら、君も私も諸共ってことさ」

「僕じゃありませんよ」

「あのデブが嚙まれたんだろう? あの包帯でピンときたさ。君と私が互いを信じなければ、私はあのデブと道行きってわけだ」

「そうはさせませんよ」

「もちろんもちろん。私も死にたくはないからな。わかった、こっちが譲歩しよう。ワクチンさえ持ってこさせれば、ほどいてくれるな?」

「殺しはしませんよ」

「ははは、駆け引きってモノができない奴だな。君が今何を考えてるのか、当ててやろうか? ワクチンを持ってこさせる。あのデブはワクチンを打って助かる。君は、私を縛ったままここに放置して、悠々と基地から脱出する。遠くへ逃げる。はるか遠くへ逃げる。世界の果てまで逃げる。当たりだろう? じゃあ、君の計画の決定的な問題点を二つだけ指摘してやろう。一つめ、ワクチンを打つにはな、アレルギー検査が必要なのさ。打つやいなや死んでしまったら元も子もないからな。検査を受けたければ、私を信じてこの縄を解くしかない。二つめ、君が基地から脱出して遠くへ逃げる。それは可能だ。でもな、私は何としてでも君を探し出す。世界の果てまで追いかけて、君を捕まえたらな、たっぷりと苦痛を味わわせて殺してやる。顔が裂けるまでビンタを食らわせてな。二つめの問題点を解決するには私を殺さないとならないが、一つめの問題点があるから、君は私を殺せない。一つめの問題点と二つめの問題点を一気に解決したければ、私を信じてこの縄をほどくしかないというわけさ。今ならまだ許してやろう。何もかもだ」

「ああもう、ほんっとよくしゃべるわね、この人」

話を聞いていたホン・イアンが、前に進み出てきた。

「ジフンさん、この人連れて、みんなして行っちゃいましょうよ、研究所へ。位置はわかるでしょ。

ジフンさんお得意の、アレで……。とりあえず行って、そこで考えましょうよ」

「動くには人数が多すぎるし、危険ですよ」

「ここにいようがそっちに行こうが、危険なのは同じでしょ。何者か知らないけど、そのワクチン持ってくる奴だって信じられないし、そのワクチンがちゃんとしたワクチンかどうか、それもわからないじゃないの。とりあえず研究所に行って、そこで解決しましょうよ。アレルギーテストもしなきゃいけないんなら、ここよりは研究所のほうがいいでしょ？」

「わかりました。行って考えましょう」

僕は、ケゲルに目を遣った。ケゲルを置いていってもいいものか、判断がつかなかった。一人になってもまっすぐ帰りそうにない。僕らの計画を誰かにバラしてしまう可能性が高かった。

「ケゲルさんもご一緒にどうぞ」

「俺か？　俺は行かないよ。俺はこのまままおとなしく家に帰るよ。口をつぐんで足音忍ばせ帰るから、なんにも心配することないぞ」

「僕、そのオジサン信じられない」

デブデブ130が言った。デブデブ130は、さっきよりはるかに落ち着いて見えた。汗も前ほどかいていなかったし、表情も和らいでいる。

「なんでだ？　この間抜けなデブ公め」

「顔に書いてありますよ。私を信じてはいけませんって」

「なんだと？　おかしいな。ケゲルを信じられない人は馬鹿、と書いておいたんだが」

「歳月とともに変わっちゃったんでしょ」

「なら、急いで家に帰らんとな。戻って顔の字を書き直すとしよう」

ケゲルが腰を上げた。

「研究所までは一緒に行ってください。今はこのまま帰して差し上げるわけにはいきませんね」

僕はケゲルの腕をつかんだ。その右腕。僕は自分の指先の感覚を疑った。人間の腕というより鉄パイプだ。ケゲルの年齢を考えると、とてもあり得ない筋肉だった。伊達にケゲルの世界チャンピオンというわけではないようだ。

ホン・イアンが先頭に立った。その後にチャン将軍が従い、その背中に拳銃を突きつけた僕が続いた。デブデブ130は人々の視線を遮る目隠しの役割を果たしていた。一番後ろから、ケゲルが僕らの顔色をうかがいながら付いてくる。ドアを開けて廊下を過ぎ、作戦室の前を通り過ぎるとき、副官を始めとする十人ほどの視線が僕らに集まった。チャン将軍に向かって全員が挙手敬礼をする。僕は、拳銃でチャン将軍の背中をそっと押した。はっきりと教えてやりたかったのだ。僕が銃を撃つこともあり得ると。チャン将軍が反応を見せなかったので、短い沈黙が流れた。その後、チャン将軍は、わずかにうなずいて敬礼を受けた。そこへケゲルがしゃしゃり出た。

「おや、これはこれはカン少佐。息災だったかな？　こないだ送ってもらった、ほれ、あの胎盤チャーハン、うまかったぞ。シコシコした歯触りがもう堪《たま》らんかったが、あれに胎盤カクテルなんか添えたらもう絶品なんじゃないか？」

ケゲルは大声で声をかけた。カン少佐の顔がさっと赤くなり、人々の視線がそちらに集まった。軍人たちがざわめく。タイバンチャーハン？　タイバンカクテルだって？　タイバンて……何だ？　ざわめきの中からこんな声が聞こえてきた。

「あれは、どうやって作るんだ？　まずはオリーブ油でニンニクを炒めるんだろ？　それから胎盤を入れるのか？　うーん、違うか。唐辛子も一緒に炒めるのかな？　あれがまた……母親の養分をぐんぐん吸い上げとるからかな、えらい濃厚な味だったな。ほかの調味料は……」

「ケゲルさん、そのお話は後ほど……」

カン少佐が遮った。人々は皆、カン少佐を見ていた。

「なんてことないだろう。胎盤食うのが罪になるわけでもなし。よし、俺が今度、いいのを手に入れてくるからな、パーティーでもやろうや」

その場にいた軍人たちは、彼らの言うタイバンが何なのかをようやく悟ったようだ。皆顔を歪めてカン少佐を見つめている。ケゲルがなにも、僕らに手を貸そうとしてそんな話を持ち出したとは思わないが、ともかくケゲルのおかげで難なくエレベーターのところまで行き着くことができた。人々はケゲルの言葉のほうに気を取られ、僕らの様子にはまったく無関心だった。

「チャン将軍が館内を見学させてくださるってんで、もう行くわ。カン少佐、またな」

ケゲルはカン少佐に手を振り、エレベーターに向かって駆けてきた。軍人たちは相変わらず、僕らのことなどまったくおかまいなしだ。みんなひたすらカン少佐に注目し、質問攻めにしていた。味は？　調理法は？　気味悪くはないのか？　効能は？　そんなことを尋ねているのだろう。

「どうだ、俺のおかげですんなり来られたろ？」

エレベーターのドアが閉まるや、ケゲルがほうっと息をついて言った。

「僕らのためだったっていうんですか？」

僕が訊いた。

「まあ、必ずしもそういうわけじゃないけどな。俺は礼儀をわきまえた年寄りだから、知り合いに会ったら挨拶しないことにゃ気が済まんのだ。それにな、こんなとこでドンパチなんかおっぱじめられたら、なんたって俺が困るだろ。穏やかに行こうぜ。チャン将軍には申し訳ないですがね」

ケゲルはチャン将軍に向かって軽く一礼した。

「ほんとに食べるんですか、胎盤を?」

ホン・イアンがケゲルに尋ねた。

「ああ、うまいぞ。あんたも食いたければ言えよ。冷凍室にたくさんあるから」

ケゲルが答えた。ホン・イアンはしかめっ面をして、ウエッと吐く真似をした。胎盤を食べるという話は聞いたことがある。テレビの料理番組の胎盤料理スペシャルというのも見た。胎盤をミキサーにかけるところでチャンネルを変えてしまったが。

「包茎手術で切り取った包皮も食ってみたが、ありゃ胎盤とは比較にならん。包皮は何の役にも立たんものだが、胎盤は栄養がギュッと詰まっとるからな。それが味にしっかり現れるんだよ。胎盤ピザ、ありゃ絶品だぞ。アンチョビとルッコラを乗っけて……」

「いい加減になさったらいかがです? 私、吐きますよ。このエレベーターの中で」

ホン・イアンに言われてケゲルは口をつぐんだ。僕は気分が悪くはならなかった。チャン将軍の背中に銃を突きつけたまま、胎盤ピザの味を想像してみた。それは、死の味だろうか、生の味だろうか。幕開けの味だろうか、終焉の味だろうか。ふとチャン将軍の横顔が見えた。チャン将軍は声を出さずに笑っていた。今の状況すべてを楽しんでいるかのようだ。背中に拳銃を突きつけられているというのに、まるで遠足にでも出かけるみたいな顔だった。彼はおそらく、生と死の狭間を幾度となく行き来してきたのだろう。これしきのことじゃ緊張もしないさ、とでも言いたげな表情だった。エレベーターが一階に着くまで、僕は胎盤ピザのことを考えながら、内心舌なめずりをしていた。実は腹ぺこだったのだ。

18

チェック機の画面の中の黒い点は、点というより顕微鏡で覗き込んだカビのようだった。もはやそばかすには見えない。カビは絶え間なく動いていた。車が動いているせいで、動いているように見えるのかもしれない。電波チェック機の画面が、いちめん黒いカビに覆われた。そのとき大きな公園に続く門が現れた。

「ここですか？」

僕に代わってハンドルを握っていたホン・イアンが振り返って言った。僕は、助手席に座っているチャン将軍の脇腹に突きつけた拳銃に力を込めた。

「ああ、ここだ」

僕の代わりにチャン将軍が答えた。

検問所を通過するのは造作もないことだった。衛兵たちはチャン将軍の顔を見ただけで緊張し、チャン将軍が顎をしゃくって合図するやいなや、すぐさま門を開けた。門をくぐりながら、この研究所を描写するのにぴったりの単語を思いついた。サファリパーク。

大きな公園の真ん中に車が通るための道路があり、その両端には高い鉄条網が張られている。公園の中はがらんとしていた。あちこちに森があり、水たまりもあり、切り株もあったが、生き物の姿はない。人影も見当たらず、動物の姿もない。時折鳥の鳴き声が聞こえてきたけれど、姿は見えなかった。右も左も同様だった。こんなにひっそりとした森は、公園は、見たことがない。僕らはゆっくりと車を走らせながら、車道の両側に注意深く目を走らせた。何か目につくものはないかと隈なく目を光らせたが、何も見つからなかった。

「みんな、どこ行ったんだろ」

ホン・イアンが言った。

「昼間だろうが、今は」

チャン将軍が窓の外に目をやりながら言った。

「夜になるとどうなるんです？」

デブデブ130が尋ねた。

「夜になると？　そりゃあ、愉快なパーティーの始まりさ。物陰に潜んでた招待客がぞろぞろ這い出してくるぞ」

チャン将軍が答えた。

「じゃ、今は？　そのお客さんたち、みんなどこにいるんです？」

「どこか光の届かないところに上手いこと隠れとるんだろう。地面の下とか……」

「映画なんかだと、昼間も平気で歩き回ってたけど、ゾンビたち」

「そんなのはまったくの作り事だ。奴らはな、紫外線が大の苦手なんだ。お日さまの下に出てきたが最後、一瞬のうちに灰になってしまうさ。こんなにいい天気なのに日光浴中のゾンビがいないの見れば、わかるだろう？」

「ゾンビたちを使って、どんな研究してるんですか？」

「死体どもの歩幅を調べてな、人間と死体の歩行速度を比較研究しとるのさ」

「ほんとですか？」

「はは、もちろんだとも。しかし残念だな。もうちょっとで君の歩幅も研究できるところだったのに。太った死体で研究するチャンスがなかなかなくてな」

　チャン将軍は、僕らをおちょくっていた。僕らなんぞ、これっぽっちも脅威ではないのだろう。僕はチャン将軍に、持って生まれたユーモアの能力を遺憾なく発揮させておいた。相手をしているデブ130のほうも、陽気になっていた。ほんの少し我慢すれば生き残れるという希望が見えたためだ。午後三時の陽光が冷たい冬の空気を貫いて、地面を温めていた。窓を通して差し込んでくる陽射しに、額がぽかぽかしてきた。

　サファリパークを貫く道を十分ほど走り、ようやく研究所に着いた。車を走らせた時間から、その規模は容易に見当がついた。サファリパークを走っている間、目に映る風景とともに、様々な考えが僕の頭を過《よぎ》っていった。チャン将軍に突きつけた銃を下ろしこそしなかったが、僕は心ここにあらず、といった状態だった。こんな平和な時間を満喫するのもこれが最後かもしれないと思ったからだ。遠からず、なんらかの結末が訪れることは直感としてわかっていたけれど、それがどんなものなのかは予想がつかなかった。なので、むしろ怖くはなかった。ただ、気になった。僕の最期が。僕はこの世での最後の瞬間を想像することがしばしばあった。数百、数千種類の僕の死の場面を。乗っていた車が崖下に落ち、車のどこかに体が挟まって身動きがとれないまま。たまたま立ち寄ったコンビニで、押し入ってきた強盗に撃たれ、床に倒れて。交通事故に遭って虚空に舞い上がり、地面に落ちて頭蓋骨が砕けて……。今となってはいちいち思い出せないようないろんな死に方で、僕は何度も何度も死んだ。初めのうちはそんな想像をするのが苦痛だったのに、時が経つにつれて、どうということもなくなった。僕は手を変え品を変えて僕を殺し、生き返らせてはまた殺した。チャン将軍は復活茶を飲みながら生と死について思いを巡らすようだが、僕は、自分を殺す想像をしながら生と死について考えてきた。死を迎えるまさにその瞬間、自分が死ぬのだということが、果たして僕にわかるのだろうか。自分の命が消滅するところを見届けられるのだろうか。命の消滅を見守る、最後の気分はどんな感じだろう。数十年間の記憶がわずか数秒で消去される最後の瞬間を、僕はどんな気持ちで迎えるのだろうか。もしも死んだ母に会う手立てがあるのなら、その瞬間、どんなことを考えたのか訊いてみたかった。僕を見つめる母の顔に浮かんでいたあの表情は、何を意味していたのか……。

研究所の建物が見えてきた。拳銃を握る手に力が入った。顔パスの検問所をまた一つ通り抜け、研究所に到着した。思わず目を疑ってしまいそうなほど完璧な四角形をしている。研究所の外壁にはグリーンのペンキが塗られていた。僕は、保護色になりそうだと思って家の外壁をグリーンにしたのだけれど、それと同じことを考えたのだろうか。いや、これは「コンプレックスの塊みたいな奴の、特別な日のファッション」という感じだ。誰からもまともに相手にしてもらえない奴が、今日こそはとばかりに思いきりめかしこんだ挙句、浮いてしまっている、みたいな。この研究所に存在価値があるならば、また僕に有り余るほどの時間ができたらば、なんとしてでもペンキを塗り直してやりたいという思いに駆られた。濃いブルーが良さそうだ。

僕はチャン将軍の背中を銃口で押した。チャン将軍が先頭に立ち、その後ろに僕、そしてホン・イアンとデブデブ130が続いた。ケゲルは気が進まなそうに、一番後ろでぐずぐずしていた。チャン将軍が虹彩認識機に目を当てるとドアが開いた。デスクについていた研究員たちが、僕らのほうを見る。チャン将軍がいち早くうなずいて、大事ないという合図を送った。

「気にするな、たいした月事じゃない。シム少佐を呼べ」

一人がどこかへ電話をかけた。何を話しているのかは聞き取れなかった。一分後、眉の濃い男が現れた。右目のキワにくっきりと長い傷痕がある。どうやら彼がシム少佐らしい。チャン将軍は後ろ手に縛られた姿で、ワクチンを準備するようシム少佐に命じた。

「すべてが終わらなきゃほどいてくれない気か？　部下たちの前なのに、これじゃ私の面子に関わるじゃないか」

チャン将軍は、後ろで縛られた手を上下に動かした。

「お望みとあらば、面子を丸つぶれにして差し上げてもいいんですよ」

僕は拳銃を掲げてみせた。

「銃の撃ち方を知っとるのか？」

「試してみますか？」

「ワクチンを打って、その後はどうするつもりだ？」

「ひっそりと消え失せますよ」

「ひっそりと消え失せるか。いいねえ」

「復讐でもなさろうと？」

「復讐？　なんで私がそんなことを。君のような雑魚を追いかけまわすほどヒマな人間じゃないさ。ま、それでも、今回のことから学べるところはあったな。どんなことにも学ぶべき点がある。これが私の座右の銘だ」

「では、今回の学ぶべき点とは？」

「雑魚も嚙む」

「肝に銘じるべき教訓ですね、あなたみたいな人にはね。イアンさん、あの人たちの銃、取り上げちゃってください」

デブデブ130さえ助かるならば、静かに退却しようと思っていた。平和な日常に戻りたかった。ゾンビなんてものは頭の中から完全に削除してしまい、会社に戻ってとにかくがむしゃらに働きたい。どんな仕事を命じられてもきっとやり遂げられる。そんな気がしていた。仕事が終わって家に戻ったら、ホン・イアンと墓地でも散歩して……。僕は、無意識のうちにホン・イアンとの生活を思い描いていた。

ひっそりと消え失せたいと言ったところで、できるかどうかはわからなかった。チャン将軍の言葉は、本心ではない可能性もある。復讐なんてするつもりはないと言っておいて、世界の果てまで追いかけてくるかもしれない。僕はチャン将軍のこめかみに銃口をぴたりと押しつけ、ホン・イアンは軍人たちが腰に下げていた拳銃を取り上げて、ひとまとめにしてデスクの上に置いた。

シム少佐は、デブデブ130の腕に注射針を刺して採血をした。デブデブ130は、ギュッと目をつぶっている。首に白い包帯を巻き、注射針に恐れをなしているデブデブ130の表情といったら、ホッキョクグマ保護区域の表示板用の写真に使えそうだった。デブデブ130の血が、シム少佐の手で研究室の隅の機械に入れられると、あとは結果待ちだ。少佐はまったくの無表情だった。チャン将軍から命令を受けるときも、採血するときも、機械の前で結果を待っている間も、時折チャン将軍と僕のほうに目を向けるときも。目尻の傷のせいで、顔の筋肉の動かし方を忘れてしまったんだろうか。

「ねえ、ケゲルのオッサンは……どこ?」

ホン・イアンが言った。

「あれ? さっきまで僕の後ろにいたのに」

デブデブ130が、脱脂綿を腕に押し当てながら言った。

「バックレたんじゃないの? ジフンさん、どうします? 探したほうがいいかしら?」

「いや、イアンさん一人で動くのは危険です。放っておきましょう。車のキーは持ってますよね?」

「ええ」

ホン・イアンがポケットを探ってキーを取り出し、振ってみせた。

「結果が出るまで、どれぐらいかかります?」

僕が尋ねた。

「三十分」

シム少佐が答えた。口調にも表情というものがない。包帯でぐるぐる巻きにされたデブデブ130の首を注意深く観察していたシム少佐が、触ってみてもよいかと手振りで尋ねた。デブデブ130が頷いた。シム少佐はデブデブ130を椅子に座らせ、慎重な手つきで包帯をほどいた。ほどいた包帯は、ていねいに左手に巻きつけている。傷の存在が、包帯に染み出ていた。包帯の内側に、赤と緑のものが付着している。赤は当然血だろうが、緑の正体はわからない。包帯がすっかりほどかれると傷が現れた。まるで、噴火寸前の活火山の噴火口に綿の塊でフタをしたような感じだ。傷口はぐちゃぐちゃで、皮膚がめくれ、上と下に歯型がくっきりと付いていた。ゾンビの歯が食い込んだ痕から緑色の液体が滲み出ていた。

「処置がよかったですね」

シム少佐が言った。

「ホントですか？　大丈夫なんでしょうか？」

デブデブ130が振り向いて訊いた。

「どこで噛まれたんですか？」

「コリオ村ですよ、もちろん」

「脱出したゾンビにやられたようですね。かなり時間が経ってるはずなのに、ウイルスが体内に回っていない。不思議ですね」

「遅延剤を打ったからじゃないかな」

「遅延剤？　それはどこで手に入れられたんですか？」

シム少佐の目つきが鋭くなった。

「そんなこと、どうでもいいでしょう。検査を続けてくださいよ」

僕が割り込んだ。シム少佐は傷口の肉をピンセットでつまんでめくり上げた。デブデブ130が、うーん、とうめく。シム少佐が別のピンセットで反対側の肉をいじりまわした。デブデブ130は、さっきより心もち大きくうめいた。シム少佐は首を伸ばして傷を覗き込んだ。

「大丈夫そうです。アレルギー検査の結果に異常がなければ、すぐにワクチンを注射します」

シム少佐は、デブデブ130の首からほどいた包帯をきれいに畳んでデスクの上に置いた。すべての動作に無駄がない。合理的で乱れのない、文句のつけどころのない動きだった。

「ジフンさん、ここって、こんな本もある」

デブデブ130がデスクの上にあった本を掲げてみせた。表紙には、赤字で大きく『ゾンビサバイバルガイド』というタイトルが掲げられていた。

「ジフンさん、これ、僕らの必読書だよ。さてさて、どんなことが載ってるかな？　じゃーん！　ゾンビの攻撃から生き残る十の方法。知りたいでしょ？　八つめは、僕らも知ってる方法だな。休みなく動け、姿勢は低く、静かに、警戒を怠るな。これは確かにその通りだね。僕、じっと立っててやられたもんね。でもこれ、ゾンビに遭遇したことない奴が書いたんじゃないかな。きっとそうだよ。ねえねえ、こういう本はさ、実際に噛まれたことある人間が書くべきだよねえ？　僕みたいなさ」

「うちに帰ったら、書いてみればいいじゃんか」

「でもさあ、こんな本がもう出ちゃってるんだもんね。二番煎じにしかならないよ」

「タイトルをさ、こうつけるんだよ。ゾンビに噛まれた経験者によるゾンビサバイバルガイド」

「そんなん誰が買うっての？　ゾンビに遭遇しても、一度も噛まれたことがないって人が書いたんならともかく」

「そうかあ？」

「ジフンさんが書いてごらんよ」

僕らの話を聞いていたチャン将軍が顔をしかめた。デブデブ130の言葉を最後に、研究室は静寂に包まれた。まるで停止した画面を見るようだった。チャン将軍は動かず、僕とホン・イアンも焦点のぼやけた目で虚空をぼんやり眺めていた。シム少佐はデスクの向こう側から、ぼんやり立っている僕ら三人を見つめていた。他の研究員たちは、研究室の一方の隅に集まり、テレビ番組でも見るように僕らを観賞している。僕らの表情は、作戦タイム中のバスケ選手の表情を連想させたことだろう。デブデブ130がページをめくる音だけが、研究室の中の空気を大きく震わせる。本の中に僕らが吸い込まれていきそうだ。デブデブ130がページをめくるたびに、全員が別の場所、新しい状況の中に移動するかのようだった。本が閉じられたら、今ここにあるすべてが消えてしまいそうな気がした。デブデブ130は、口もきかずに夢中で本を読んでいた。ページは次から次へとめくられていく。読んでいる内容についてうるさくしゃべりまくるかと思ったのに、何も言わない。それは、歴史図書館にいるときのデブデブ130だった。そこでのデブデブ130は、ふだんとは別人だった。図書館で本を読み始めると、ヤツの目つきは一瞬にして変わった。本の中に深く入り込み、ハイスピードで読み進む。ページをめくる動作も、さすが専門家だった。人差し指で本の右上端にスッと触れるだけで、ページは軽やかにめくれた。できるだけ読書の跡を本に残さないようにしているようにも見えた。たくさんの人たちに読まれる図書館の蔵書だったからかもしれない。ページを繰る音は、雨音のような規則性で空間を掌握した。人々は今や、その音を鑑賞していた。時間が経つにつれ、ページをめくるスピードがアップした。読書のスピードに加速度がついているのか、それともそろそろ飽きてきたのか。

「はあ。読んじゃった」

デブデブ130は本を置いて伸びをした。

「何よ、もう全部読んだの?」

ホン・イアンが言った。

「本読むのにかけては自信あるもん。あんま面白くなかったな。実用的でもないし」

「実用的って……。経済とか経営の本でもあるまいし」

「実用書とも言えるじゃない、僕らにとってはさ。見て。第一章のゾンビの特性。ここはカンペキ使えるよ。ほかに……」

ピーピーという機械音がデブデブ130の言葉を遮った。体を研究所に置き去りにして、どこか遠くをさまよっていた僕らの心は、その音を聞いて研究所に戻ってきた。検査の結果が出たようだ。

「異常なしですね。ワクチンを注射します」

シム少佐がアンプルに入った液体を注射器に移した。そしてデブデブ130の袖をまくり、血管を探って針を刺した。デブデブ130がまたもや顔をしかめる。全員がデブデブ130を凝視していた。どんな変化が現れるのか、見守っていた。デブデブ130は口を尖らせて、肩を一度すくめてみせた。体には何の変化も起こらないようだった。ある意味、当然とも言えた。ゾンビに噛まれた後も、ヤツにはこれといった変化は見られなかったのだ。ゾンビに噛まれたのだから、じきにゾンビに変わるんだろうとみんなが思っただけで。噛まれたところから血が出はしたが、人に噛まれたって血は出る。傷口がかゆいとは言っていたけれど、ほかにこれといった変化はなかった。ともかくワクチンを打ったのだから、もう心配しなくてもよさそうだ。

「ねえねえ、なんにも感じないの、あんた？　例えばさ、さっきまでは人に噛みつきたくてしょうがなかったけど、そんなことなくなったとかさ……」

ホン・イアンが笑いながら言った。

「あのねえ、姐さん。僕はね、ゾンビになっちゃってたんじゃないんだよ。おんなじだって。何の変化もナシ。これ、ほんとにワクチンですよねえ？　映画なんかだと、ワクチン打ったとたんにパックり開いた傷がスーッと消えて、ぼーっとした目に焦点が戻ったりしてたけど……」

デブデブ130は、うなじの傷を手で探った。傷もそのままだった。

「それは映画の話だろ。大丈夫だって」

僕はデブデブ130の背中をぽんぽんと叩いて励ました。さて、これからどうしよう。頭が忙《せわ》しなく回り始めたが、ただ回っているだけだった。チャン将軍の言った通りだ。僕の計画はこうだった。まず、ワクチンを取ってくる。取ってくる代わりに、僕らがワクチンのある所に来た。次に、ワクチンを打って、デブデブ130のゾンビ化を止める。ここまでは成功だ。そしたら、チャン将軍の縄は解かずに悠々と基地から脱出する。不可能だ。遠くへ逃げる。絶対不可能。なら、チャン将軍を人質にとって脱出する。これは可能だ。遠くへ逃げる。こいつは自信がない。世界の果てまで逃げる。これも自信がない。どうにも計画通りにはいきそうもない。

「さあて、ついにこれをほどくときが来たようだな」

チャン将軍が後ろ手に縛られた手を持ち上げて、僕のほうへ向けた。ほどくわけにはいかなかった。差し当たっては、チャン将軍を連れて、行けるところまで行ってみるしかない。

「まだ駄目です。デブデブ130がゾンビにならないってことがはっきりするまでは、ほどいてあげるわけにはいきませんね」

「どうやったらそれがわかるというのだ？　ゾンビに嚙まれたときだって、これといった症状はなかったじゃないか。シム少佐が言ったろう？　もう大丈夫だと」

「わかりませんよ。おかしなワクチンを注射したのかも」

「今になって何を言っとる？」

「ともかく、デブデブ１３０がほんとに大丈夫だってことがはっきりするその時まで、お付き合いいただきます。その後は、すぐお帰りになって結構ですから」

「この嘘つきめが」

「なんとでも」

「まだまだ甘いな、君は。こんな縄ごときで人を縛れると思っとるのか？　人をピクリとも身動きできなくさせるもの。何だと思う？　それはな、目だ。眼光。君の目はずっと揺れっぱなしだ。そんなザマじゃ、人を思い通りにはできんぞ」

「ご忠告痛み入ります。もうおしゃべりは充分じゃないですか？」

　僕は研究所のドアを開け、外を見渡した。辺りはひっそりしている。森の中にいるせいか、周囲からは物音がほとんど聞こえてこなかった。鳥の声や、何かが風に揺らぐ音が、時折聞こえてくるだけだ。美しい静寂だった。こんな美しいところに軍の基地があるというのが不愉快に感じられるほどに。

「さあ、戻るとするか」

19

もしも僕らが夕刻を待たなかったら、どうなっていただろう。時折自分に問いかけてみる。完全に日が暮れるのなんか待たないで、すぐさま車に乗り込んで基地を脱け出し、光速でコリオ村を走り抜け、世界の果てまで車を飛ばしていたとしたら……。まず、それは可能だったろうか。チャン将軍は、結局僕らを探し出したろうか。そして僕の頬を張り飛ばし、ついには殺してしまっただろうか。

そんな想像は意味がない。選択された瞬間が集まって時間となり、そんな時間が集まって歴史となる。その瞬間の選択が変われば、たくさんのことが変わる。すでに起こってしまったことが起こらなかったかもしれないし、起こらなくてもいいことが起こる可能性もある。一つの選択の違いは、その選択だけにとどまらず、その上に築き上げられる数えきれないほどの歴史の変化につながってゆく。それらをすべて想像することなど、僕にはとうていムリだ。

僕らは日が沈むのを待った。デブデブ１３０の提案だった。理由は、それなりに一理あった。ゾンビたちは皆、夜になると動き始める。よって、万が一ゾンビウイルスが体内に残っていたら、日が沈んだ後になんらかの変化が起こるのではないか。陽はすでにかなり傾いていた。太陽を見るのにさほど上向かなくてもいいぐらいに。僕らはヤツの提案を受け入れた。あと三十分ぐらい待てばよさそうだ。

「縛ったほうがいいんじゃない？」

デブデブ130が訊いてきた。

「何を」

僕が訊き返した。

「僕をだよ。縛っといたほうがいいんじゃないかな。もし僕がジフンさんのこと噛んだりしたらどうすんの。そんなこと、したくはないけどさ………」

「大丈夫だって。心配ないさ」

「ねえジフンさん、もし僕がゾンビになっちゃったらさ、ジフンさんの手にかかりたい。いいよね？」

「何言ってんだ、誰が殺すかよ。車のトランクに詰めて連れ歩いてさ、見世物にして稼いでやる」

「いくら取るつもり？」

「千ウォンぐらいかな？」

「それ、安いよお。命を危険にさらして連れ歩くってのに。最低一万ウォンは取らなきゃあ」

「口に猿ぐつわ噛ませときゃ大丈夫だろ。たいして危ないことないさ」

「そんなことまで考えてんだ。なんか本気っぽいんだけど？」

「本気さ。儲かりそうだと思わないか？」

「でもさ、そんときの僕って笑えるだろな。ただでさえデブなのにさ、皮膚はベロンてめくれて目ん玉はない、おまけに口には猿ぐつわ……」

デブデブ130は下を向いた。その姿を想像しているようだった。僕らの話を聞いていたホン・イアンが大声で言った。

「まーた大げさなこと言ってる。あんたは大丈夫！　しょうもない想像するんじゃないわよ」

僕らは椅子に座って夕焼けを眺めた。小さな窓が赤く染まっている。チャン将軍とシム少佐、それから研究員たちも一緒に夕焼けを見ていた。この研究室から夕焼けなんか初めて見た、というような表情だ。窓には黒いカーテンがかかっていたが、ふだんは開けることがないのだろう。あまりにも圧倒的な夕焼けに、皆言葉を失っていた。壁かけ時計が時を告げた。午後六時だった。

「ジフンさん、傷がすごくかゆい」

デブデブ１３０は傷を掻こうとした。

「やめろって！」

僕は制止した。シム少佐いわく、傷がかゆいのは、ワクチンが効いている証拠なのだそうだ。その言葉を信じるべきか否か……。傷口を覗き込んでみた。特に変わったところはない。

「それはそうと、ケゲルのオッサンてば、どこ行っちゃったんでしょ」

ホン・イアンが言った。軍人たちが押し寄せてこないところをみると、僕らを裏切るような真似はしなかったようだ。

研究室の中に音楽が流れ込んできた。

「何です、これは？」

「基地内放送さ。一日の業務の終わりを知らせる音楽だよ。六時になったからな」

チャン将軍が答えた。

ロックンロールだった。森の中にスピーカーが取り付けられているのか、音はあちこちに散らばり、漂っている。知っている歌のようでもあったが、よく聞き取れなかった。無数のスピーカーから流れ出ているようだ。

闇はだんだん深さを増していた。わずか数分の間に視界が狭くなった。見つめているうちにも闇が濃くなってゆくようだ。十分後には、さらにたくさんの闇の粒子が空間を埋め尽くし、もはや三メートル先までしか見えなくなった。山が近いからか、夜の帳《とばり》が下りるのが速い。デブデブ130は、時間が経つにつれて回復していった。汗も止まり、顔色も良くなった。ゾンビに噛まれたなんて信じられないほど、生き生きとした姿だった。

六時半になった。僕らは出発することにした。とりあえず、基地から出る必要がある。チャン将軍を人質にとっておけば、どこであろうと通過できるだろう。僕らはシム少佐と研究員たちを小さな部屋に押し込め、ドアに鍵をかけた。その部屋はガラス張りになっていて外から丸見えだったが、鉄製のデスクが一つ置かれているほかは、なんにもなかった。まるで動物園のサルを見ているみたいだった。シム少佐はスチールのデスクに腰かけ、ほかの研究員たちはそれぞれ部屋の四隅に散っている。力なく座っている彼らを見て、すまない気持ちが一瞬心をかすめたけれど、どうすることもできなかった。

研究所の明かりのおかげで車はすぐに見つかった。巨大な森の中、研究所の明かりは小さなランプのようにほのかに光っていた。百メートルぐらい車を走らせると、明かりは消えた。ルームミラーの中にその輝きを見つけることはもはやできなかった。あまりにも深い周囲の闇が研究所の明かりを吸い込んでしまうのか。夜だったら見つけるのは難しいかもしれない。僕はヘッドライトが照らし出すちっぽけな空間だけを見つめ、ひたすら道を急いだ。スピーカーから流れ出る音が窓を揺らす。鼓膜の震えによって人が音楽を感じるように、車の窓が、体を震わせながら音楽を感じているかのようだった。水の中で聴く音楽みたいなくぐもった音が車の中に入りこんでくる。僕は運転席の窓を少し開けた。隙間から冷たい風と音楽が同時に流れ込んできた。

「姐さん、あれ何だろう?」

後部座席のデブデブ130が叫んだ。あまりの大声に、僕の頭の後ろがじいんと痺れた。

「どれ?」

ルームミラーの中で、デブデブ130が見つめている闇に向かってホン・イアンが目を凝らした。

「あそこんとこさ、何かいるみたいじゃない?」

デブデブ130が窓の外を指差した。ヤツの腕がホン・イアンの視界をふさいでいる。

「なんにも見えないけど?」

「あそこだよう、鉄条網のとこ」

「鉄条網しか見えないけど?」

「鉄条網に、なんか引っ付いてるみたく見えない?」

「暗くってなんにも見えないわ」

ホン・イアンが窓を開けた。

「姐さん、窓開けちゃダメだって。なんかヘンなもんが飛び込んできたらどうするんだよう」

「大げさねえ、もう」

窓から冷たい風がどっと押し入ってきた。音楽のヴォリュームもアップした。ホン・イアンが窓から顔を突き出す。真っ黒い闇がホン・イアンをガブリとくわえ込み、さらっていってしまいそうだ。

運転席から見ると、顔が消えてしまったようにも見える。ホン・イアンは手を伸ばして、すり抜けてゆく風をつかまえようとした。

「うわ、涼し。公園だからかな、すんごくいい空気」

「姐さん、あそこ！　なんかいるみたいだってば」

目の前を何かがスッと過《よぎ》った。僕は急いでブレーキを踏んだ。四人の体が一斉に前にのめる。デブデブ130が小さく悲鳴をあげた。一瞬のことだったのでよくは見えなかったけれど、たぶん鳥だろう。あんなスピードで目の前を横切ることができるものといったら、鳥ぐらいのはずだ。

「ちょっと見て、ここんとこ。血、出てる？」

ホン・イアンがデブデブ130に向かって額を突き出した。血が滲んでいる。おそらく窓枠にぶつけたのだろう。血が噴き出さないところを見ると、深い傷ではなさそうだ。デブデブ130がティッシュを出して、ホン・イアンの傷を押さえてやった。血の臭いが前の席まで漂ってくる。どうも鼻が妙に鋭くなっているようだ。

デブデブ130はホン・イアンの額を押さえながら、もう一方の手では拳銃を固く握り、前の席のチャン将軍に向けていた。

「しっかり運転してくれよ。そんなことじゃ、無事に脱出できるか怪しいもんだな。どれ、私が手伝ってやろう。この縄をほどいてくれるかな。代わりに運転してあげよう」

チャン将軍が笑いながら言った。

音楽の合間につぶやき声のような音が聞こえた。遥か遠くでたくさんの人が騒ぎ立てているみたいな。それとも風の音だったのか。僕は車のドアを開け、外に出た。

「ジフンさん、どこ行くのさ。早く帰ろうったら」

僕は鉄条網のほうへ向かった。あんまり暗いので、ゆっくりとしか歩けない。僕はゾンビのように両腕を前に付きだし、一歩一歩ゆっくりと進んだ。鉄条網までどれぐらい離れているのかわからなかった。前に進むにつれて音楽が大きくなり、つぶやきも近づいてきた。何も見えない。鉄条網のところにたどり着けば、まず手に触れるはずだ。歩いていくうちに、回れ右をして戻りたくなった。いったい何が現れるのかと思うと、身が竦んだ。音がだんだん近づいてくる。ふにゃり。何かが僕の手に触れた。鉄条網の冷たい感触ではない。人間の肌と似たような感触だ。僕は立ち止まった。何かが僕の前にいた。近くで動物の鳴き声みたいな音がした。僕はじりっじりっと後ずさり、堪《こら》えきれなくなって車に駆け戻った。

「どうしたの？　なんかいるの？」

車に飛び乗った僕は、左に九十度、ハンドルを切った。

「ジフンさんてば、どうしたのよ？」

僕は車を停め、ヘッドライトで上の方を照らした。鉄条網が光った。鉄条網のわずかな隙間から、たくさんの腕が突き出ていた。

「あれ……あれ、何？」

ホン・イアンとデブデブ130が同時に叫んだ。光を浴びたゾンビたちが喚きたてた。奴らが首を振り立て、腕をバタバタさせるせいで鉄条網が揺れ、音楽に合わせてリズムでも取るかのようにギシギシキイキイ音を立てた。僕はハンドルを右に切ってみた。たくさんのゾンビが隙間もなくびっしりと鉄条網に張り付いている。憧れのスターをひと目見ようとするアイドルグループの追っかけのように、一度でいいから彼らに触れてみたいと思い詰める熱烈なファンのように、ゾンビたちはずらりと並び、腕を振りまくっていた。彼らの動きはヘッドライトに照らされると激しくなり、声も大きくなった。ゾンビたちは光に反応していた。喜んでいるのか嫌がっているのかわからないが。僕はヘッドライトをハイビームにして鉄条網を照らしながら、ゆっくり車を走らせた。

「いったいどれだけいるのよ？　とても数えきれない」

ホン・イアンは唖然としていた。

「さあて、そろそろパーティーの時間かな」

チャン将軍が言った。

「パーティーですって？」

「言ったろう？　パーティーが始まると、隠れていた招待客がゾロゾロ這い出してくるとな」

「ゾンビがなんのパーティーをするって言うんです？」

「いいから見てろ。ファンタスティックな花火ショーが見られるから」

チャン将軍がそう言ったとたん、音楽が止んだ。八時きっかりだった。音楽が聞こえなくなると、ゾンビたちのブツブツ言う声が、あちこちから聞こえてきた。カエルの声みたいだ。周りじゅうから聞こえてくるので、どこにいるやら見当がつかない。というか、見当をつけるまでもない。ゾンビたちは、鉄条網いちめんにびっしりと張り付いていたのだから。

音楽が流れていたスピーカーから、今度はサイレンが鳴りだした。永遠に鳴り終らなさそうな、長たらしく面白味のないサイレンだった。そのサイレンが止まった。

「ダーン」

銃声が響く。すると、それが合図だったかのように、あちこちで銃声が上がった。にわか雨が降り出したのかと思った。僕らは怯えた顔を見合わせて、体を震わせた。

照明を浴びていたゾンビの一人が頭に銃弾を受けた。頭が潰れ、欠片が四方に飛び散る。頭部を失ったゾンビは腕をバタバタさせていたが、やがてふるふると体を震わせ始めた。人が死ぬときと何ら変わるところがない。そしてついに、ぐしゃりと地面に倒れた。最後まで握りしめていた糸から手を放したかのように。続いて、その隣にいたゾンビが頭を撃たれた。前の奴みたいに頭が丸ごと吹き飛びはしなかったが、右目のあったところにボコリと大きな穴があいた。奴は倒れなかった。弾がもう一発飛んできて、ゾンビの頭は今度こそきれいに吹き飛んだ。そのゾンビも、金網の隙間から突き出していた腕をバタバタさせた。あがくゾンビの二本の腕を見ながら、僕は魚を思い出していた。まな板に押さえ付け、頭に包丁を打ち下ろそうとしたとき、死に物狂いでもがいていた魚の力を。それからしばらくは、そのときの感触を拭い去ることができなかった。しきりと身を捩《よじ》っては、なんとかして跳ね上がろうとしていた魚の必死の思いが手のひらに残っていた。ありったけの力で魚を押さえ込みながら、僕は心の中で詫びていた。魚より力が強いということが、時を移さず分厚い包丁をその頭に打ち下ろさざるを得ないことが、申し訳なくて。

三番めのゾンビの頭は、もっと惨たらしく破壊された。弾が命中した瞬間、粉々になったのだ。きらきら輝く小さな破片が四方に散った。まるで花火だ。

「今のを見たか？　ゴージャスだろう？」

チャン将軍が言った。僕らは言葉もなかった。ホン・イアンは嘔吐した。ゾンビたちの頭は、順々に砕けていった。誰かが遠くのほうで、ゾンビの群れを見ながら発射ボタンを押しているんじゃないかと思えるほどの正確さだ。ゾンビたちの頭は順繰りに粉々になり、頭が砕けたゾンビは倒れてジタバタとあがいた。ドミノゲームを見るようだった。僕は、車のエンジンをかけた。とにかく早く、ここを立ち去りたかった。もう銃声は聞こえてこなかったけれど、いまだ木霊《こだま》のように耳に残っていた。

「今のが何だかわかるか？　スマートブリットというものだ。いわば無線信号で動く弾丸さ。一度標的を認識したらな、どこまででも追いかけて破壊しちまうのさ。私と似てると思わないか？　私もね、一度定めた標的はとことん追いかける性格なんだな」

「なぜゾンビを殺すんです？」

「何を言っとる。ゾンビをなぜ殺すのかだと？　おいおい、しっかりしてくれよ、あれは生き物じゃないだろう？」

「だからって、ああやって殺してもいいって言うんですか？」

「前に私が言ったろう？　殺すんじゃなくて、処理するんだと」

「つくづく残酷な人ですね」

「なんだと？　残酷？　いま残酷と言ったのか？　教えてやろう。何が本当に残酷なことなのか。それはな、何の過ちもない人間が命を落とすことだ。戦争が起こったとき、民間人の死傷者が全死傷者の何パーセントを占めると思う？　軍人よりも多いんだぞ。爆弾が落ちて、一つの都市が全滅することだってある。何が起こったのかもわからないまま……飯を食ってるときに、眠ってる間に。スマートブリットが実用化されれば、本当に死ぬべき奴らだけあの世に送ることができる。善良な市民は生き残り、悪い奴はお陀仏ってわけさ」

「どういう人が善良で、どんな人が悪いのか、その基準は何なんです？」

「いい質問だ。例を挙げてやろう。私は善良で、君は悪い。私は何も悪いことをしていないのに、君に引きずり回されている。君は何の過ちも犯していない私を殴り、人質にとっているんだからな。私の言ってる意味がわかるだろう？」

「常に望ましい目的のために使われるって保証はあるんですか？」

「ふん、教科書通りの質問だな。銃を使うのが罪だと？　今じゃ子どもだってそんな陳腐なことは言わんよ。そこらにいる子どもらに訊いてみろ。頭におもちゃのピストルを突きつけられるのがオチだろうさ」

僕はまたブレーキを踏んだ。入ってくるときにはなかった巨大な移動式鉄条網が現れた。コリオ村が閉鎖されたときに設置されていたものだった。

「ちっくしょう」

「ジフンさん、何あれ？　さっきはなかったよね」

「うーん、どうしたら……」

「ジフンさん、強行突破よ。車で突っ込めば、破れるかもしれないわ」

「みんな降りて。俺がやってみるから」

僕は車のドアのロックを外した。

「私が一つ、忠告してやろうか」

チャン将軍が鉄条網に目をやりながら笑った。

「この車じゃあ、あれを破ることはできん。私が保証する。それにな、あそこには高圧電流が流れてる。軽く手を触れただけでもバーベキューになっちまうさ。お望みなら、いっぺん試してみるといい。

この車をオープンにしたけりゃな」

どうにかして基地の外へ出たかった。早く事を終えてしまいたかった。でも、打つ手がない。車のエンジン音がひときわ大きく響いた。僕らが言うべき言葉を代弁してくれているかのように。

クルン、クルン……。

エンジンの音は、動物の鳴き声に似ていた。

「私が最後の提案をしよう。よく考えた上で答えたまえ。考えてみれば、君らはそれほど悪さはしていない。私の頭を少しばかり傷つけたのと、研究所の職員たちを怖がらせたこと。まあそんなところだろう。ああ、ワクチンを一つ盗んだってのもあったな。ともかく……全部なかったことにしてやろう。今すぐ私を解放すればな。私を信じるんだ。こんなチャンスはめったにないぞ。君らがここから脱出できる唯一の道。それはな、私を通じて出てゆく道なのだ。ほかはどれも、茨の道や高圧電流の流れる道さ。さあ、どうする？　私の最後の提案を呑むか？」

クルン、クルン……。

エンジン音が答えた。口を開く者はなかった。ルームミラーにホン・イアンとデブデブ130の顔が映っていた。窺うように僕を見ている。二人の表情は、僕に決断を委ねていた。チャン将軍の言うことは、確かに一理あった。僕らはそれほど悪いことをしたわけではない。

チャン将軍は、正面に立ちふさがる巨大な鉄条網を見つめていた。僕はチャン将軍のほうは見ずに、前を見つめたままで言った。

「わかりました」

「何だと？　よく聞こえんぞ」

「わかりましたよ。あなたを解放します」

「なら、まず銃から渡してもらおうか」

銃をぎゅっと握ったデブデブ１３０が、ルームミラー越しに僕の顔を見た。

20

ホン・ヘジョンの墓碑銘を決めるために、デブデブ130と一緒に墓碑銘について調べていたとき、「墓碑文学」というものの存在を知った。日本の俳句に似た短い詩でもって、人のイメージや人生を表現するものだ。墓碑作家たちはふだんは他の仕事をしていて、依頼が入ったときだけ創作に取り組むケースが多かった。まず依頼人が、自分の全生涯を要約した資料を墓碑作家に送る。墓碑作家は、その人生が気に入ると依頼人に会う。そして、そのときの印象から墓碑銘を創り出す。墓碑作家にとって、何を置いても必要な能力は、洞察力と表現力だ。多くの人は、自分の人生を描写するとき感傷に浸りがちになる。美化し、誇張し、削る。事実だけを述べるわけでも、真実だけを述べるわけでもない。墓碑作家は、その裏にあるものを見抜く力を持っていなくてはならない。ひと筋縄ではいかない仕事だ。

僕とデブデブ130も墓碑作家に会ったことがある。占い師を訪ねていくような気分だった。僕たちの未来を教えてくれるのが占いならば、これまでの人生を教えてくれるのが墓碑文学だ。僕らは各自、これまでの人生を綴って墓碑作家にメールで送っていた。墓碑作家のほうも、メールで料金を伝えてきた。高くはなかったが、まだ会ってもみないうちから値段を言ってくるというのがなんとなく引っかかった。でも、とりあえず会うことにした。ホン・ヘジョンのためだ。

墓碑作家は、僕らと顔を合わせても、これといった質問はしなかった。黒縁の眼鏡をかけたガリガリに痩せた男だったが、ほとんど口をきかず、大きなグラスに入ったアイスコーヒーばかり啜っていた。主にデブデブ130と僕が話をした。メールに全部書いておいたので、あまり話すこともなかったが。三十分ほど経ったとき、墓碑作家が紙を取り出して何やら書き付け、僕らに見せた。デブデブ130と僕の墓碑銘だった。

「本を愛した者、ここに眠る。年を経た本の表紙のように。文字は薄れ、金箔は剝がれて」

これは、デブデブ130の墓碑銘だった。

「人食い人種に捕まって食べられたら、彼らにはこう言ってもらいたい。チェ・ジフンを食った。チェ・ジフンは美味かった」

これが、僕の墓碑銘だった。

僕らは満足した。気の利いた詩だ。これならホン・ヘジョンの墓碑銘を頼んでも大丈夫だろうと判断した。僕らは墓碑作家に代金を支払い、彼は即座に立ち去った。そのときの僕らの墓碑銘が、別の人の墓碑銘をパクったものだという事実は一か月後に判明した。『名文墓碑』という本を見ていてわかったのだ。デブデブ130のものは印刷屋だったベンジャミン・フランクリンの墓碑銘と似ており、僕のはシュヴァイツァー博士の墓碑銘をパクったものだった。盗作だとわかったときも、腹は立たなかった。そんなことだろうと思った、というのが僕の、どうにも詩人には見えなかった、というのがデブデブ130の感想だった。そういった手口で金を稼ぐ墓碑作家が多いということも後になって知った。

「それでも、努力はしてるよね」

デブデブ130が言った。

「努力？　どんな？」

僕が訊き返した。

「ふさわしい墓碑銘を探し出す努力」

「どうせ適当に選ぶんじゃないのか？」

「でも、僕のって似合ってません？　『本を愛した者、ここに眠る。年を経た本の表紙のように』。僕にピッタリでしょ？」

「本好きな奴にはもれなくそう付けるんだろうよ。俺はこれといった特徴がないもんだから、おかしなのを寄越したろ。『チェ・ジフンは美味かった』。何なんだよ、これは」

「ジフンさんだって、それ気に入ってたじゃない」

「それはそうだけど、俺にピッタリとは言えないだろ？」

「そんなことないよ。ジフンさん、おいしそうだよ」

「おいおい、お前に言われると怖いよ。あっち行けよ」

「フフフ、ジフンさん、ちょっとこっち来てごらんよ」

詐欺師につけてもらった墓碑銘だったけれど、僕はそれが気に入っていた。電波チェック機を覗き込みながら車を走らせているとき、時折そのフレーズをつぶやいたりもした。チェ・ジフンを食った。チェ・ジフンは美味かった。そう口にしてみると、自分はまったくの役立たずというわけではないのかもしれない、という気になれた。もしも僕がゾンビたちに喰われるときがきたら、そのときは、ゾンビたちもそう言ってくれればいいと思った。チェ・ジフンを食った。チェ・ジフンは美味かった。

ゾンビたちは、なにも美味しそうだからといって僕を食べるわけではないだろうが、もしかして、この世のどこかに味にうるさいグルメのゾンビがいるかもしれない。そんなゾンビが舌鼓を打ちながら肉を食いちぎってくれたら、と僕は願った。

顔を水に浸けられているとき、そのフレーズが頭に浮かんだ。チェ・ジフンは美味かった。チェ・ジフンは美味かった……。水の中がこんなに苦しい所だとは思わなかった。鼻がつーんとし、目が痛んだ。痛さのあまり、目玉がこぼれ落ちそうだった。目を開けてみると、目の前には何もなく、ますます気が遠くなった。目に入ってくるのは白い浮遊物だけだった。あれって、プランクトンなのかな……。僕は思った。水の上に頭を出したかったけれど、尋常でない力に阻まれていた。息ができない。鼻に水が入ってきた。僕は暴れた。僕の手でまな板に押さえ付けられて、頭を切り落とされようとしていた魚のように、じたばたと。肩を揺すり、腕をバタバタさせて。でも、僕を押さえ付ける力にはとうてい敵わなかった。水の中で目をかっと見開いて、僕は頭の中で唱えていた。チェ・ジフンは美味かった……。いったいなんだってそんなフレーズが思い浮かんだのかはわからない。でも、そのフレーズは、今にも頽《くずお》れそうだった僕の心を支えてくれた。まるで呪文か何かのように。頭を水からつかみ出された瞬間、僕は、体のありとあらゆる穴から空気を取り込んだ。馬鹿力がまたもや僕の頭を水の中に押し込む。その手の主が誰なのか、確かめるヒマもなく、水の中に戻る前に、あと一回でもいいから息を吸おうと、全身に力を入れる。頭の中はほぼ真っ白だったが、それでも僕は考え続けた。そうしていないと気を失ってしまいそうだったのだ。チェ・ジフンは美味かった。だけど、こんなふうに延々と水に浸けられて、体がぶくぶくに膨れ上がってしまったとしたら、どうだろう。チェ・ジフンはそれでも美味いだろうか。

ぷはっ。

頭が水の外へ出たとき、目の前に白いタイルが見えた。目地の部分に水垢がたまっている。

ふううっ。

息を整えた後、再び水の中へ顔を突っ込まれたとき、白いタイルの水垢のことを考えた。鉄のタワシでガシガシこすり落としてやりたいと。できることなら、いつか。

ぷはっ。

頭を上げた。またもや水垢が目に入った。早くあいつを退治して、キレイな壁にしたい……。

ふううっ。

水の中で考えた。チェ・ジフンは美味かった。ほかのことはいっさい思い浮かばなかった。正気を保っていなければ。なんとしてでも……。水の中と外をいったい何度往復したろうか。ある瞬間を境にタイルが見えなくなった。僕は気を失った。

「おい、やり過ぎなんじゃないか？　ほどほどにしとけよ」

チャン将軍の声がした。僕はやっとのことで目を開けた。気を失ってから、どれぐらい時間が経ったんだろう。

「どうだ？　気がついたか？」

チャン将軍の問いかけに答えたかったが、口がきけなかった。背中が冷たい。タイルの床に寝かされているのに違いない。四方はすべてタイル張りだった。チャン将軍のシルエットが見えたが、表情はわからない。明かりが天井に取り付けられているためだ。電灯は、まるで後光のようにチャン将軍の頭の後ろで光っていた。僕は横たわったまま、瞬きを繰り返す。なんとかして正気に戻ったことを伝えたくて。

「水の中にぶち込むときは気をつけろと言ったろう。下手すると、頭が使い物にならなくなるかもしれんのだぞ。そうなったら最後、死んでも治らん。私の言ってることがわかるか？」

チャン将軍が誰かに向かって言っているのが聞こえたが、僕はそっちを向くことができなかった。茹であがって取り出され、そのまま料理人に忘れ去られてしまった水団よろしく、体がブクブクにふやけてしまったような気がした。水がたっぷり詰め込まれた風船になったようでもあった。

僕は横たわったまま、これまでの状況を思い起こした。デブデブ130がチャン将軍に銃を返し、僕らは研究所に戻った。チャン将軍がどこかに電話をかけた。研究室に閉じ込めておいた五人を解放すると、時を移さず軍人たちがやって来た。チャン将軍いわく、僕らの警護をしてくれるということだった。ドアに向かって歩き始めた僕は、チャン将軍に呼び止められた。ちょっと話がしたいので部屋に来るようにと言われ、部屋に足を踏み入れた瞬間、何者かに頭を殴られた。そこまでは思い出せた。

「話ができそうか？」

チャン将軍がひざまずいて、僕の顔に手を触れた。

「ええ」

「それは良かった。あいつがあんまり手加減しないものだから、どこか壊れちまったんじゃないかと心配したよ」

「大丈夫です」

「そうか。さっきよりはずっといい子になったようだな。口調にもトゲがなくなって……」

「ほかの……みんなは……どこにいるんですか？」

「心配ない。みんな家に帰した」

「じゃ、僕はなんでこうなってるんです？」

「どうしても、とうてい、不問に付すわけにいかないことが一つあったのさ。我慢しようかとも思ったさ。でもダメだった。あればかりは我慢がならなかったんだよ」

「何がですか？」

「君がゴルフクラブで私の頭を殴ったのはいい。それは暴力だ。暴力は理解できるし、許すこともできる。暴力に関しては私も志向するところだし、ある種の暴力は極めて有益だからな。けれどな、君は私の頬を打ったろう。あればかりはどうしても許せなかったというわけさ。あれは暴力じゃなかった。私の言っている意味がわかるな？　あれは単に私の頬を打ったのではない。私の階級章を、それから私のプライドを打ったのだ。それが何なのか、私は説明もできん。あんまり当惑してな。暴力ではなくて……何と言ったらいいか……愚弄とでも言うべきか。いや違う、そんな言葉ではとうてい足りん」

「すみませんでした」

「はっ、すまないだと？　いやいや謝ることはない。謝られたら私の立場がなくなるだろう」

「僕を殴ってください」

「そんな単純な問題じゃないんだな、これが」

「だったら？」

「私もまだ思案中だ。どうしたらいいのやらわからん。とりあえず、ちょっとお仕置きをしようと思ったんだが、そしたら無能な部下が君を半殺しにしちまったってわけだ」

「ほかのみんなはほんとに無事なんですか？」

「もちろんだ。言ったろう？　私はな、約束はきちんと守る性格なんだ。用がある人間は一人だけだからな」

　チャン将軍は、僕を床に転がしたまま出ていってしまった。僕は一人、浴室に残された。チャン将軍と話をしていた者は、気づかぬうちに出ていったのか、そもそも始めからいなかったのか。頭が混乱した。現実と幻がダブって見える。当然鍵がかかっているだろう。わかりきってはいたけれど、僕は浴室の鉄のドアを開けようと試みた。開くはずがない。僕は体を起こしてみた。骨が折れているところはなさそうだ。頭の後ろが疼き、大量に飲んだ水のせいで吐き気がしたが、あとは特に具合の悪いところはなかった。隅のほうに僕のキルティングジャンパーが放り出されていた。僕は濡れた服の上からそれを羽織った。

　浴室は広さ五メートル四方ほどだったが、一方の隅に浴槽がぽつんと置かれているだけで、ほかには何もなかった。入浴を用途とした浴槽ではない。お湯をためて入浴するには浅すぎる。明らかに拷問用だった。よく見ると、浴槽の高さも一定ではなかった。一方は高く、反対側は低めになっている。おそらく、頭をぶち込むのにちょうどよい角度を計算した上で作られたものだろう。

　窓もなかった。いま何時なのか見当がつかない。僕は左手を掲げてみた。そして、気づいた。手首に時計をしている。ふだん腕時計なんかしたことがなかったから、すっかり忘れていた。僕は時計の下のほうに付いているボタンを押した。何かあったら押すようにと、イ・ギョンムが言っていたボタン。……が、時計にはまったく変化がなかった。明かりが灯りもしなければ、どこかに信号を送っている気配もない。時計は九時を指していた。きちんと合っているならば、今は午後九時ということになる。でも、水の中を出たり入ったりしているうちに壊れてしまった可能性もある。

何もすることがなかったので、タイルの目地の部分にたまった水垢を爪で掻き出そうと試みた。なかなかうまくいかなかった。水垢は、狭いへこみの中で生きていた。さも居心地よさそうに。閉じ込められて、水垢なんぞに挑んでいる自分……。我ながら情けなかった。

濡れたTシャツを着たままだったせいで、時間が経つにつれて体が震えてきた。僕は濡れたTシャツを脱ぎ、キルティングジャンパーをじかに着た。素肌に触れるジャンパーの冷たい質感に瞬間鳥肌が立ったが、濡れた服を脱いでしまうと体が暖まってきて、考え事もはかどるようになった。僕は浴室を隅々まで観察した。ほとんど異常なくらいにモノがない。部屋のぐるりに浅い排水路、電灯、そして浴槽。それだけだった。灰色の天井はおそろしく高く、天井ではなくて、暗雲立ち込める空のようだ。時計は九時三十分を指していた。ほんとうだろうか。どうにも信じられなかった。

僕は、「あー」と声を出してみた。木霊《こだま》が返ってきた。咳払いをしてみた。周囲の壁が僕の真似をして咳払いをした。僕は浴槽とは反対側の壁にもたれて、浴室の中を眺めまわした。一時間も眺めていれば、気が触れてしまいそうな壁だった。浴室は、控室を連想させた。そこで何かを待つための。例えば、ほんとに真面目に生きてきたのに、たった一度の過ちで地獄行きが決まった男。地獄行きの鈍行列車の番号札を受け取って、自らの犯した過ちを悔やんでも悔やみきれない思いを抱いて列車が来るのを待っている……。こんな情景が思い浮かぶような眺めだった。無味乾燥な、残忍そのものの風景。僕は膝の間に顔をうずめて目を閉じた。僕は今でも、浴室で過ごしたあの時間をありありと思い出すことができる。それも秒単位で。感じたこと、考えたこと……。一つ残らず記憶している。全身の感覚が少しずつ変わっていくのが感じられた。膝の間に顔をうずめたとき、手首に巻かれた時計の秒針の音が耳に入ってきた。チッ、チッ、チッ、チッ、チッ、チッ、チッ……。僕はもともと、そういう音を我慢できない質《たち》だ。なのにそのときは、その音のおかげで安心した。時間が進んでいるという事実に気持ちが楽になった。ここは人間の世界で、時間が流れていて、つまり、このすべてには終わりがある、ということに安堵した。終わりがあるということは、どんな形であれ、この状況が変わることを意味する。僕は時計の秒針の音を数えながら、変化の兆しをひたすら待った。そのとき、こちらに向かってくる誰かの足音が聞こえた。間違いなく秒針の音ではない。僕は目を閉じて、音が近づいてくるのを待った。待ち望んでいた変化の兆しだ。どうか望ましい方向への変化でありますように、と願いつつ、僕は足音に耳を澄ませた。

21

ドアが開いて、ケゲルの顔が覗いたとき、僕の頭の中を数万種類の考えがいちどきに過《よぎ》った。ケゲルに何と言ったらよいのかわからなかった。ケゲルはドアのところから、僕に手で合図した。ケゲルは何でもなさげに振る舞っていた。ずっと前から僕との約束があって、その約束に僕が遅れたとでもいうように。僕が声をかけようとすると、ケゲルは人差し指を立てて唇に当てた。僕はそっと立ち上がり、外に出た。尋ねたいことは山ほどあったけれど、ケゲルは僕に背を向け、ひたすら前へ前へと歩を進めた。僕は黙って彼の背中を追った。ケゲルの背中を初めて見た。彼が歩んできた人生が後ろ姿に滲み出ている。長年の運動で鍛えられた者の背中。そんな背中を追いかけながら、僕はまるで、知らない人を見ているような気分にとらわれた。

僕が閉じ込められていたのは、ある建物の地下室だった。部屋数はあまりなく、廊下が長い建物だった。ケゲルはしばしば歩みを止めた。風が吹いてくる方向を見極めるためらしい。突然Uターンしたり、ドアが開かなくて引き返したりを何度も繰り返した末に、ようやく僕らは一階に出ることができた。外は真っ暗だった。僕の後ろでドアが閉まると、周囲はすっかり闇に包まれた。後ろを振り返ってみる。ドアも見えなかった。ドアの隙間から漏れる微かな光が、目に見えるもののすべてだった。

「もう喋ってもいいぞ」

闇の中からケゲルの声が聞こえてきた。

「ここ、どこなんです？」

「地獄」

「僕が死んだっていうんですか？」

「いや。地獄にもいろいろある。ここはな、生きてる奴の地獄だ。ほら、これを持て」

懐中電灯だった。小型の割に明るい光を放っている。

「今どこに向かってるんですか？」

「とりあえずここから出る。とにかく早く抜け出そう」

「どこなんですか、ここは？」

「地獄だと言ったろう。いいから俺について来い。用心してな」

「用心ですって？　何に？」

「ゾンビどもさ」

ケゲルと僕は並んで歩いた。二つの懐中電灯の明かりも並んで動いた。ケゲルの様子は、ふだんとはまるで違っていた。いつものおしゃべりは影を潜めている。口数が減っただけでなく、口調も変わっていた。ケゲルに訊いてみたいことは山ほどあったけれど、今は足元に気を配るほうが大事だった。道はなかった。つまり、僕らが歩くところが道になるというわけだ。よって、一歩一歩に注意を払わざるを得なかった。歩くのに全神経を集中していたため、口を利くどころではなかった。僕はケゲルの横を歩いていたが、道幅が狭くなると後ろに下がり、広くなるとまた元の位置に戻った。歩くのに慣れてくると、様々な疑問がまた頭をもたげてきた。僕らは木々が隙間なく立ち並ぶ森を抜け、そこそこ広い丘を越えて進んでいった。

ケゲルがゾンビどもに気をつけろと言ったのは、ゾンビの攻撃に気をつけろという意味ではなかった。森の中の道で、僕らはゾンビたちにしばしば出くわした。彼らは動物のような低い鳴き声を発しながら、脇目も振らずに前に向かって歩いていた。闇の中で、両手を前に突き出して歩いてゆくゾンビを見かけるたびに胸がドキリとしたが、何事も起こらなかった。

「ゾンビを見つけたら、すぐに懐中電灯を消すんだ。奴らは明かりに敏感だからな。そうすれば向こうから襲ってきたりはせん」

ケゲルの言う通りだった。ゾンビたちは懐中電灯の明かりを見て一瞬歩みを止め、すぐにまた元のように歩き始めた。まさかディナーの約束なんかがあるわけでもなかろうし、特に行くあてがあるわけでもないだろうに、彼らは立ち止まることなく歩き続けていた。ゾンビたちは、森の中を意味もなく歩き回っていた。ケゲルは時折、何かをポケットから出して、方向を確認した。そして月を見上げてはまた歩き出した。どこに向かっているのか、あとどれぐらい歩かなければならないのかいっさいわからぬまま、僕はひたすら歩き続けた。闇の中で全身を緊張させて歩いていたからか、たちまち疲労が襲ってきた。足の裏が痛い。特に右の踵が。ひと足ごとに踵が靴に擦れて、少しずつ抉《えぐ》れていくような気がした。

「ちょっと休んでくか」

ありがたい提案だった。僕は小さな岩に腰かけた。靴を脱いで懐中電灯で照らしてみる。スニーカーの型崩れを防ぐためのプラスティックが、布を突き破って出ていた。それが踵に当たって痛かったのだ。

「ところで、さっきはびっくりしましたよ、突然いなくなられて。どこに行ってたんです？」

「……て言うより心配したんだろ。あの爺さんがちょこちょこ駆けてって、軍人どもを呼んでくるんじゃないかとさ」

「まあ……確かにね」

「みんな俺のことを軍人のイヌだと思っとる。チャン将軍のケツの穴舐めてる爺いだとな。どうだ？お前さんもだろ？」

「いえ、そんなこと」

「ウソ言え。そう思うのが当たり前だ。俺がお前さんでもそう思ったろうさ。だが、まあいいさ。どう思われようが、俺は気にせん」

「気にならないんですか？」

「だいたい、人の考えってのはな……」

ケゲルは口をつぐみ、前を指さした。じっと目を凝らすと、闇の中を何かが動いている。一人のゾンビが僕らの前を通り過ぎてゆくところだった。ゆっくりゆっくり、進んでいた。二本の腕を突き出し、テク、テクと。歩みはゆっくりだったけれど、足取りは軽そうだった。血液や水分なんかが体からすっかり抜けてしまっているからだろうか。ケゲルと僕は押し黙ってゾンビの動きを目で追い、彼が通り過ぎるのを待った。ゾンビは一歩一歩、慎重に歩を運んでいた。

緊張のあまりか、僕は手に持っていたスニーカーを取り落としてしまった。その上よりによって、踵のほうの硬い部分が岩にぶつかり、ごん、という音がしてしまった。スニーカーは、音を立てながら転がり落ちていった。ごん、ごん、ごん、ごん……。その音は大きくはなかったけれど、あたりの空気を震わせた。ゾンビが歩みを止め、ケゲルと僕を見た。瞳は暗くて見えなかったが、僕らをじっと見つめているように思えた。においを嗅ごうとしているのか、顔を上げて僕らのほうに体を捻《ひね》った。ゾンビはにおいを嗅ぐことができないはずだ。でも、僕は息もできなかった。口からにおいが漏れ出そうな気がして。そのとき、ケゲルの手が素早く動いた。ケゲルは石ころを拾い、体はまったく動かさずに手首のスナップを効かせて遠くへ投げた。石ころが木にぶつかる音がした。ゾンビが顔をそちらに向ける。彼はそのまま音のした方へ歩み去った。ゾンビの姿が視界から消えるのを見届けて、ケゲルが僕の背中を叩いた。僕の全身はガチガチに強張っていた。もしゾンビが僕に触れたとしても、墓碑か何かだと思ったことだろう。ケゲルに叩かれ、体からドッと力が抜けた。

「さっきのお話の続き、聞かせてくださいよ」

「うん？　なに、たいした話じゃないさ。それはそうと、雪が降ってきそうだぞ」

「どうしてわかるんです？」

「空がぐっと緊張しとるだろう」

　ケゲルが空を見上げた。彼の顔は悲しげだった。大切なものを失ってしまった人の表情だ。空は暗かった。闇の中、遠く見える山は、散髪をする時期がひと月以上過ぎ、伸びた毛がつんつんと出ているスポーツ刈りの運動選手の胸像みたいだった。懐中電灯の明かりを頼りに僕らはまた歩き始めた。それからどれほど歩いたかわからない。それでもまだ基地内のようだった。信じがたい広さだ。だんだんと寒さが増してきて、キルティングジャンパーの襟をいくらかきあわせても、冷たい風が肌を突き刺してくる。冷たいものが顔に触れた。雪だった。

「ほんとに降り始めましたね」

僕は空に手を差し伸べた。冷たい雪片が手のひらに舞い落ちてくる。ケゲルは空を見つめた。雪が降り始めてからケゲルの足取りは少し速くなった。付いてゆくのに息が切れてしまうほどだった。出し抜けにスピーカーからサイレンの音が流れ出て、辺りに響き渡った。長い長いサイレンだった。ケゲルの歩みがさらに速くなる。サイレンが止むと、またもやロックンロールが森じゅうに鳴り響き始めた。

「またもや始まり始まりだ」

「何がです?」

「ゾンビ狩りさ」

さらに少し歩いたところに、闇に沈む小さなコンクリートの建物が見えた。バンガローぐらいの小ぢんまりした大きさだったが、外壁が冷たいコンクリートだったこともあり、中が暖かそうには見えなかった。

「ちょっとここに入ってよう。雪からもゾンビからも避難してようや」

「僕は大丈夫ですよ。まだ歩けます」

「ゾンビどもはな、うるさい音楽に反応する。騒ぎ立ててた連中も、音楽が鳴り出したとたんに静かになるんだ。まったく不思議なことにな。物陰だの土の中だのに隠れてたのが這い出してきて、音のする方へと歩き出す。で、そのとたん、ズダダダダダダ! 頭が吹っ飛ぶって寸法だ。足がちぎれて、目玉も落ちて、そうやって二回目の死を迎えるってわけさ。ゾンビどもは今、まともな精神状態じゃない。まあ、もともと正気だったことなんざないがな」

森の中につくられたバンガローは、隠れ家としては手狭だった。入れるのはせいぜい四人ぐらいだろうか。四人が四隅に座って足を投げ出したら、八つの足がぶつかってしまいそうだ。室内には何もなかった。窓もない。隅っこに非常用電話機が一つ、ぽつんと置かれているだけだった。ケゲルと僕は一方の壁にもたれて座った。

「クソ野郎ども、夜だってのに音楽なんぞ流しやがって」

ケゲルは顔をしかめた。

「ふだんはないみたいですね？　こんなこと」

「お前さんのせいだろうよ」

「僕のせいですって？」

「なんとなく妙だと思ったんだ。お前さんを誰も見張ってなかったのがな。さあ逃げろと言わんばかりにドアを大きく開けてくれたってわけだ。逃げたところで、どうせゾンビどもと遭遇する羽目になるからな。森の中で音楽かけられて狂乱状態の奴らとさ」

「すみません」

「何が」

「僕のせいで、危険な目に遭わせちゃって」

「お前さんのせいじゃない。ところで煙草は吸うのか？」

「いいえ」

「俺は一服させてもらうぞ」

ケゲルはポケットから煙草とライターを取り出した。煙草に火をつける音がやけに大きく聞こえた。煙が出てゆくところがないので、ケゲルが吐き出した煙は僕がそっくり吸い込むことになる。こうなると、僕も煙草を吸いたくなった。十年間禁煙していたのだけれど。

「僕も一本もらえますか」

ひと口吸いこんだとたん、頭がくらくらした。目がツーンと痛み、頭がぼうっとしてくる。それでも、心と体の緊張がふうっと解けてゆくようだった。

「お前さんが申し訳ながることはない。みんな俺のせいなんだよ」

「何ですって？」

ケゲルは天井に向かって煙を吐いた。煙は空間に几帳面に積もっていった。

「俺が死なせてるんだ、あいつらをみんな」

「えっ？」

「表をウロウロしてるあの死体どもはな、みんな俺が連れてきたんだ。病院だの葬儀場なんかを回って、損傷が少なくて使えそうな死体を買ってくるのが俺の役目だったのさ。それがああしてゾンビになってるなんて……知らなかった……まったく」

「死体を……買う？」

「よくあることだ。若くて健康だった奴らの死体はな、使い道が多いんだ。交通事故かなんかでぐちゃぐちゃになったんでない限り、どこか一か所は使えるところがある。それにな、それだってある意味、悪いことじゃない。考えてもみろ。若い連中ってのはな、普通そうそう死ぬことはない。何かでかいトラブルを起こしたとか、何やかやで進退窮まったとか、誰かを殺して自分も命を絶ったとか……でなけりゃ脳ミソや心根が腐った奴らがくたばるんだよ。ああ、もう充分だ。やるべきことは全部やった。こう思って死ぬような奴なんぞ、ただの一人もいないさ。そんな奴らはな、死体になってから人の役に立つことをせにゃならん。臓器提供が一番だろうが、それがムリなら実験台にでもなって生きてるもんの役に立たにゃ。そうじゃないか？　それでこそ生まれてきた意味があるってもんだ」

「果たして本人がそれを望むでしょうかね？」

「もちろん望まんだろうさ。そんなことを望むような連中なら、そもそもそんなバカみたいな人生を送って愚かな死に方をしたりはせんだろうからな」

「バカな人生を送ろうが、賢い人生を送ろうが、人にはそれぞれの生き方ってものがあるでしょう」

「間違った生き方ってのもあるもんさ」

「なら、いっそ、おおっぴらに死体を売り買いしたらどうです？　広告も出して」

「そう意地の悪いこと言うなよ。世の中にはな、表に現れている部分は正直そのものなのに、底のほうが汚いってことがあるかと思えば、表面的にはむごたらしいが、底の方はキレイなこともあるものさ」

「適切な例じゃなさそうですね」

「俺はな、元来、一点も恥じるところのない人間だ。俺が集めた死体があんな身の毛もよだつゾンビにされてさえいなければな。死体を手に入れてやったことといい、コリオ村を作って人々を住まわせてやったことといい、胸に手を当てていくら考えてみても疾《やま》しいところなんかいっさいないんだ」

外から銃声らしき音が聞こえた。地面と壁が揺れた。音は遥か遠くのほうで鳴った。大邸宅のリビングのソファで、一キロぐらい離れた表門のノックの音を聞くような感じとでも言おうか。ゾンビたちを狙った銃声に違いない。

「チャン将軍によると、スマートブリットだか何だかを開発するために、ゾンビたちを撃つんだってことでしたけど」

「チャン将軍、あの野郎がまんまと俺を騙しやがったんだ。俺が集めてきた死体をゾンビにして、そのゾンビに銃弾を撃ち込むなんて、思ってもみなかった。残酷だ。俺だってそう思う。あいつらが死体だからって、死んでるからって、殺しちゃあいかん。もう一度殺すなんて、それは絶対しちゃあいかんことなんだ」

「お話を聞いてる限りでは、実験に使われようと、ゾンビになって銃で撃たれようと、たいして違いはないように思えますが……」

「大違いさ。死体が実験台として使われる時はな、人としての尊厳が守られる。これは死んだ人間だ。この人を使わせてもらって、別の人の命を助けるんだ。当然そう思うさ。だがな、ゾンビになっちまったら、その尊厳が失われっちまう。軍人たちがゾンビに銃を撃ち込むとき、人間に向かって撃ってるなんて思わない。木のきれっぱし撃ってるのとおんなじさ。木は動かないが、ゾンビは動く。それ以外にどんな違いがある？　なぜゾンビを作り続けるのかわかるか？　それはな、軍人たちの訓練のためだ。人間でもなく無生物でもないゾンビどもを標的にして、軍人たちに罪悪感を持たずに銃を撃つ練習をさせてるんだ。罪の意識を持たずに思うさま人を撃てるようにさ。もしも戦争が勃発して、あの軍人どもが戦いに出たとき、銃口を突きつけた相手のことを人間だと考えると思うか？　ゾンビだと思うだろうよ。今、その訓練をしてるんだよ」

「で、どうなさるおつもりなんです？」

「俺もわからん。前はイ・ギョンムやホン・ヘジョンと同じ考えだったが、今はわからん。俺はどうすりゃいいものか……」

「え？　イ・ギョンムとホン・ヘジョン？」

「その話は後だ。俺は今、ただでさえクタクタなんだ。あれこれ質問してこれ以上疲れさせせんでくれ」

　自分が馬鹿になった気がした。外では歴史を塗り変えるような大事件が持ち上がっているというのに、窓のない部屋で一人、たった今目覚めた、というような。世界のルールがすっかり変わったのに、ただ一人、かつてのルールに固執している人間になったようでもあった。世界のすべての人たちが皆、細い紐でつながっている。ただ一人、僕を除いて……。そんな気がした。ケゲルの話を聞いて、僕は少しの間、頭が痺れたようになって、まともに物が考えられなくなってしまった。煙草の煙がこもった狭い小屋を出て、風に当たりながら頭の中を整理したかったけれど、それもできない。

　壁も地面も揺れなくなり、銃声も聞こえなくなると、ケゲルは外に出た。音楽は止み、ぼたん雪が降りしきっていた。ひとひらが僕の瞳ほどもある雪が、空から果てしなく降り注いでいる。まるで、空から大地へと送り込まれる軍隊みたいだ。僕らの味方だったらいいのに。僕は思った。ケゲルはまた歩きだし、僕は彼に従った。辺りは依然として闇に包まれ、はっきりと見えるものは何一つなかったが、雪が降っていると思うと、それだけで少し気分が晴れた。

　ケゲルの後ろを歩いているうちに、いつの間にか基地の鉄条網を過ぎていた。マオ山の境界まで進む間、僕らは何度かゾンビを見た。銃で撃たれてすっかりぼろ布のようになったゾンビたちの死体の山の横を通ったし、動いているゾンビに出くわすこともあった。イ・ギョンムが言っていた通り、ゾンビたちは雪が大好きだった。雪をつかもうと一生懸命腕を振り回す姿が、まるで踊りでも踊っているみたいだった。雪をつかもうと腕をあちこち伸ばすのに夢中で、僕らが通り過ぎるのにも気づかず、周りのこともいっさい気にかけていなかった。ゾンビたちの表情は見えなかった。でも、おそらく笑っていたんじゃないだろうか。近くに行って、彼らの顔を覗き込んでみたかった。どんな表情を浮かべて雪を追いかけているのか、近くで見てみたかった。ケゲルの話を聞いてから、僕のゾンビたちを見る目は変わった。自分の意思とは関係なくこの世に呼び戻されて、あんなふうに生きているのが、もとい、あんなふうに動いているのが哀れだった。もしも誰かが死んだ僕をゾンビとして蘇らせたとしたら、そしてその後で、もういちど殺そうとしたら、僕はソイツの首筋に喰らいつき、骨を捩《ね》じって粉砕し、ハラワタを貪《むさぼ》り、生ゴミも残らないほど喰らって喰らって喰らいつくしてやるだろう。

マオ山の境界が近づいてきた。ケゲルは素早く、静かに動いた。彼が足を踏み出しても足音は聞こえず、風のような音だけが聞こえた。目をつぶって聞いていると、人が歩いているのではなくて、風が吹いているようだ。僕は彼の後に付いて歩きながら、彼の動作を真似してみたが、とてもムリだった。それは、長いこと同じ動作を繰り返してきた者にしかできない妙技と言えた。長いことケゲルをやっていると、目指すところに向かって滑るように進めるようになるのだとケゲルが説明してくれたのはずっと後のことだったが、そのときの、風の音とともに歩くケゲルの姿を見て、僕はコリオセンターでケゲルに興じていたケゲルの姿を思い浮かべた。

小さな明かりがぴかりと光った。ケゲルは腕で僕を制して立ち止まらせた。もう一度光った。次は円を描く。ケゲルはそちらに向かって歩きだした。赤い光は降りしきる雪の中を動いて、僕らを導いた。僕は頭に積もった雪を払い落としながら、ケゲルの後を一生懸命追いかけた。森の道はだんだん滑りやすくなってきていた。ケゲルは赤い光を追いかけ、僕はケゲルを追いかけた。かなり歩いたところに一台のバンが止まっていた。僕は車のナンバープレートを懐中電灯で照らしてみた。僕の車だ。嬉しかった。まるで別れた友に再会したみたいに。明かりを振って僕らを誘導してくれたのはイ・ギョンムだった。そしてバンの後部座席には……、二度と会えないと思っていた人が座っていた。ホン・ヘジョンの顔を見たとたん、僕は不覚にも涙をこぼしてしまった。

22

ホン・ヘジョンの胸に抱かれ、僕はひとしきり泣いた。このままだと体から水分がぜんぶ抜けて、干からびたゾンビになってしまいそうなほど、涙はとめどなく溢れてきた。死んだとばかり思っていたホン・ヘジョンに会えたのが嬉しかったこともあるが、ホン・ヘジョンに抱きしめられた瞬間、死んだ母のにおいと感触が甦ったからだった。僕が泣いている間、ホン・ヘジョンはずっと背中を撫でてくれていた。車の中は暖かかったが、体はしきりと震えた。瞼が重くなり、うっかりすると目が閉じてしまいそうだ。イ・ギョンムが車を運転し、ケゲルは助手席に座った。訊いてみたいことは山ほどあるのに口が動かない。隣に座ったホン・ヘジョンが僕に何か言ったが、耳に入ってこなかった。ごめんなさいね、と言ったようでもあり、仕方なかったのよ、と言ったようでもあった。ホン・ヘジョンのほうも、僕がどんな状態なのかを察して、それ以上何も言わなかった。僕は窓の外に目をやった。雪が降り続いていた。大きな雪片が窓ガラスに張り付き、ゆっくり解けていく。それを見ながら僕は眠りに落ちた。

僕は、十時間後に眠りから覚めた。僕が寝ていたのはホン・ヘジョンの家だった。ベッドの上で目を開けた後も、僕はかなりの間、状況が把握できなかった。この上なく基本的なクエスチョンばかりが頭に浮かんだ。ここはどこなのか。自分は誰なのか。なぜ自分はここにいるのか。僕は、一人で質疑応答をしながら、少しずつ現実へと戻ってきた。ベッドに横たわったまま自らに問いかけ、それに答える僕の耳に、人の話し声が聞こえてきた。ケゲルとホン・ヘジョンの声だった。話の内容まではわからなかったが、声の主は間違いなく彼らだった。子どもの頃、朝寝坊をして目を覚ました日曜の朝、台所から聞こえてくる母の声に、いつもほっとしたものだった。横になったままぼんやり天井を眺めている僕の耳に、母が食事の準備をする音が聞こえてくる。まな板を包丁で叩く音、冷蔵庫のドアを開け閉めする音、木製のしゃもじで鍋をかき混ぜる音……。兄がもう起きていて、母と二人、言葉を交わしていることもあった。そのときも話の内容は聞こえなかったが、それでも二人の声は僕を安心させてくれた。大丈夫、みんなここにいるよ。お母さんとお兄ちゃんがいるからなんの心配もないよ。お前にはなんにも怖いことは起こらない。私たちがお前を守ってあげるからね。今日はね、いつもと変わらない普通の日だよ……。僕はまた目を閉じた。夢の中で、兄と母に会いたかった。二人が囁き交わす声をまた聞いてみたかった。あの頃みたいに布団にくるまって。ケゲルとホン・ヘジョンの声が少し大きくなったかと思うと、もう一つの声が割り込んだ。ホン・イアンだった。僕はベッドから出て、ドアを開けた。ホン・ヘジョンとホン・イアン、ケゲル、イ・ギョンムがこちらを見た。

「起きたの？」

ホン・ヘジョンが車椅子の上から笑顔で言った。ホン・ヘジョンの笑顔を見て、タイムワープをしたような気分になった。ホン・ヘジョンは以前のように赤いミトンを手にはめている。それを見て、初めて会った日のホン・ヘジョンの言葉を思い出した。そのミトンをはめていると、片手がないということを忘れてしまうと言っていた……。

「お久しぶり」

ホン・イアンが照れくさそうに笑いながら挨拶した。久しぶり。僕もそう思った。一年ぐらい会っていないような気がした。

「イアンさん、いったい何がどうなったんです？　大丈夫なんですか？」

「ええ、何とかね。ジフンさんは大変だったでしょう」

「130は？」

ホン・イアンは答えない。

「130はどこです？」

僕は繰り返し訪ねた。

「まあ、とりあえずここに座れ。何か腹に入れるか？　それともあったかい茶はどうだ？」

ケゲルが僕を座らせた。気を遣ってくれている。何かあったんだ。僕は直感した。僕はいつもの席についた。デブデブ130の指定席にはホン・イアンが座っていた。雪は雨に変わっていて、雨粒が窓を叩いていた。そんな雨のひと滴が流れ星みたいにツツーッと窓ガラスを伝い、長い尾を引いた水玉になった……と思うが早いか、たちまちほかの雨の滴に呑み込まれてゆく。

「お茶は後でいただきます。それで、どうなったんです？」

「130は……研究所に」

ホン・イアンが小さな声で言った。

「みんな一緒だったんじゃないんですか？　イアンさん一人で戻ってきたってことですか？」

「ジフンさんがチャン将軍と話している間に、私たち、ほかの車に乗せられたんです。乗ったとたん麻酔薬を嗅がされて、気がついたらここにいたの」

「じゃ、早く130を連れ戻さなきゃ」

僕はさっと立ち上がった。

「すぐに帰してくれるそうよ」

ホン・ヘジョンが言った。

「チャン将軍。あいつの言葉を信じるんですか？」

僕は言い返した。

「ゾンビに噛まれた人はね、抗体ができるんだけど、そのサンプルを採取したいんですって。終わったらすぐ帰してくれるって。今はその言葉を信じるしかないでしょう」

ホン・イアンが言った。

「チャン将軍はね、おそらく130を人質に取ったのよ」

ホン・ヘジョンが言った。

「人質ですって？　なんで人質が要るんです？」

僕が尋ねた。

「私たちに秘密を知られてるからよ。暴露したら130がどうなるかわからないぞ、ってことでしょう」

「秘密なんて知らないことにすればいいじゃないですか」

「あちらもちゃんとわかってますよ。私たちが知ってるってことをね」

「知らなかったことにするって言えば……」

「ジフンさん、これはね、そんな単純な問題じゃないんですよ」

「単純じゃないって……何ですか、それ。130より大切なものなんてあるんですか？　今すぐ迎えにいってやらないと」

「気持ちはわかるわ。私だって、早く130の顔が見たくて堪《たま》らない。でもね、ジフンさんの言うように、私たちが何も知らなかったことにするって申し出たところで、130を返してもらえるかはわからない。チャン将軍は130をできる限り長く引き止めておこうとするでしょう。130を押さえられている限り、私たちが何もできないってこと、向こうはわかってますから。でも、だからって、130をどうこうしたりはできないはずですよ」

イ・ギョンムは押し黙り、ケゲルは重苦しい表情で座っていた。リビングの雰囲気は重たかった。あんまり重くて、羽根が一枚落ちてきただけで地下へと沈み込んでしまいそうだった。

「ゼロが死んだ」

ケゲルが宣言でもするかのように言った。僕だけでなく、その場にいた全員が驚いたようだった。皆ケゲルの次の言葉を待ったが、ケゲルは何も言わなかった。

「そんな……誰が死んだんですって？」

ホン・ヘジョンが口を開いた。

「さっき確認しましたよ、基地に出向いてね。チャン将軍の野郎、ゼロをゾンビにしやがった。そのくせ俺の前じゃ知らんふりしてとぼけてやがったんだ」

ケゲルは唇をピクピクと震わせていた。

「ケゲルさん、これでわかったでしょう？　あいつらがどんなに残忍な奴らなのか」

イ・ギョンムが言った。

「おい、電波キチガイ。昔のこと思い出すな、お前がそんなこと言うと。あんとき俺はお前にこう言ったよな。だ・ま・れ」

ケゲルが言い返した。

「それはこちらのセリフですよ。おっしゃいましたよね、チャン将軍とぶつかることなくコリオ村を救える手立てを探すって。どうです、そろそろ見つかりましたか？　はは あ、これがその答えですか。ヘジョンさんは死んだふり、ゼロさんはあの世行き」

「嫌味な言い方はやめろ」

「僕らはね、タイミングを逃したんですよ、あのとき。ケゲルさんが躊躇《ためら》ったあのときに、ゼロさんをちゃんと利用してたら、こんなことにはならなかったはずです」

「お前のその過激な考え方がな、もっとたくさんの人間を傷つけたかもしれんぞ」

「過激ですって？　僕らなんて精一杯過激になったところで、チャン将軍の野郎の足元にも及びませんよ。まだわからないんですか？」

「俺はな、まずコリオ村のことを考えにゃならなかったんだ」

「まあ、いつもそうでしたよね。あなたにとってはメリットですものね」

「黙れ！」

ケゲルが勢いよく立ち上がった。

「やめて、二人とも」

ホン・ヘジョンが静かな声で言った。

「ゼロさんのせいで、すっかり歯車が狂っちまったんですよ。始めから信じられないって言ったじゃないですか、ゼロさんのこと。あの人はね、息子のためなら、いつチャン将軍側に寝返ったっておかしくない人だったんだ」

「黙れ！　ゼロはそんな奴じゃない」

「ケゲルさんだって知ってたでしょう。ゼロさんはね、自分の技術でもって、息子さんを生き返らせることができるって思ってた」

「ゼロがいなかったら、俺たちは部隊について何の情報も得られなかったはずだろ」

「僕たちの計画が発覚することもなかったでしょうよ、ゼロさんがいなかったらね」

「ゼロのせいだってのか？　愚かなお前のせいだろうが」

「僕のせいですって？」

「貴様が口さえつぐんでれば、すべてがうまくいったんだよ。言わせてもらえば、これからもな」

「やめていただけますか、変な言いがかりは」

話を聞きながら、ホン・イアンと僕は頭の中でパズルを組み立てていた。頭の片側にまっさらのフレームがあり、隣にピースが山と積まれている。どれも形の違うピースが一万個。二人のやり合いから何がしかの情報を得ると、僕らはそれに合ったピースを選んでフレームの上に置く。そして新しいピースを置くために、周りのピースの形をじっくり眺めたり、色の合いそうなピースを探したりした。ピースのつなぎ目を見つけようと一生懸命話を聞いたが、話によってはどこにも合わないものもあった。まったく関係なさそうなピースがひょっこり飛び出すたびに、ホン・イアンと僕は当惑した。

時間が経つにつれて大きな絵は描けてきたが、すべての話を一つにつなげるのは不可能だった。フレームの海に浮かぶ寂しい離れ島みたいなピースもあったし、何のことやらさっぱりわからない話もあった。僕は今も、そのすべてのピースをつなぎ合わせて、一つの壮大なストーリーにまとめ上げる自信がない。話の大きな流れとどうしても合わないエピソードというものがこの世には存在するものだ。それを無理につなげようとすれば、ほかの数々のエピソードの辻褄が合わなくなってしまう。すべての人を納得させられる物語なんて、すべての疑問を解消させてくれる解答なんて、この世には存在しないのかもしれない。以前、ホン・ヘジョンが言っていた。資料集めをしていると、それまでに見つけたすべての資料を裏切るような資料が出てくることがよくある。そのときの対応の仕方から、その研究者の姿勢がわかると。第一のタイプの研究者は、それまでに集めた資料を守るために新しい資料を捨てる。横着な研究者だ。第二のタイプは、新しい資料の可能性を信じて既存の資料を捨てる。疲れるスタイルの研究者だ。最後のタイプは、相反する資料をそのまま取っておく。自分の論理の辻褄が合わなくなって、ついには崩壊してしまおうとも、あらゆる可能性を残しておきたいというタイプだ。

ホン・ヘジョンの話を聞きながら、もし何かの分野を研究することになったら、僕は三番目のタイプになるのかな、と思った。僕は、ぶつかり合ってエラーを引き起こす二つの真実というものが存在するんじゃないかと思っている。相手の言い分は嘘だと主張する二人の言っていることが、どちらも真実だという可能性もある。

ケゲル、イ・ギョンム、ホン・ヘジョン。この三人の話を聞きながら僕は思った。彼らはつまるところ、別の話をしているのかもしれないと。間違いなく同じ出来事について話してはいたが、三人の姿勢は相異なっており、関心を寄せている部分も別々だった。僕がすべきことは、そんな三人の相反する意見を組み合わせ、客観的な事実に迫ることだろう。彼らは同じ記憶を共有していたけれど、その解釈はそれぞれ異なっていた。

ケゲルとイ・ギョンムはひとしきりいがみ合っていたが、そのうち静かになった。二人とも相手の過ちを非難したかったわけではなく、ただ大きな声を出したかっただけなのだ。二人の言い合いが収まると、ホン・ヘジョンがコリオ村の人々の秘密について話してくれた。その話を聞いて、僕は全身に鳥肌が立った。これまでに出会ったコリオ村の人たちが、まるでエイリアンか何かのように思えてきた。驚いているという点においては、ホン・イアンも同様だった。いや、驚きの大きさから言ったら僕の十倍は驚いたろうし、衝撃もまた大きかったことだろう。

コリオ村の人たちがどうしてあんなに暗鬱とした表情を浮かべているのか、どうして自分や他人の死を何でもないこととして受け止めているのか、ようやく少し理解できた。ダイトというのは、村の人たちが考え出した、最も凄絶な自己破壊ゲームだったのだ。コリオ村に住んでいるうちに、ダイトを理解できるようになるだろうと言ったホン・ヘジョンの言葉が思い出された。百パーセント理解できるとは今でも言えないが、なぜそんなゲームを考え出したのか、その理由はわかる気がした。

話を聞きながら不思議で仕方なかったのは、コリオ村の人たちがケゲルに死体を売った後、何故よそへ行かず、よりによってコリオ村に住みつくのかということだった。彼らは充分な金額を受け取ったはずだし、何と言っても自分たちから死体を買ったケゲルのそばで暮らしたいわけがない。何にせよ、その死体は家族だったのだから。僕のその疑問は、ホン・ヘジョンの話が終わった後、ケゲルに尋ねてやっと解けた。コリオ村の人たちがケゲルに売った死体は、普通の死体ではなかったのだ。

「罪滅ぼしをしたけりゃ、三回ぐらいは死なにゃならんような連中だったさ」

ケゲルが言った。コリオ村の人たちがケゲルに売り渡した死体は、凶悪犯罪を起こし自ら命を絶ったとか、たくさんの人を死に追いやった挙句に自分も死んだとか、賭博で巨額の負債を背負って命を絶ったというような若者たちだった。ケゲルはそんな死体を買い取り、相場の数倍もの代金を支払った。条件はただ一つ、コリオ村に住むこと。ほとんどの人は、その条件をすんなりと受け入れた。彼らはどのみち行き場のない人たちだ。殺人犯の親、凶悪犯の親として、世間から後ろ指を指されて生きてゆくよりは、世の中から隔離されたコリオ村で生きてゆくほうが遥かにましなのは言うまでもなかろう。ケゲルから受け取った金で、我が子が負った世の中に対する負債をすべて返済し、ひっそりと暮らしてゆけるのだ。こんな好条件をみすみす拒む者はそういないだろう。

「それで、ヒョンを売って……、ヒョンを売り払ったお金で、ここで楽しく暮らしてたってわけ？」

ケゲルの話を聞いたホン・イアンが叫んだ。

「あのときはね、お母さん、選択の余地がなかったのよ」

ホン・ヘジョンが答えた。

「なんで私に言ってくれなかったの？　何がどうなってるのか、説明してくれればよかったじゃない」

「そんなことしたらあなた、何とかして解決しようと、あのお金を作ろうと、死に物狂いになるのが目に見えてた。その挙句に最悪の方法を取るだろうってわかってるのに、言えるわけないじゃない」

「でも、私の弟なのよ。お母さんの息子であるだけじゃなく、私の弟でもあるのよ。私にだって責任があるのよ」

「今はわからないわ。そうね、あなたに話すのが正しい選択だったのかもしれない。あなたに話して、二人で一緒に考えてたら、もっといい方法が見つかったかもしれない。それによって、私たちの関係が少しは良くなったかもわからない。でもあのときはね、イアン、ほかに方法がなかったの。それがヒョンのためだと思ったのよ」

「お母さんは間違ってる。あの子がどんなふうに生きようと、誰を殺そうと、それはあの子の人生だったの。ヒョンが自分の手で命を絶った瞬間、すべては消えたのよ。お母さんが罪悪感を感じる必要なんてないのよ」

「そうね、間違ってた。お母さんもわかってるわ、今では」

ホン・ヘジョンとホン・イアンの話を聞きながら、僕は、これまでに見たことのないホン・ヘジョンを見た。ホン・イアンはいつもと変わりなかったが、あれほど揺るぎなく見えたホン・ヘジョンが、ホン・イアンの前でたじたじとなるのには、気の毒な気さえした。ホン・イアンはホン・ヘジョンをひたすら追い詰め、ホン・ヘジョンは弁解に弁解を重ねた。どんな手立てをもってしても、死んだ息子を売ったという罪悪感を拭い去ることはできないだろう。でも、こうして娘に弁解することで、ホン・ヘジョンの心はいくらか楽になるのではないだろうか。二人のやり取りが途切れ、リビングに沈黙が訪れた。

「ヒョンには会った?」

ホン・ヘジョンが尋ねた。

「ヒョンに会うって……それ、どういうこと?」

「ヒョンはね、今ここにいるわ」

「あの子は死んだのよ。それがどうして……」

ホン・イアンは言いかけて口をつぐみ、ケゲルとイ・ギョンムを見た。イ・ギョンムが人差し指を下に向けた。ホン・イアンは立ち上がった。ようやくすべての状況を理解したようだった。感動的な瞬間だった。一度はバラバラになった家族三人が、今同じ場所にいることがわかったのだ。死んだと思われていたホン・ヘジョンと死の危機をくぐり抜けたホン・イアンは生きてリビングに、一方、ホン・ヘジョンの息子であり、ホン・イアンの弟であるホン・ヒョンは、一度死んでからゾンビとして甦り、地下室に閉じ込められている、という違いこそあれ。

「私、地下室にいたのよ。でもいなかったわ、あの子」

「わからなくって当然よ。すっかり面変わりしてるから……」

地下室に降りていくとき、ホン・イアンは僕の指が痛くなるぐらい、ぎゅうっと僕の手を握っていた。ホン・イアンの手のひらからは、絶え間なく汗が滲み出ている。僕の手も彼女の汗で濡れた。地下に降りるのは二度目だったので、さほどどきつくはなかった。

イ・ギョンムが地下室のドアを開けると、ゾンビたちの声が聞こえてきた。耐え難い臭気が鼻をつく。ホン・イアンは中に入るのを躊躇《ためら》っていた。声や臭いのせいではなく、変わり果てた弟の姿を目の当たりにするのが怖いのだ。ホン・イアンは数十人のゾンビの前に立ち、一人ひとりをじっと見つめた。彼らのほとんどは、顔に傷を負っていたり、顔全体が捻《ね》じれていたりしていて、ちょっと見にはみな同じようだった。傷の状態は違っていても、傷があるというだけで似たように見えた。この世のすべての存在を「正常」と「非正常」に分けるなら、彼らはみな「非正常」に属する部類だ。同じ部類だから似ているのだ。ホン・イアンは彼らに心もち歩み寄って、見極めようとしていた。手伝ってやりたいのは山々だったけれど、ホン・ヒョンの顔を知らないのでどうしようもない。ゾンビたちを半分ほど見たところで、ホン・イアンは堪《こら》えていた息を一気に吐き出した。

「ヒョン」

ホン・ヒョンの顔には大きな傷痕はなかったが、右目のところはボコッとへこんでおり、顔は捩《よじ》れて左右のバランスがひどく崩れていた。人の写真に手を加えて意図的に歪めたみたいだ。生きていた頃の姿を想像するのはかなり難しかった。左のこめかみに大きな穴があいている。拳銃自殺の跡のようだ。弾丸は、右のこめかみから入って左のこめかみに抜けたのだろう。傷痕を見ただけでわかった。ホン・ヒョンは腕を伸ばし、ホン・イアンを捕まえようとした。嬉しさのあまりの行動ではなさそうだった。ホン・イアンはビクッとし、僕は彼女の肩に手をかけて、後ろに下がらせた。

「ヒョン！」

ホン・イアンが叫んだ。

「ウ、ウェ、エ……」

ホン・ヒョンも叫んだ。周りのゾンビたちも声を合わせて叫んだ。ホン・イアンは叫び続けた。名前を呼べば、弟が正気に戻ると信じているかのように。ホン・イアンの声が大きくなるにつれ、ゾンビたちの声も大きくなっていく。ホン・イアンの声とゾンビたちの叫びが入り混じって、地下室は修羅場の様相を呈してきた。

「イアンさん、そこまでにしましょう。危険です」

イ・ギョンムがホン・イアンを止めた。彼は傍らに立ってリモコンを押し続けている。僕はホン・イアンの肩を抱き寄せた。ホン・イアンは、僕の腕の中で泣いていた。全身が震えている。彼女は両手を固く組み合わせていた。震えるその手が僕の胸を細かく打った。僕は両腕に力を込めて、ホン・イアンを抱きしめた。ホン・イアンの泣き声がこれ以上漏れ出さないよう、涙の出口を塞いでやりたかった。これ以上泣いたら体から水分が全部流れ出て、粉になって散ってしまいそうだ。ホン・イアンの泣き声が収まってくると、ゾンビたちも声をあげなくなった。彼らはまるで犬みたいだった。こちらが声を出すと騒ぎだし、ほったらかしておくと静かになる。

「何なんでしょ、私。弟に会ったってのに、抱いてやることもできない」

ホン・イアンの声は落ち着きを取り戻しつつあった。

「イアンさん、あれはね、弟さんじゃないですよ」

僕はホン・イアンをまた抱きしめた。

「いいえ、ヒョンよ。間違いなくヒョンだわ」

ホン・イアンの声は、僕の胸に吸い込まれてくぐもった。ホン・イアンの話し声は僕の耳にストレートに届いてはこず、まず僕の胸を打ってから耳に伝わってきた。

「かつてはホン・ヒョンていう人だった。でも今は人じゃない。ゾンビなんです」

「でも、面影が残ってるわ。変わり果ててはいても」

「見かけだけですよ」

「見かけが同じなのに、違う人だって言うの？」

「人じゃないですよ、イアンさん」

「人よ。私の弟なのよ」

僕はこれ以上ホン・イアンに何も言わせまいとして、肩を抱く手に力を込めた。ホン・イアンが小声で何か言った。その声は僕の胸に完全に吸い込まれた。囁き声だったので、耳には届いてこなかった。ホン・イアンは両腕をパタンと下ろした。ホン・イアンだって、今目の前にいるのがもはや弟ではないということはじゅうじゅう承知していたろう。見かけは弟でも、もう自分が誰なのかもわからない、生きた死体だということを。だからといって、今目の前に立っている弟……、彼の現実から目を背けることもできない……。ホン・イアンは僕の体を押しのけると、一階へ上がっていった。

「説明してよ、ホン・ヘジョン女史」

ホン・イアンはホン・ヘジョンに向かって叫んだ。ホン・ヘジョンは黙っていた。

「どうしてよ？　ねえ、ねえ。ヒョンを何回死なせれば気が済むの？　なんだってあの子を連れてきたのよ。あんな姿見て嬉しいの？」

「じゃ、どうしたらよかったの。ヒョンは生きてるのに……。置いてくるわけにいかないじゃないの」

「生きてるですって、あれが？　あれが、生きてるって言うの？」

「イアン、私の目にはね、生きてるように見えるわ」

「それはね、罪悪感のせいよ。その益体《やくたい》もない罪悪感がそう見せてるのよ」

「罪悪感であれ幻想であれ、私の目の前にいるヒョンは確かに生きてるわ。歩き回って、声も出すじゃない」

「歩き回って、声を出すですって？　あれがヒョンの声だって言うの？　ねえ、どうよ？　そう、わかったわよ。お母さんの好きなようにヒョンを死なせたり生かしたりしようってことね。今度のことでも、私はやっぱり部外者なのよね。そうそう、それがホン・ヘジョン女史だもの。うっかりしてたわ。さすがはホン・ヘジョン女史よね。死んでもいないのに死んだと見せかけておいて、涼しい顔でご復活になって、人を騙して、いいように振り回して。なんたって全知全能の方ですものね、ホン・

ヘジョン女史は。そうだったわね。今はっきり思い出したわ」

「わけは話したでしょう。どうして死んだと見せかけるしかなかったのか、全部話したじゃないの」

「わけですって？　あのね、考えも及ばないようなわけがあったとしても、たとえお母さんが生き残るために死んだふりしなきゃならなかったとしてもよ、死んだなんて嘘をついちゃいけなかったのよ、私に。お母さんは絶対にそんなことしちゃいけなかったんだってば！　私がどんなふうに生きてきたか知ってるくせに。私がどんなに……。そうか、わかったわ。お母さんは知ってるから……私の周りに誰もいないの……だから、みんな死んじゃって、お母さんまで死んじゃえば、私も後を追うんじゃないか。それを期待したんでしょ」

「イアン、何てこと言うの」

「私、絶対に死なないわよ。死んだりするもんですか」

「もちろんよ。あなたは死なないわ。死んではダメ。私が悪かったわ、イアン。そうよね、お母さんが悪かったわ」

　ホン・ヘジョンは、車椅子を操ってホン・イアンのそばに行った。泣いているホン・イアンを抱きしめ、赤いミトンでとんとんと背中を軽く叩く。大きな赤いミトンが上下に動き、リビングには不思議な平穏が訪れた。大きな赤いミトンは、泣いているホン・イアンだけでなく、鬱々と座っている僕らの心まで慰めてくれていた。とん、とん、とん、とん……。赤いミトンがホン・イアンの背を叩くたびに、隣にいた僕の心にも少しずつ平穏が戻ってきた。

23

コリオ村の人たちとゾンビを会わせてやろうというのは、ケゲルの発案だった。イ・ギョンムが大胆な計画を打ち出すたびに反対を唱えていたケゲルがそんなアイディアを出すなんて、誰一人として思いもつかなかったという。危険な試みなだけに、初めのうちはホン・ヘジョンも反対した。ゾンビになった我が子に会うということは、口で言うほどたやすいことではないし、ゾンビたちをコントロールする手立てがあるとはいえ、どんなアクシデントが起きるかもわからない。そんなことは絶対ないだろうが、それでも万一、鳥の羽根くらいの重さの正気がゾンビたちに残っていたら、恐らく自分の死体を売った親に喰らいつき、ナマスに刻んでしまうに違いない。ホン・ヘジョンの気持ちが変わったのは、ゾンビになったホン・ヒョンに会ってからだった。ホン・ヒョンのうつろな目を見た瞬間、弾丸が貫通したこめかみの大きな穴を見た瞬間、小さな針で体の数万か所を刺されるような痛みを感じながらも、その一方で、言葉で言い表せないほどの大きな幸せが胸に押し寄せてきた。肉体だけとはいえ、ホン・ヒョンの姿をまた見ることができるというだけで幸せだと思った。息子の生身の体を見た瞬間、抽象的だった記憶が具体性を帯びた。体に刻み込まれたかつての記憶が、一つひとつ甦ってきた。ケゲルはホン・ヘジョンの葬式の翌日から、コリオ村の人々とゾンビたちをひそかに会わせ始めた。甦った我が子とその父母の再会の場が夜ごと持たれ、人々の泣き声がコリオ村を包んだ。慟哭が壁を突き抜けて村中に響き渡った。彼らの泣き声には様々な意味が込められていたはずだ。我が子に先立たれた不運を嘆く気持ちもあったろうし、我が子を死なせてしまったことへの自責の念もあったろう。泣き声は、おさまるところを知らなかった。目の前のゾンビが我が子だという事実を受け入れられず、ケゲルを罵り、嘔吐しながら外に飛び出す者もたまにいたが、多くの人たちは、我が子に触れたがった。首を吊って死んだ息子を目の前にしたある老人は、我が子の首にくっきりと残った縄の跡へとひっきりなしに手を伸ばすので、ケゲルはそれを止めるのに苦労した。老人は言った。

「あいつの首に付いた縄の跡。あれをいっぺん触ってみれば、受け入れられるような気がするんだよ。あいつが死んだってことを。なあケゲル、わしはもうそれほど長くない。死ぬのなんざ、これっぽっちも怖くないんだよ」

　ケゲルは、ついに老人の願いを聞いてやらなかった。それは、何としても破るわけにいかない規則だったのだ。生者と死者は触れ合うことはできない。この規則が一度破られてしまえば、何がなんでももう少し触れ合っていたいと思う人が出てくるだろうし、そうして触れたら触れたで、さらに身を刺すような苦痛に苛まれるに違いない。そして死というものを、今更のように実感することだろう。それは、生きている者と死んだ者、双方にとって望ましいことではないはずだ。ケゲルが許したのは、向かい合って互いの顔を眺めることだけだった。それだけでも、人々の多くは涙を流した。ゾンビになった我が子を目の当たりにして、家に戻る道々、彼らは自分のことを殺してしまいたいと思ったかもしれない。死んで我が子と運命を共にしたいと思ったかもしれない。でも、自ら命を絶つ者は、ただの一人もいなかった。夜ごと、生と死が交差した。生が死に近づき、死も生とさほど遠くないところにあった。生きている者は、すぐにも死んでしまいそうに思われたが、誰も死ななかった。死んだ者は、生き返りそうに見えながらも、ついに生き返ることはなかった。

軍部隊が、消えたゾンビたちを探して連日捜索を繰り広げていたため、再会の場は毎回変える必要があった。ケゲルは毎晩、ゾンビたちを連れてコリオ村の人々の待つ場所へと赴いた。ホン・ヘジョンは、人々とゾンビの再会を陰で見守った。彼女は生きている者でも死んだ者でもなかったから。話を終えたホン・ヘジョンは井戸の底から聞こえてくるようなため息をついた。

「村の人たちは今では皆、ゾンビの存在を知っているわ」

「皆さん、ショックだったでしょうね」

「なにせショックには免疫ができてる人たちだから……。辛くはあるでしょうけれど、それでも持ちこたえてくれると思うわ」

ここにホン・イアンがいたら、ホン・ヘジョンの穏やかな声音にいきり立ち、ひとしきり喚きまくったに違いない。でも、彼女は外の空気を吸いに出ていた。

「で、どうなさるおつもりなんです？　これから」

「村の人たちは変わったわ。それはもう疑う余地もなくね。何がどうって説明するのは難しいけれど、とにかくこれまでの彼らじゃない。ケゲルさんもそうなることを望んだのでしょう。ダイトなんかにはもう見向きもしません。これからどうなるのかは……そうね、私にもわからないわ」

「ゾンビの秘密は公にするんですか？」

「１３０がまだ戻ってきてないでしょ。それにね、まだ証拠が充分じゃないの」

「証拠って、何のです？」

「死体をゾンビにする方法。それをなんとかして探り当てないといけないの。その実験に関する資料を手に入れられなければ、なんにもならないのよ。ゼロさんは、それをしようとしていたの」

「それって？」

「ゼロさんはね、研究所の職員だったの。でも、私たちに資料を流してくれてたんです。研究所では、死体の頭蓋骨を研究していた。そこから精神的な能力や特徴なんかを突き止められると考えたんでしょう。ケゲルが手に入れてきた死体は、ジフンさんもご存知でしょうけど、普通の死体じゃないでしょ？　いろいろと問題があったり、罪を犯したりした人の……。その頭蓋骨から何か特別なものを見つけ出そうとしていたみたいなの。私たちとは違う何かがその中にあるってことを、疾しさを感じることなく殺してもいい根拠を、間違ったＤＮＡを持って生まれてくる存在もあるってことを、見つけ出したかったんでしょう。そんな死体なら、何度甦らせて殺したって、罪悪感を感じる必要もないから。兵士たちだって、彼らを殺しても罪の意識を感じなくて済むでしょ。どうやって死体をゾンビにすることができたのか、それさえわかれば……。それがパズルの最後のピースだったんです」

「パズルを完成できないまんま、逝ってしまったわけですね」

「ゼロさんはね、私たちの計画を探ろうとチャン将軍が送りこんだスパイだった。でも、私たちに力を貸してくれてたの」

「発明家ってことでしたが」

「ええ。自分の技術で息子さんを生き返らせられる。ゼロさんはそう考えたんです。チャン将軍の企てに手を貸したのも、そのためだった。ジフンさんが仕留めたゾンビ、覚えてる？」

「もちろんですよ。一生忘れられないでしょうよ」

「ゼロさんの息子さんだったんですよ、そのゾンビが」

その瞬間、あのときの感覚が甦ってきた。ゾンビを殺したときの生々しい感覚。その体にバットを打ち下ろしたとき、指先を痺れさせた快感が。頭を失った体を殴ったときの罪悪感も、まるで昨日のことのように脳裏に甦った。手が震えた。それは明らかに殺人ではなかった。でも、殺人でもあった。ゼロに謝りたくてもそれがもうできないということに、やり切れなさを感じた。

「いつの頃からか、チャン将軍がゼロを疑い始めたの。ゾンビたちがよく逃げ出すようになったし、研究室の資料が紛失したりもしてね、急に事がぎくしゃくし始めたのね。で、チャン将軍がゼロに指示したの。私を消すようにって」

「消すですって？」

「人一人殺すぐらい、なんとも思ってない人たちなのよ。それに、私みたいな年寄り、死んだからって騒ぎになることもないでしょ。ほかにもスパイがいたみたいなのよ。チャン将軍はゼロを試そうとしたのね」

人一人殺すぐらいなんとも思わないという言葉が、やけに大きく耳に響いた。人一人殺すぐらいなんとも思わない連中が、デブデブ130をすんなり帰してくれるだろうか。僕だって、ケゲルがいなかったら逃げられなかったかもしれないのだ。

「それで死んだってことに？」

「ほかに方法がなかったの。時間を稼ぐ必要があったのよ。でも、結局そのために、私が死んだように見せかけたために、ゼロさんを死なせてしまったの」

ホン・ヘジョンはうつむいた。ホン・ヘジョンが苦痛に苛まれる姿を見るのは辛かった。ホン・ヘジョンが死んだとケゲルから聞かされたとき、僕の頭に浮かんだのは笑みを浮かべたホン・ヘジョンだった。それが僕にとってのホン・ヘジョンなのだ。なのに、その笑顔がなかなか浮かばない。せっかく再会できたのに、彼女は笑っているときより辛そうなときのほうがはるかに多かった。部屋にいたケゲルも、リビングに出てきた。車のエンジン音が聞こえる。

「ケゲルさん、見てきてくださいよ」

ホン・ヘジョンが言った。ケゲルがドアを開けて外に出ると、車の音は遠ざかっていった。

「あいつら、なんか放り投げて逃げてったぞ」

顔を半分がたこちらに向けて、ケゲルが言った。

「何です、それは?」

ホン・ヘジョンが尋ねた。

「さあ……箱みたいだが……」

ケゲルが答えた。

「爆弾でも入ってるんじゃないですか?」

イ・ギョンムが言った。

「じゃ、お前が行ってこい」

「僕がですか?」

「まったくいい若いもんが……。臆病で見てられんな」

ケゲルは躊躇することなく前庭に歩み出た。箱を開けて中を覗く。そして顔を背けた。

「あんの悪魔ども……。地獄に落ちやがれ」

「どうしたんです？」

「ゼロだ」

箱の中には、切断されたゼロの顔と体と腕と足が入っていた。ご丁寧にきちんきちんと重ねられている。一番上に頭が乗っていた。ゼロの顔は虚空を見つめていた。箱から取り出して、パーツをうまくつなげれば生き返りそうだった。組み立て式人間ゼロ。瞳は虚ろで、口は半分ほど開いている。死んだ人間には見えなかった。

僕は、ゼロの虚ろな目を見た。腫れぼったい瞼に突き出た頬骨。首のシワも生きていたときのままだ。これで死んでいるなんて。生前のゼロとほとんど変わらないのに。生と死の間隔が異様に近い顔。僕がそんな顔を見たのは、このときが最初で最後だった。生きているときはゾンビみたいで、死んでしまった後は死んだ人間に見えない顔……。

ホン・ヘジョンは涙を見せなかった。ただ唇を噛みしめ、顔を歪めていた。ケゲルもイ・ギョンムも泣かなかった。今は泣くときではない。怒るべきときだと考えているようだった。ついにアクションを起こすときが来たのだ。

「警告だ」

ケゲルが口を開いた。重苦しい沈黙の上に、危なっかしくよじ登るみたいに。

「これ以上、踏み込むなって警告でしょう」

イ・ギョンムが言った。

「攻撃の意思表示かも知れないわよ。宣戦布告」

ホン・ヘジョンが言った。

ホン・ヘジョンの見方が当たっていた。

放り込まれたゼロの死体は、攻撃の狼煙《のろし》だったのだ。十分ぐらいして、マオ山の方面に火の手が上がっているのをホン・イアンが発見した。まるで生き物のようにうねる炎が遠くからもはっきり見える。炎は何かのメッセージでも伝えるかのように身をくねらせていた。

「研究所と森、全部燃やすつもりなんですよ。証拠を隠滅して、ゾンビたちも殺してしまおうと」

「じゃ、じきにこっちにも押し寄せてくるんじゃないですか？　ここにいるゾンビたちもみんな始末したいでしょうから」

「130、130は？」

ホン・イアンが切羽詰った声で言った。

「僕が探しに行きます」

僕が言った。

「もう遅い」

ケゲルが言った。

「そんなはずない。生きてます、絶対」

ホン・イアンが言った。

「ギョンムさん、脱出ルートはどうなってます？」

ホン・ヘジョンがイ・ギョンムに訊いた。

「とりあえず準備はしておきましたけど、どんな状況なのかは……」

イ・ギョンムが答えた。

「行きましょう。何はともあれ、出発しましょう。ギョンムさん、ゾンビたちをお願いね。何がなんでも生き残るのよ。ケゲルさんは私とゼロの研究所へ。何か資料が残ってるかもしれませんから。ジフンさん、大丈夫ね？」

「ええ、130と一緒に合流しますよ。アイツが死ぬわけないですから」

僕はそう信じたかった。イ・ギョンムは地下室にいた二十五人のゾンビを連れて家を出た。ゾンビたちは、わき目もふらずにイ・ギョンムに付いていく。リモコンがあるからとはいえ、イ・ギョンムの後ろにぴったりとくっついていくのが不思議だった。人間の手で育てられた子犬となんら変わらない。イ・ギョンムと一緒に家を出たゾンビの中にはホン・ヒョンもいた。

「ジフンさん、行きましょう」

「行くって、どこへ？」

「私も行くわ」

「ダメです。ヘジョンさんと一緒にいてください」

「イヤよ」

「ダメですよ。お母さんと一緒に行動してくださいよ。そうじゃない？　ホン・ヘジョン女史。私、この人たちといてくれたほうがいいって思うでしょ？」

ホン・イアンはホン・ヘジョンの顔を見た。ホン・ヘジョンが笑いながらうなずく。僕は車に向かって駆けだした。ホン・イアンが全速力で付いてきた。マオ山方面の炎は少しずつ勢力を拡大していた。僕は車をスタートさせた。アクセルを力いっぱい踏み込む。

「生きてますよね」

「生きてますよ。なんたって粘り強いヤツですから」

「私、嫌な気がして……」

「大丈夫ですって。もうじき会えますよ、生きた二つの碁石にね」

「証拠を全部燃やしちゃおうっていうんなら、130も始末しようとするんじゃ……」

「まさか。アイツはワクチンで抗体が出来てるんですよ。チャン将軍だって、そうそう手放す気にはならないはずです。生きてます、絶対」

僕は手を伸ばし、ホン・イアンの手を握った。小さな手が震えている。僕は、手に力を入れた。車がスピードアップするにつれて、ホン・イアンの胸の鼓動は落ち着いてきた。

「あ、そうだ、これ」

僕はホン・イアンにブルーの革のノートを手渡した。

「あら、これ、預かってもらってたノートじゃない」

「ヘジョンさんに返したら、イアンさんが一人でいるときに渡してほしいって。イアンさんにあげようと思ってたそうですよ」

ホン・イアンはルームランプを灯し、ノートを開いて読んだ。僕もすでに読んでいたが、これといった内容ではない。ごく日常的な記録だった。何月何日までに翻訳を終え、何をしなければいけないなどといった内容が記されていた。時折ホン・イアンに関する話が出てきたりもしたが、それもやはり特別な内容ではなかった。「イアンとディスカウントストアに行く」「イアンとスケートに行く」などといった簡単なメモだった。ホン・イアンはページをめくり続けた。ノートの後ろのほうに写真が貼ってあった。それを見た瞬間、ホン・イアンは目を閉じた。そして首を振った。

「その写真、ヘジョンさんでしょ?」

「違うわ、私です」

「イアンさんじゃなくって、ヘジョンさんみたく見えますけど?」

「私がね、太ってた頃の写真です。毎日撮ってたヌード写真。顔のとこだけ切り抜いたのね」

ホン・イアンはページをめくった。同じアングルの写真が続いた。写真の中の女の顔からだんだん肉が落ちていく。僕は運転しながら横目でノートを盗み見た。写真の中の女は無愛想な表情でこちらを見つめている。時間が経つほどに、ノートのページがめくられるほどに、肉は落ち、女は少しずつ笑顔になっていった。

「これ、なんかパラパラ漫画みたい」

ホン・イアンが僕の目の前にノートを広げ、パラパラっと素早くページをめくった。

「しかめっ面からだんだん笑顔になってく女の人ですね」

ホン・ヘジョンがなぜノートに写真を貼っていたのか、わかるような気がする。ホン・イアンのことが思い出されるたびに、ノートをめくっていたんだろう。自分に向かって笑いかけるホン・イアンの顔を見て、微笑みを浮かべていたことだろう。ホン・イアンは素早くノートをめくりながら、自分の姿に見入っていた。だんだんにくっきりした笑みを浮かべるようになっていく自分を見ていた。

「たまんないわ、これ、おっかしくって。プハハハ。ジフンさんも見てよ」

「運転中ですよ。それに、見る必要ないですよ。イアンさんが今笑ってくれればおんなじでしょ」

「アハハ、そうかしら」

「イアンさんはね、笑ったほうがいいですよ」

「ねえジフンさん、ほんっと楽しかった。そう思いません?」

「何がです?」

「何もかもよ。ジフンさんと130と一緒にはしゃいだことも、ゾンビに会ったことも、みんなエキサイティングだった」

「なんです、これが最後みたいに」

「こういうの、得意なのよ。最後の締めくくりみたいなの」

「じゃ、もうちょっと待って。130見つけたら、そのときにお願いしますよ」

「わかったわ。130拾ったらね」

僕は、ペダルが床につくぐらい深くアクセルを踏み込んだ。速度を上げると、目の前に広がっていた風景の端っこのほうが、ヒュッと視界から消えていった。アクセルを踏んだとき、思った。そうだ、面白かった……。無聊《ぶりょう》の日々はのろのろと過ぎていったが、デブデブ130、ホン・イアン、ホン・ヘジョンと過ごした時間は一瞬のうちに過ぎ去った。誰かが僕の時間のアクセルに足を乗せていた。僕らが分かち合った場面が風景の中に浮かび上がり、後ろへ流れていく。できることならギアをバックに入れて、その光景をゆっくり味わいたい。でも今は、過ぎたことよりすべきことのほうが優先だ。デブデブ130に会いたいという気持ちが強ければ強いほど、アクセルを強く踏み込まなければならない。光景を巻き戻したい気持ちが強ければ強いほど、もっと早く目的地に着かなければならないのだ。僕は、イ・ギョンムに教えられた秘密の通路を目指して車を走らせた。ケゲルと僕が抜けてきたところだ。ちらりちらりと僕の横顔を盗み見るホン・イアンの視線が感じられた。明らかにスピードの出し過ぎだった。でも、仕方がない。すべてを元通りにするためにはこうするほかないのだ。

24

風と炎は基地からマオ山の方角へ向かっていた。炎は粛々と進んでいた。あらゆるものを思うさま蹂躙し、それをそっくり呑み込みながら、ゆるゆると迫ってきていた。ほんの数時間前まで雪や雨が降っていたというのに火がおさまらないところをみると、炎の背後に何者かがいるのは間違いない。ゆっくり、着実に、すべてを燃やし尽くすのだという執念が感じられる。僕は炎に向かって車を走らせた。秘密通路を通って公園に入った後、研究所が見つからずさんざん迷ったが、行く先を見失っているのは僕らだけではなかった。車のヘッドライトの前に飛び出してくる野生動物のおかげで、僕は運転しながら気が気ではなかった。ノロジカ、イタチ、ヤギといった動物たちが、錯乱状態であちこち駆け回っているのだ。ヘッドライトの灯りから目を離すわけにいかず、うかうかスピードも上げられない。

研究所の建物が見えてきた。でも、近づくことはできなかった。研究所はすでに炎に包まれていた。遠くから煙が押し寄せてきているようだ。空気の中にかすかな煙のにおいが混じっている。灰が雪のように辺りを舞っている。それ以上近づくのは無理だった。炎は自由自在に動いて、次々と空間を掌握していった。身を低くして地面を這っていく炎もあれば、高く聳える木に巻き付きながら燃え上がり、ほかの木に移っていく炎もあった。風と火は生きていた。火の塊が一本の木を丸ごと呑み込むのにかかる時間は、わずか数秒ほどだった。風というものはふつう、所どころで体を捩《よじ》りながら進んでゆくものだ。けれど、基地からの風はいっさい方向を変えることがなかった。まるで、どこか目指すところがあるかのように。その後ろには巨大な炎が控え、まるで大将のように陣頭指揮を執っていた。とても前へ進むどころではない。

「ジフンさん、あれ」

ホン・イアンが指差した先に、三、四人のゾンビが見えた。ゾンビたちは腕を伸ばし、火に向かって歩いていた。風に舞う火の粉をつかもうと、腕を振り回している者もいる。火の粉が腕に落ちてきたというのにそれをただじっと覗き込んでいる奴もいた。やがて腕が燃え上がる。そのときになって体をバタバタさせて火を振り払おうとしてもムダなこと。炎は腕をすっかり呑みこむとすぐさま体に燃え移り、わずか数秒のうちにそいつは燃え尽きてしまった。悲鳴をあげる暇《いとま》もなく。どこからか、ゾンビが十人くらい出てきた。さらに二十人ほど現れた。僕らの目には見えないゾンビの道みたいなものがあるようだ。

「あれ……１３０じゃない？」

ホン・イアンが指差した先に、デブデブ１３０がいた。間違いなかった。ヤツを見間違えるわけがない。デブデブ１３０は白シャツに黒のズボンといういつもの出で立ちで、ほかのゾンビたちと一緒に火のほうへ向かっていた。その服装と体格のせいで、否が応でも目に付いた。僕は、そちらへ向かって車を走らせた。百メートルほど前方から、膝ぐらいの高さの炎の渦が、僕らに向かって迫ってきていた。大きな灰がフロントガラスに貼り付いた。僕らは、デブデブ１３０の後ろ姿をただ見ているしかなかった。

「ちょっと130、どこ行くのよっ！」

ホン・イアンが叫んだ。ヘッドライトの明かりの中、デブデブ130が僕らのほうを振り返った。僕は、130の目に輝きが宿っているのを見た気がした。ヤツはすぐまた前を向いてしまったけれど、ほんの一瞬とはいえ、ヤツの目が見えたと僕は思った。目に光が残っていたとしたら、まだゾンビになったわけではないのかもしれない。でも、僕らを見たのに何のリアクションもなかったのが気になった。いや、明かりのせいで僕らが見えなかったのかもしれない。車のライトのせいだったのかも……。ゾンビたちとデブデブ130は、木が隙間なく立ち並ぶ森のほうへ向かっている。車ではこれ以上近づくことができなかった。僕らと炎。その間にゾンビたちがいた。遠くのほうでは、樹木全体が炎に包まれる樹冠火《じゅかんか》が発生していた。火は枝から枝へと燃え移っていく。草原では低く渦巻くだけだった炎が、樹木の立ち並ぶ森にその舌を伸ばしたかと思うと、あっという間に四方に燃え広がる。木々がドミノのように倒れてゆく。パチパチという枝の燃える音があちこちから聞こえてきた。

「130！　戻ってこい」

僕は叫んだ。聞こえるはずがない。風はデブデブ130のいるほうから僕のほうへと吹いている。ゾンビたちは、まるで火事見物に行こうとしているみたいだった。興味津々といったふうに蠢いている。燃え上がる炎に目も心も奪われてしまっているようだ。僕は車のドアを開け、外に出た。

「ジフンさん、どこ行くんです？」

「連れてこなくっちゃ」

「ダメ！　危ないわ。私たちのこと、わからないじゃない」

「違いますよ。暗くて見えなかったんですよ、きっと」

「行っちゃダメ」

「いいえ。行ってやらないと」

僕は、デブデブ130に向かって走った。ヘッドライトが照らすところへ向かって走った。足元に転がる小さな石ころのせいで走りにくい。木の枝が足の下でポキンと折れた。ゾンビたちの歩みはゆっくりで、デブデブ130はそれに従って動いている。だから、追いつくのなんてわけはなかろうと高をくくっていたのに、障害物が多かった。僕は130の名を呼びながら追いかけた。僕はゾンビたちに向かって石ころを投げた。一人のゾンビの後頭部に命中した。デブデブ130とゾンビの群れが僕のほうを振り向く。デブデブ130は、さっと体をこちらに向けた。僕のことがわかったかのように。そして両腕を前に突き出した格好で、歩み寄ってきた。ゾンビが五人ぐらい、その後を付いてくる。デブデブ130は笑っていた。笑みを浮かべて僕に向かって近づいてくる。僕はハッとした。足を踏み出すことができなかった。両腕を広げて歩み寄ってくるデブデブ130を抱きしめたい。でも、ヤツはもう人ではなかった。ひと目でわかった。見かけはまったく同じだったが、人ではない。どういうことなんだろう。ワクチンが効かなかったんだろうか。まさか、チャン将軍が何か悪巧みでもしたのだろうか。……そんなことを考えたところで意味はない。僕は怒りを覚えた。この結果すべてに、もうどうすることもできないという事実に。これからも僕は、怒り続けるだろう。数えきれないほどの理由で。なぜ僕は130を引きずり込んでしまったんだろう。なぜ僕は図書館でヤツと挨拶を交わしてしまったんだろう。この状況に続く最初の出来事が、なぜ起こってしまったんだろう。こういった数限りない理由で、これからも僕は、自分を責め続けることだろう。デブデブ130はもう人間には戻れない。なのに、デブデブ130は笑っていた。間違いなく。どうして笑っているのだろう。死ぬ瞬間に、何か笑えることでもあったのだろうか。おかしなジョークでも思いついたんだろうか。もしそうだったら、どんなジョークだったんだろう。あれほど死ぬのを怖がっていた130。ヤツはどんな気持ちで旅立ったのだろう。

「ジフンさん、ゾンビになるっていうのもさ、思ったほど悪くないよ。腕を持ち上げてるのがちょっとしんどいけどね」

デブデブ130の口から、そんな冗談が今にも飛び出してきそうだった。僕は回れ右をし、車に向かって走った。背中がカッカと火照っている。熱風のせいだろうか。はたまたデブデブ130が刺すような視線を送ってくるからか……。僕はラゲッジを開けて、ハグショックの電源を入れた。ターンテーブルがゆっくりと回り始める。僕は、ハグショックのアンプの横にあるストーンフラワーのセカンドアルバムを大急ぎでターンテーブルに乗せ、針を落とした。レコード針とLPの溝がこすれ合う小さな音、そして耳に馴染んだ音楽が流れてきた。ラゲッジに備え付けてあるスピーカーは一度も使ったことがないので、ちゃんと音が出るか心配だったが、スイッチを入れるやいなや、胸を突くようなドラムの響きが外の空気を震わせた。僕がスピーカーの前から退くと、スピーカーから流れ出るストーンフラワーの音楽が公園を包んだ。音楽は、ほかのすべての音を覆い隠した。草花が燃える音、木の枝が赤く染まっていく音、空気が熱されていく音などが、すべて音楽に包み込まれた。僕は車に乗った。

「何の音?」

「ハグショックをつけたんですよ」

僕はラゲッジのほうを手で示したが、ルームミラーの中にハグショックはなかった。映っているのは、開いたラゲッジドアだけだ。

「ゾンビはやかましい音楽に反応するそうなんです。ハグショックをつけて走れば、後を付いてくるはずですよ、きっと」

「130は？　付いてきてる？」

僕はサイドミラーを覗き込んだ。デブデブ130が笑いながら歩いてくるのが見えた。五、六人のゾンビがその後に続いている。

「ええ、来てますよ。連れていきますよ、最後までね」

サイドミラーには、「モノは思ったよりも近くにある」という文字が書かれている。その文字の上を130が歩いていた。思ったよりも近くにある、というのがなんとも絶妙だった。デブデブ130のことを言っているようだった。遠く感じられるけれど、ほんとはもっと近くにいるんだ、と。僕はゆっくりとアクセルを踏んだ。開いたままのラゲッジがガタガタと音を立てた。車が進むにつれて、デブデブ130の歩みも少しずつ速くなっているように見える。ファイアーストーム（大規模な火災によって発生する高熱の暴風：訳注）に乗り、黒い灰が僕らを追い越して前方へ飛んでいく。森の中に存在するあらゆるものが、僕らと並んで走っていた。動物も、ちぎれて風に舞う植物も、灰も。皆ファイアーストームに追われ、僕らと並んで走っていた。ヘッドライトの明かりの中にたくさんのものが見えた。僕は車の窓を開け、オーディオのヴォリュームを上げた。ストーンフラワーの音楽は、ラゲッジのスピーカーと室内スピーカーの両方を揺るがせながら、辺りに鳴り広がっていく。ホン・イアンが顔をしかめた。僕は目配せをした。ヴォリューム大きすぎるよね。でも、ちょっとだけ我慢して。ホン・イアンがうなずいた。そして、音楽に合わせて首を振りながら笑った。イアン・デイビスがシャウトする。涙を拭いて。何も望まなければ怖れることもない。ホン・イアンが窓から体を乗り出した。そして後ろに向かって何か叫んだ。何と言ったのかは聞こえなかった。僕は、デブデブ130がちゃんと付いてきているか、サイドミラーを覗いて確かめつつ、常に適度な距離を保つように気をつけて車を走らせた。スピードを上げ過ぎると彼らが付いてこられないかもしれない。辺りは暗かったけれど、デブデブ130の姿はよく見えた。笑っている顔までは見えない。でも、僕には見えるような気がした。ヤツの声も聞こえた。ジフンさん、置いてかないでよ。僕、怖いよう。怖いもんか。たくさんの魂がな、今から家に帰るんだ。キラキラ光りながら、元いたところへ戻ってくのさ。チェス盤の馬みたいに？　いや、水みたいにさ、下に向かって流れていくんだ。だからさあ、一緒に行こうよ、一人で行かないで。付いてこい、いいからともかく付いてこい。俺のこと、見失うんじゃないぞ。俺の手を離すなよ。

車の後を付いてくるゾンビの数は、時間が経つにつれて増えていった。サイドミラーの中は、ゾンビで溢れ返りそうだ。デブデブ130の隣にも別のゾンビが並んで歩いている。ストーンフラワーの音楽は森と公園の隅々にまで響き渡り、隠れていたゾンビを誘い出した。ホン・イアンがまた窓の外に身を乗り出して周囲を窺った。そして、カー・オーディオのヴォリュームを下げて言った。

「知ってます？　ものすごくたくさん付いてきてるわよ」

「どれぐらいいます？」

「暗くてよく見えないけど、百人は下らないんじゃないかしら」

そのとき、一本の腕がにゅっと車の中に入ってきた。ゾンビの腕だった。僕のほうを向いていたホン・イアンが悲鳴をあげる。ゾンビの手は一度窓枠をつかんでから離れていった。握手でも求めていたのだろうか？　僕は少しスピードを上げた。左側の闇の中からもゾンビが現れ、車に向かって歩いてくる。

「みんな、ちゃんと付いてこいよ。俺から離れるんじゃないぞ」

僕は思わず叫んでいた。秘密通路の辺りまで来ると、周囲が明るくなった。公園と森の街灯は消えていたが、秘密通路の周辺は依然うっすらと明るく、ゾンビの数を確認できた。ざっと二百人以上のゾンビが付いてきている。ゾンビたちは、自分たちが脱出しているのだということすら知らぬまま、車の後を一生懸命に付いてきていた。炎のスピードは速くはなかったが、ぐずぐずしている暇はない。炎はマオ山まで燃え広がることはないだろう。基地内のゾンビを始末してしまおうというなら、万一の事態に備えて証拠をすべて燃やしてしまおうという腹づもりなら、炎が燃やし尽くすのは公園内だけだろう。秘密通路を抜けたらマオ山に向かえ。イ・ギョンムにそう言われていた。イ・ギョンムが僕らを迎えに来てくれるはずだ。

音楽を大音量で響かせながら疾走する暴走族よろしく僕らは走り続け、ストーンフラワーの音楽も鳴り続けた。体が揺れ、心も揺れる。空には雪のように灰が舞い、白い煙が霧のように立ち込めて雰囲気を盛り上げていた。この光景を遠くから見たら、子どもたちの遠足に見えるだろう。数百人の子どもたちの遠足。僕はときどき振り向いて、ゾンビたちがちゃんと付いてきているかどうか確かめた。デブデブ１３０がちゃんと付いてきているかを確かめた。デブデブ１３０は、いつの間にかゾンビたちに埋もれて見えなくなっていた。でも、僕は信じていた。ヤツはちゃんと付いてきている。サイドミラーの中では、公園が炎に包まれている。サイドミラーに映っている光景はあまりにも非現実的で、テレビの画面を見ているようだった。公園を抜け、道路に入る。地面が平らになったので、運転がいくらか楽になった。ゾンビたちも歩きやすくなったろう。

三十分経つと、音楽が止んだ。ＬＰの片面が終わったのだ。僕は車から降りた。ホン・イアンには危険だと止められたが、怖いとは思わなかった。数百人のゾンビたちが僕を取り巻いてこちらを見つめている。ゾンビたちと僕は、三メートルほどの距離を置いて、互いに見つめ合った。彼らは動かなかった。突然音楽が止んで、どうしたらいいのか戸惑っている様子だ。ゾンビたちと僕の間に沈黙が流れる。クラブで踊っていた人たちが、音楽が止まったときにＤＪを見つめるように、ゾンビたちは僕を見つめていた。隙間からデブデブ１３０が見えた。まったく、どこへ行っても目立つヤツだ。

「おい、１３０」

僕は声を張り上げた。

「ウウウェ」

ゾンビたちも叫んだ。デブデブ１３０も叫んだ。動く者はなかった。

「ちゃんと付いてこられるな？　心配ないぞ、俺が守ってやるからな」

「ウウェエエエ」

彼らは音に反応した。僕が声を張り上げると、彼らもそれに応じた。ロックコンサートの観客のようだ。ゾンビたちは、音が一番よく聞こえるバンの後ろに集まってきた。僕らの前に立ちふさがりはしなかった。奴らはヘッドライトの前には寄ってこない。道が見えた。ずっと先のほうまで。

僕にとって人生というものは、一本の線だった。僕の身に起こったことは、すべて一つにつながっていた。一つの出来事は、以前の出来事の結果であると同時に次の出来事のきっかけになった。兄がいなかったらＬＰはなかっただろう。ＬＰがなかったらハグショックもいらなかったろうし、ハグシヨックがなかったらホン・ヘジョンとホン・イアンとデブデブ130に出会えなかっただろう。ドミノが次のドミノを倒していくように、すべてはつながっていた。始まりがどこなのかはわからない。始まりなんて、重要なものではないのかもしれない。最後のドミノは何だろう。最後のドミノなんてないのかもしれない。僕はどんな形であれ、一つのドミノを倒す出来事になるのだろう。

僕は以前から、死後の世界というものに興味があった。僕が死んだら、すべてが消えたら、何もわからなくなったら、僕が今手にしているすべてのものに、いったい何の意味があるのだろう。すべては何にもならない。ひと頃は、そう思えて仕方なかった。関係とは、愛とは、執着とは、失望とは、希望とは、いったい何なのか。僕にはわからなかった。何も始めたくなかったし、明らかに終わりがあるとわかっている道は歩きたくなかった。世の中のすべてのことに始まりと終わりがあるのが苦痛だった。でも、始まりと終わりは重要なものではないのかもしれない。重要なのは、僕が今ここに立っているということであり、今のこの出来事が、また別の出来事の原因になるだろうということだ。僕は一つのドミノとしてここに立っているに過ぎない。今僕は、雪のように灰が舞う道路の上で、数百人のゾンビの群れの中に立っている。腐ってゆく死体が放つ異臭を嗅ぎながら、ここに立っている。僕の人生の次のドミノ。それはいったいどんなものなんだろう。今ここに立っていることが奇跡のように感じられた。死んだ者もいるし、これから死ぬ者もいるだろうが、生き残った者は、道を歩んでゆくのだろう。奇跡のように。

僕はゾンビたちの動きに気を配りながら、ゆっくりと動いた。じわりじわりとラゲッジに近づく。ターンテーブルの上のLPを裏返した。ゾンビたちは相変わらずじっとしている。針を下ろす。次の瞬間、音楽がまたスタートした。ストーンフラワーの歌がスピーカーから流れ出る。ゾンビたちが動いた。ウウェエ、という声があがる。僕は運転席に戻り、闇の中、一直線に伸びる道路を見据えてアクセルを踏んだ。

375　ゾンビたち

ゾンビたち
Zombies
2008.10～2010.8.
これは、ゾンビたちの物語ではない。
忘れていた記憶についての物語だ。
記憶していたい人たちの物語だ。
長いことゾンビたちを抱いて生きて
きた。それらを今、世界に放ち
たい。ゾンビたちは永遠に死ぬ
ことはないはずだから。きっと。
Z
2010.8. キム・ジュンヒョク

訳者あとがき

キム・ジュンヒョクは想像力と創造力に長けた作家だ。音楽や映画にも造詣が深く、イラストはプロ級。それらの多彩な要素がちりばめられたキム・ジュンヒョクワールドは、時におかしく、時に切なく心に響く。独特の軽やかな語り口、スピーディーなストーリー展開で一気に読ませるが、ああ面白かった、でおしまいにはならない。面白く読ませ、深く考えさせる作家。それがキム・ジュンヒョクだと思う。

キム・ジュンヒョクについては既に日本で紹介されているが、ここでまた簡単に紹介させていただくと、まず一九七一年生まれ。ウェブデザイナーや雑誌記者などの職を経て二〇〇〇年に月刊誌『文学と社会』に中編「ペンギンニュース」を発表して文壇デビュー。創作のほかにもインターネット文学放送番組の司会や新聞コラムなど多彩な活動を繰り広げるエンターテイナーだ。その博識と好奇心を生かし、音楽や映画に関するエッセイ、ユーモラスな自作イラストがふんだんに散りばめられた『ボディ・ムービング』なる体に関するエッセイなどを上梓している。金裕貞文学賞、李孝石文学賞など受賞経歴も多々あり。志向するところは、純文学にエンターテイメント性をテイストとして加えたユーモアのある作品だという。

キム・ジュンヒョクの処女長編である本作『ゾンビたち』は、そんな作家の本領が遺憾なく発揮された一冊だ。

本作は、「ゾンビ」をタイトルに持ってきていながら、実はゾンビの話ではない。ゾンビが人間を襲ってくるわけでもなく、人間が次々とゾンビに変わってパニック状態に陥ることもない。いわゆる「ゾンビもの」ではないのだ。この小説に出てくるゾンビはどことなく哀れでユーモラスな、人間が守ってあげるべき存在だ。彼らは、もとは殺人を犯したり麻薬に溺れたりといった反社会的な行為の末に命を落とした者たちで、軍によってゾンビにされて利用されている。それを知った主人公たちは、何とかして彼らを助け出そうとするのだ。そんな存在であるこの小説の中のゾンビは、恐怖や嫌悪の対象ではなく、人々の失われた記憶を思い起こさせる存在、記憶に留めておきたい人たちの象徴として描かれている。作家は、死者でもなく生きているわけでもないゾンビを登場させたこの作品で、「死」というものについて、また死んだ者と生きている者の関係、さらには人と人とのつながりについて語っているのだ。

とはいえ、全体的に軽快なイメージの本作には、音楽やアートといったカルチャーの要素がふんだんに盛り込まれ、持ち前の想像力を駆使して作者がでっち上げた……失礼、創り上げた架空の事物は、実在するのかと思ってしまうほどそれらしい（私事だが、訳者は翻訳しながら何度か騙された。調べ物をした後で、やられた……と脱力して笑うのもまた楽しかった……と今では思う）。

またこの作品のさらなるポイント、それは主人公を取り巻く登場人物たちではないかと思う。甘えん坊でオタク気質たっぷりのデブデブ１３０にきっぷのいいイアン姐さん、とぼけたようでいて実は深みのあるケゲル。悪役の将軍さえもが悪い奴ならではの存在感と魅力を振りまいている。彼らチャーミングなキャラクターたちがスパイスとなり、この作品を盛り立てているのだ。またまた私事で恐縮だが、訳者にとって、彼らは実在する親しい人たちのようで、翻訳している間、実に楽しかった（これは本音だ）。彼らは訳者の頭の中で実に生き生きとしゃべり、動き回ってくれたので、訳し終わったときは、もう彼らのセリフを、行動を、言葉に移すことはないのかと寂しかったほどだ。この愛すべきキャラクターたちが、読者の方々の心に長く残ることを願ってやまない。

キム・ジュンヒョクは、現在も文学にカルチャーにと相変わらずの活躍ぶりで、最近では韓国屈指の文学賞である「李箱文学賞」の候補にも名を連ねている。彼ならではの確かな歩みを続けるキム・ジュンヒョクという作家と本作『ゾンビたち』を心の片隅に留めていただけたら、訳者としてこれ以上の喜びはない。

最後に、この作品に目を留めて下さり、日本の読者の方々に紹介できる機会を下さった図書出版論創社、編集に当たり細やかなお気遣いをいただいた論創社の松永裕衣子さん、翻訳支援をいただいた韓国文学翻訳院および担当の李善行さん、そして一緒に悩み、考え、訳者に翻訳を続ける力を与えてくれる韓国文学翻訳院翻訳アトリエの呉先生ならびにメンバーの皆さんに、心よりの感謝の気持ちをお伝えしたい。

†著者

キム・ジュンヒョク（金重赫）

1971年に慶尚北道の金泉で生まれる。ウェブデザイナー、雑誌記者などを経て、2000年に中編「ペンギンニュース」で作家デビュー。創作以外にもインターネット文学放送番組の司会や新聞コラムなど多彩な活動を繰り広げるほか、イラストはプロ級、音楽や映画にも造詣が深いなど多芸多才。志向するところは純文学にエンターテイメント性をテイストとして加えたユーモアのある作品。短編集『楽器たちの図書館』（波田野節子・吉原育子訳、クオン）、『ペンギンニュース』、『偽の腕でする抱擁』、長編『ミスター・モノレール』、『あなたの影法師は月曜』、エッセイ『すべてが歌』などがある。東仁文学賞、金裕貞文学賞、若い作家賞、李孝石文学賞などを受賞している。

†訳者

小西直子（こにし・なおこ）

日韓通訳・翻訳者。静岡県三島市生まれ。立教大学文学部卒業。韓国語を学ぶため1994年に渡韓し、延世大学韓国語学堂を経て高麗大学教育大学院日本語教育科を修了。その後、本格的に通訳・翻訳を学ぶため韓国外国語大学通訳翻訳大学院韓日科に進学、卒業（通訳翻訳学修士）。現在は韓国で通訳・翻訳業に従事する。特に韓国文学翻訳院の翻訳アカデミーで文学翻訳を学んで以来、その分野に力を入れて取り組んでいる。訳書に金学俊『独島研究』（共訳）がある。

ゾンビたち

2017年12月10日　初版第1刷印刷
2017年12月20日　初版第1刷発行

著　者　キム・ジュンヒョク

訳　者　小西　直子

発行者　森下　紀夫

発行所　論創社

東京都千代田区神田神保町 2-23　北井ビル
tel. 03（3264）5254　fax. 03（3264）5232
web. http://www.ronso.co.jp/
振替口座　00160-1-155266

装幀／白川公康
組版／フレックスアート
印刷・製本／中央精版印刷
ISBN978-4-8460-1675-3